徳間文庫

薄紅天女 上

荻原規子

徳間書店

カバー・本文イラスト　佐竹美保
カバー・口絵・目次・扉デザイン　百足屋ユウコ（ムシカゴグラフィクス）

目次

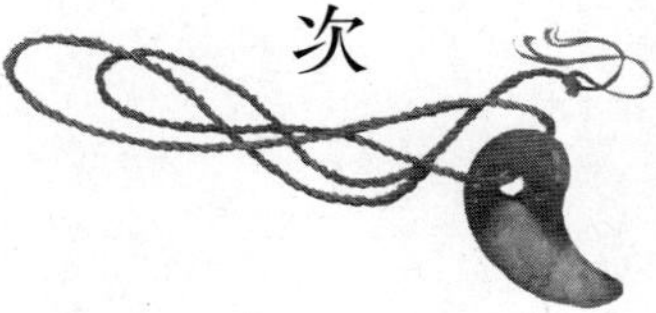

第一部　阿《あ》高《たか》

……むらさき生ふと聞く野も、葦荻《あしおぎ》のみ高くおひて、
馬に乗りて弓もたる末みえぬまで高くおひしげりて、中をわけ行くに、
たけしばといふ寺あり。
はるかに、ははさうなどいふところの、らうのあとのいしずゑなどあり。
いかなるところぞと問へば、
「これはいにしへ、たけしばといふさかなり。国の人のありけるを……」
『更級日記《さらしなにっき》』菅原孝標《すがわらのたかすえ》の女《むすめ》

第一章　竹芝《たけしば》

1

郡《ぐん》の長《おさ》のお屋形《やかた》、竹芝《たけしば》の二連《にれん》といったら女の子泣かせで、よそではともかく、郡内の若い娘たちのあいだではとみに評判だった。

乙女たちが井戸端に寄り集まると、何もしなくてもうわさの種になってしまう若衆《わかしゅ》というのは、いつの世代にも必ず一人か二人いるものだ。昨今は二連がそうだということは、まずまちがいなかった。二連というのは、藤太《とうた》と阿高《あたか》の二人のこと。どちらも当年十七歳の、竹芝の家の子である。

古くは国造《くにつくり》と呼ばれ、今では武蔵国足立郡郡司《むさしのくにあだちぐんぐんし》と呼ばれる竹芝の長の家は、さかのぼれば貴種の血をひくともいわれており、土地の人々から自然な尊敬を集めていた。当主総武《ふさたけ》は還暦が近いが、よく健康と郡の統治を保っている。藤太はその総武の七男坊、遅くに生まれたしまいっ子で、阿高は早くに死んだ長男の忘れがたみだった。二人のどちらも跡目を継ぐきゅうくつさを持たず、年長者の中で放任されて大きくなっている。いくらか甘やかされ、無責任な性格になっているとしても、ややしかたのないところだろう。早くからこの二人は、お屋形の子だという自覚もなく、村の腕白ところげまわっては遊んでいた。

彼らのその気楽な身上《しんじょう》が、大勢の娘たちをひきつけるのはたしかだった。豪族の本家、長殿《おさどの》の直系でありながら、ふつうの娘に手がとどかないほどの若様ではないときている。だが、注目を浴びる一番の原因は、やはり彼らが容姿のいい若者だからだろう。二人が並んで立っていると必ず目をひいた。その上藤太と阿高は、特別理由がないかぎり、いつでも頭を並べているのだった。二連と呼ばれる由縁である。

同い年ながら叔父と甥にあたるこの若者たちは、身長と体格もだいたい同じくらいで、同じ血を分けたことをよく示していたが、似ているわけではなかった。外見もそうだが性質もそうで、特にも女の子への態度は、藤太と阿高では水と油ほどにも違っていた。

藤太という少年は、女の子にはおしなべて親切にするものだと固く信じているらしかった。自分に笑いかける娘がいれば、いつでもそれにむくいようとする。結果は予想がつくとおり、数多くの娘が泣き騒ぎ、裏切り者とののしることになった。それでも本人はどうしてかこりず、少女たちの怒りに火をつけるふるまいをくり返している。そしてまた、『わたし一人が』と信じこむ娘も跡をたたないのである。

けれども藤太のほうが、一時的でも喜ばせたぶん阿高よりほめられるかもしれなかった。阿高ときたら、女の子を頭から無視してかかった。どんなに美しい娘も、どんなにやさしい娘も、阿高の心に感じ入ることはないようだった。奇妙なものを見たような視線を返されるか、どこかへ逃げられてしまうのがおちなのだ。藤太が女の子を平等に好きであるように、阿高は女の子が平等に嫌いなのかもしれなかった。どちらにしてもたいへん始末が悪い。

たちの悪さがこれだけ知れわたっているというのに、二連のどちらかに心を寄せる娘がいなくならないのは、奇妙といえば奇妙だった。二連は坂東《ばんどう》のごくふつうの若者と変わりなく、若衆宿の同期たちと徒党を組み、警護や力仕事でみんなの役に立ったり、祭りの夜にけんかして、みんなに迷惑をかけたりした。しかし、藤太と阿高が何心なく二人で笑いあい、ふざけあっている姿をかいま見た娘たちは、必ずといっていいほど心を痛めるのだった。どちらか一人になりかわりたいと望んで。

「なんとかしてください、あの二人。あの子たちが若衆として参加するようになってから春秋、祭りで騒動が起きなかったためしがありません。どうして二人とも、おとなしく似合いの相手を見つけられないのですか」

娘たちに団体で苦情を持ってこられて、里帰りしている藤太の姉美郷《みさと》は、兄嫁の赤ん坊を揺すり上げながら笑いを噛み殺した。

「そういわれてもね……」

「せめて藤太だけでもいいんです。彼が一人の人にきちんと定めてくれさえすれば、阿高もだんだん考え直すでしょう。どうか、姉としていさめていただけませんか」

「口添えしてあげることは簡単よ。でも、むだでしょう。藤太も阿高も、柄《がら》ばかり大きくなったけれども、あなたたちが考えるほど大人になっていないのよ」

美郷は里帰りと称しているものの、二度と嫁ぎ先にもどることはない、いわゆる出もどりである。けれどもその身を嘆くでもなく、毎日を快活にすごしている強い女性だった。付近の娘たちの面倒もよく見ており、だからこうして相談にも来られてしまうのだが、美郷の口ぶりはいつのときも歯切れがよかった。

「悪いことはいわないから、あんなふがいないのを相手にしないで放っておきなさい。あの子たちはまだ一人前になれていないの。女の子に一人前に接するには、どうしたって必要なことを、まだ終えていないのよ」

「なんなのです、必要なことって」

「見てわからない？」

美郷はほほえんで、娘たちの顔を見回した。

「あの子たち二人のあいだに、男も女もだれ一人入ることができずにいることに、自分たち自身で気づくこと。もう子どもではないんですからね。でも、少し、難しいことなのかもしれないわね」

「本当にあの二人は始終いっしょにいますね。見ると妬《や》けてしまう。どうしてあんなに仲がいいのかしら。まるで双子のよう」

端にいた娘が無邪気そうに口をはさんだ。

「……双子だったらよかったのにと、いつも思うのだけどね」

ふと眉をくもらせて、美郷はつぶやいた。藤太と阿高が双子ではないから、彼らを分けることがこれほど難しいのだと、ひそかに思う。だが、これは一族内でも声を大きくして語らない問題であり、娘たちに気安く話してやることではなかった。

「だからね、あの二人はしばらく放っておいたほうがいいのよ。そのうちいやでも叔父ばなれ、甥ばなれをするでしょう。それまで知らん顔しなさい」

「そんなことできません。そのあいだに、だれにとられるかわからないのに」

娘たちは、いっせいにほおをふくらませた。

歩きながら大きなくしゃみを二つして、鼻をこすった藤太はいった。

「うわさをされているみたいだぞ」

隣で阿高が軽く笑う。

「お気の毒さま。『二つ憎まれ』だね」

二連は野焼きの後、いきおいよく若草の萌え出した原を歩いていた。頭二つはきれいに並ぶ。襖《おう》の丈《たけ》を短く着こみ、脚半《きゃはん》と手甲《てっこう》をつけた軽快ないでたちで、若木のように伸びた手足はよくそろっていた。だが、藤太が硬い髪ときりりとした一文字《いちもんじ》の眉を持ち、その漆黒ゆえに瞳が涼しいのに対し、阿高の髪は猫っ毛で藤太より色が淡く、顔立ちが少女めいて、瞳は茶色に透けて見えた。取り違えることのない二人だ。

彼らはいつも行動をともにしたが、女の子への態度でもわかるように、叔父の藤太が一歩先に出、阿高がついていく傾向はあった。藤太のほうが威勢がよく、よく笑い、いろいろな面で人なつこい。しかし、阿高の猫のように超然とした部分に、心ならずもひかれる娘が多くいることはたしかだった。

藤太は何を思ったか、ふいに空に向かって悪態をついた。

「くそっ、どうせおれは憎まれっ子だ。世にはばかってやる」

阿高はめずらしそうに藤太を見た。

「なんだ、けっこうこたえているんだな。さっきのこと」

春は彼らのまわりでさかんに息づいていた。藪《やぶ》ではウグイスがさえずり、丘の雑木林は薄赤から目のさめる黄緑まで、さまざまな色合いの芽ぶきでかすみ、土手の窪みには濃紫《こむらさき》のスミレがかたまって花開いている。空は柔らかい水色で、冬のあいだ地平に白く峻立《しゅんりつ》して見えた富士も、今は眠いような霞《かすみ》にひたって淡い。今年もこれらがめぐってくると、氷川《ひかわ》の社《やしろ》で行う春祭りが間近なのだった。二人は奉仕人として社の清掃に遣わされ、今帰るところなのだが、ほかの仲間がいっしょでないのは、彼らだけの寄り道があったためだった。

「気にしなくていいだろう、あんな日下部《くさかべ》の女。もう顔もあわさずにすむじゃないか」

女性に冷淡な阿高は平然といった。

「よくない」

藤太はうなり、ふいに足を止めた。

「どうしてだか知らないが、よくないんだ」

二人が寄り道してきたのは、隣郡《となりぐん》に住む千種《ちぐさ》という娘の家だった。西部の一帯を占める日下部の一族と、東の竹芝一族とは、実はかなり折り合いが悪い。境界争いや水争いなどのごたごたが絶えず、若者同士も自然と反目しあって勢力圏を分けている。

ところがこの年明け、狩りに出かけた藤太は腕にちょっとしたけがを負ってしまった。さらに馬とはぐれてしまい、阿高とともにうろついた末、日下部のなわばりに出てしまったのである。千種に出会ったのはそのときだった。やむなくはずれの家の戸をたいた二人を、この娘が納屋にかくまい、ないしょで傷の手当をしてくれたのだった。

今回氷川の社へ下働きに出かけて、二人は千種のうわさをはじめて耳にした。希代《きだい》の機織《はたお》り上手で、一人娘だが婿はとらずに、巫女《みこ》に出仕《しゅっし》するかもしれないという話だった。また、彼女の織物を国司《こくし》がほめそやし、手元におきたいと望んだというわさも伝わっていた。がぜん興味を持った藤太が、彼女の家へ立ち寄ろうといいだしたのは、よくあることだった。阿高もいやとはいわなかった。日下部一派の裏をかくのは、なんであれ胸のすくことなのだ。

そうして目を盗んで近づいた裏庭で、千種に「あなたのような男は大嫌い」といわれ、ぶぜんとして帰る帰り道なのである。

「巫女になるってくらいの子だもの、なびかなくても無理はないよ。ここはいさぎよくあきらめるんだな。藤太が悪いわけじゃない」

阿高はなぐさめた。はたから見れば、けがの手当をしたときの態度からして冷たい娘だった。

「そうかもしれない。だけどおれは、今度の祭りの相手はあの子がいい」

「冗談だろう」

「いや、あの子がいい」

藤太は断言すると、急にからっとした表情になって笑った。

「どうしてだろうな、おれもびっくりしている。でも千種がいいんだ。あの子におれを好きになってもらうよ」

「藤太ときたら、どんどん根性悪《わる》になる」

阿高はやれやれと頭をふった。

「手に入りそうにない娘だとわかったから、急に千種がほしくなったんだな。簡単になびく女の子ではもの足りなくなったというわけだ。人騒がせなだけだからやめておけよ」

「根性悪はそっちだ」

藤太は阿高に組みつくと頭をかかえこんだ。

「とうへんぼく。ものわかった口をききたいなら、その前にまともに女の子とつきあってみせろ。なんにも知らないくせして、えらそうに」

「いやなこった。藤太の行状《ぎょうじょう》を見ていたら、それだけでたくさんになる」

いつものことだが、彼らは少し気が晴れるまでつかみあった。けんかというほどのものではない、子犬が嚙みあうのと同じだ。やがて、藤太がおもむろにいった。

「千種がうんといったら、おれは二度とほかの子には手を出さない。これで終わりにする。今度ばかりは今までとは違うんだ」

阿高は藤太が真顔なのを見たが、やはり肩をすくめるしかなかった。『今度で最後』というのは、じつはもう四、五回聞いたセリフなのである。

「どうかねえ」

「おまえの叔父を信用しないのか」

背中を伸ばして阿高はいった。

「千種に本気で手を出したら、お宮《みや》ににらまれるぞ。国司《こくし》の話が本当なら、国司にもだ。第一、日下部のやつらがだまっているはずがない。たしかに今までとは違う、起きる騒ぎもけた違いだ。それでも藤太はいいというんだな。後の心変わりは、藤太といえどもできないぞ。本当にそれでいいんだな」

藤太はきゅっと口もとを結んだ。目にかたくなな色が浮かんだ。

「いい」

「あんな女のどこがいいんだ」

心からあきれて阿高は声を上げた。千種より美人はたくさんいるし、性格のやさしい子もたぶんたくさんいるだろう。相棒が困難に挑戦する気になったのはわかるとしても、得るものがあの程度の娘であっていいものか。

「どうして千種なのか、おれにもわからん。だけど本当のところをいうと、正月からこちら、ずっとあの子の顔が目にちらついて離れなかった。なぜなのかは、今日はじめてわかった」

　藤太は照れくさそうになり、目をそらして自分の腕を見た。右の手甲《てっこう》から続く二の腕に、桃色をした傷跡がのぞいている。

「あの子、無愛想だったろう。おれもなぜか、あの子にはお愛想をいわなかった。そんなことをいわなくてもいいような気がしたんだ。日下部の一族だからかとも思ったけれど、それだけじゃなかった。なんていうのかな、飾らなくてもあの子にはわかってしまうからなんだ」

「おれの耳がおかしくなっていなければ、今日彼女は、『あなたのような男は大嫌い』といったはずだが」

　理不尽な怒りをおぼえながら阿高はいった。しかし、藤太はひるまなかった。

「いった。でも、裏返しに考えられるんだ。千種もおれと同じにこの三月《みつき》のあいだ、あの日の出会いを無視することができなかったに違いないんだ。どこかにそんな調子があった。思い返せば返すほどそんな気がしてくる。おれは、うぬぼれているのかな……」

「そうだね。話にならない」

　にべもなくいったので、阿高はまた組みつかれた。

「おまえみたいな鈍感には一生わかるもんか。こんちくしょう」

藤太が彼をねじ伏せ、本気でしめあげにかかったので、阿高はとうとう音《ね》を上げた。

「わかった、わかった。藤太殿のいうとおりです。恋する者にはかないません」

「最初からそういえばいいんだ」

鼻を鳴らした藤太だったが、ふと不思議そうな面持ちで阿高をのぞきこんだ。

「どうしておまえは、いつまでたっても恋をしないんだ」

阿高は質問の唐突さにとまどい、押しのけるのをやめて見上げた。

「さあ、なんでかな……」

草の上の阿高に陽射しがそそぎ、明るい泉のように瞳を透かしている。藤太は、身内の身びいきにしてもきれいだと思った。大勢の娘が阿高をねらっているのはよくわかる。なのにこの相棒はいつも冷めていて、応じる熱を持たなかった。

「したくないなら、別にいいが。それでもおれには協力するんだぞ、いいな」

なんとなくたじろぐのをおぼえながら、藤太は身を起こした。

「いいよ」

答えて阿高は、敏捷な動作で起き上がった。いわれなくても、今まで阿高が彼の恋に協力しなかったためしはない。たとえどんな騒ぎをひき起こそうともだ。

(だけど、今回はいつもと違う。今度ばかりは、これまでと様子が違う……)

それはまだ予感の段階であるものの、阿高は全身で感じとっていた。たぶん、そうなのだ。藤太は見出しかけているのだ。彼の伴侶、阿高のかわりに彼の半身として、生涯をともに分かつ相手を。

　藤太のほうが先にそれを得るだろうということは、はじめからわかっていた。今まではひっきりなしに目移りしていたものの、藤太の心性《しんせい》は、明るくそれを探し求めるようにできているのだ。できていないのは阿高、お荷物なのは阿高だった。

（なぜ、おれにはできないんだろう……）

　今さらのように、ぼんやりした淋しさの中で阿高は考えてみた。もの心ついたときには、もう藤太とともに育てられていた。藤太の母をかあさんと呼び、祖父である総武を、藤太にならって親父さまと呼んだ。すべて同じにして大きくなったのに、やっぱり二人には違いがあった。

（それでも、おれは藤太の甥なんだ。藤太には当たり前すぎることが、当たり前ではないんだ……）

　それは固い秘密ではなかったから、敏感な子どもが肝に銘じないはずがなかった。阿高の両親は本当はどこにもいない。父の勝総《かつふさ》は、陸奥国《むつのくに》の争乱を治めに行って、見知らぬ北の果てで骸《むくろ》となった。そして、阿高の母は、母親は……

「どうした、行くぞ。日が暮れちまう」

　数歩先から藤太が呼んで、阿高はわれに返った。同い年の叔父。彼がいたから、阿高は今までずっと考えこまずにいられた。ほとんど強引なくらいに、二人を同じものに見なしていられた。

（けれども、これからは……）

藤太が娘の手を取って去っていったときに、自分ははたしてどこに立っているのか。阿高は急速におぼつかなく思いはじめていた。

2

竹芝《たけしば》の屋形《やかた》はコナラ林の丘を背にして建っており、北の道から里へ入ってもすぐには見えてこない。だが、荒川の支流に沿って道がゆるやかに迂回すると、柔らかな夕日を浴びたケヤキ並木の向こうに、高くめぐらした塀とかやぶき屋根が望めた。

湿原と彼方に続く丘陵の森、便《びん》のよい川筋。吹き通る風の中、馬を駆る人々の荒っぽい気風を育てた坂東《ばんどう》平野である。豪族たちは家を囲い、馬と人を多く集めるのを常としていた。竹芝ほど名の通った家となると、内外のもめごとを調停し、里の平和を維持するためにもそれなりの大きさが必要だった。

広い囲いの中には、主《あるじ》一家の暮らす大きな母屋があり、そのほかにもいくつもの棟《むね》が軒を並べている。数家族が寄口《よりくち》として生活しているのだ。二連《にれん》はこうした大所帯の中で大きくなっていた。道を行くと、野良からもどる人々に次々と声をかけられる。彼らは陽気に言葉を交わして足どりを合わせた。このぶんなら夕飯には間にあうようだ。

屋形門をくぐると、ここも一日の仕事を終える人々で活気づいていた。手前に大きな廏《うまや》と納屋、井戸のある前庭を囲んで寄口の家と菜園があり、母屋は正面の奥にある。厚い屋根をはり、かつお木を高くかかげた大家屋である。藤太《とうた》と阿高《あたか》が到着すると、犬のクロと鳶丸《とびまる》が飛び出し、留守をしたご主人を迎える喜びを表した。犬の興奮が乗りうつって、兄嫁の小さな子どもたちまで甲高い声をたてて走り出てきた。

「あなたたちが帰ってくると、騒々しさが何割か違うわね」

姿を見せた美郷《みさと》が、文句ともつかない口調で彼らにいった。

主一家の食事は、母屋の奥座敷でそろってとることになっていた。総武《ふさたけ》は、一家の者がきちんと顔をそろえていることを好んだ。若い藤太や阿高にはこれが少々うっとうしく、もっと好き勝手にしたいと思うのだが、まあ、ぜいたくというものだろう。足を洗って母屋の裏口をくぐると、太い垂木《たるき》の下にただよう焼き魚の香ばしい匂い、粕汁の匂い、大きな飯《めし》びつから立ちのぼるあたたかい匂いが鼻をくすぐった。

上《かみ》の座についた総武と、その両隣の次郎良総《じろうよしふさ》、三郎伴高《さぶろうともたか》には、折敷《おしき》の脇に酒杯《さかずき》が添えてある。四郎は家を出、五郎、六郎は今のところ義務を負って国の警備についていので、あとは藤太と阿高、母と二人の兄嫁、美郷と小さな子どもたちだった。食事どきの座談は一家の担い手たちのものであり、そのほかの者は、ちびっ子に注意することを除けば静かに食べていた。

「馬革《ばかく》は足りたのか。例の、革甲《かわのよろい》十領の件は」

総武が良総にたずねた。髪とひげには早くから白いものが目立った総武だが、眉だけはまだほとんど黒い（そしてその眉の形は藤太とそっくりである）。眼光もまだまだ鋭かった。

「なんとか。しかし、これ以上の軍備負担を武蔵《むさし》に持ってこられたら、来年はどうなりますかね」

良総は答えた。竹芝の跡継は温厚篤実《とくじつ》な人物だ。むやみにいばらないので、土地の人々にも受けがよい。

「都の朝廷は、数年内にもう一度、是が非でも征夷軍《せいいぐん》を陸奥《むつ》へさしむけようとしているのだ。おととしの不様《ぶざま》な敗走が、腹にすえかねるのだな」

二人の会話に、伴高が口をはさんだ。

「負担もばかにならないが、問題は徴兵だよ。また苦しむぞ。おととし以上に兵士を駆り集めに回るだろう」

「国府《こくふ》で耳にしたところでは、軍勢は前回の倍を期しているそうだ」

総武が魚をつきながら苦い顔でいうと、良総と伴高は顔を見合わせた。

「倍だと。では、十万の軍隊を出そうというのか……」

「今日、わしら郡の長《おさ》を呼び集めての話はこうだ。次期遠征のために、朝廷の使節が軍事簡閲《かんえつ》に回ってくる。恥さらしでない兵士と武具を早急に整え、使節のお目にかけろとな。都人《みやこびと》も今回は手回しがいいのだ」

伴高が怒りを抑えられない口調で応じた。

「蝦夷《えみし》との長びく戦《いくさ》が、どれだけ坂東の民を疲弊させているか、その使節にあからさまに見せてやるといいんだ」

良総は父にたずねた。

「だれなんです。簡閲をまかされた朝廷の使節というのは」

「百済俊哲《くだらのしゅんてつ》、もしくは坂上田村麻呂《さかのうえのたむらまろ》だ。東海道の国々を二人が回り、武蔵へはどちらかが来る」

「前の陸奥鎮守府《むつちんじゅふ》将軍は名を聞くが、坂上《さかのうえ》というのはだれかな」

「坂上刈田麻呂《さかのうえのかりたまろ》の息子よ、下総守《しもうさのかみ》だったことのある。ずいぶん前にはなるが、刈田麻呂も、鎮守府将軍を勤めた歴はある」

良総はちょっと考えこんで、つぶやいた。

「切れ者だとやっかいですね。風当たりも厳しくなってきたことだし、この家からもいよいよ出兵せざるをえないか」

総武は酒杯《さかずき》を勢いよく折敷《おしき》に置いた。たん、と小気味のよい音がした。それから口を開いたが、それまでとうってかわり、底から怒りのにじみでる声だった。

「かわりにさしだす財のあるかぎり、まぬがれる手のあるかぎり、たとえわらを食ってでも、わしは二度とこの家から遠征する者を出さん。うちではすでに死者を出している。これ以上、北で家人を殺さずともたくさんだ」

阿高は、思わず箸をくわえたまま顔を上げて総武を見た。それから隣の藤太を見たが、藤太はぼうっと椀を見つめており、上座の会話は耳に入っていないようだった。

征夷軍による生活圧迫の話は、もう何年も、毎度おなじみの話題であることはたしかだった。陸奥で最初に蝦夷《えみし》の大規模な反乱が起きたのは、二十年近くも前、二連が生まれる前なのだ。なのに、今日に至るまで蝦夷は制圧されていない。

十一年前に、平城《なら》の都で今上《きんじょう》の帝《みかど》が即位され、なみなみならぬ情熱をこめて取り組まれたのは、この蝦夷征伐《せいばつ》と都《みやこ》移りだった。しかし征夷軍も長岡《ながおか》の新京も、ともに民に莫大な負担をかけたわりにはうまくいっていない。坂東の人々は、初期からの再三の軍事徴発に倦《う》み疲れていた。

阿高は、総武の発言に敏感にならざるをえなかった。良総が跡継として優秀なこともあり、この家で十七年も前に陸奥で死んだ長男のことが語られることは、めったにない。だが、ひと皮めくったところにはいつも存在することが、ときおり感じられるのだった。阿高が見ていると、良総と伴高は、二人ともはっと胸をつかれたような顔をした。

「そうですね。たしかに、うちはすでに犠牲をはらっている」

良総がもの柔らかにいい、巧みに話題を変えた。総武もまたもとの平静に返り、話が氷川《ひかわ》の春祭りに及ぶと、二連に宮司《ぐうじ》の様子をたずねたりもした。けれども阿高は、祖父の見せた一瞬の激情を心にとめていた。

（親父さまは、忘れてはいないのだ……語らないだけだ）

阿高の父、勝総《かつふさ》を忘れてはいない。彼が死んだ戦地へは、総武も後からおもむいていた。最初の息子を供養し、そして、忘れがたみの阿高を竹芝へつれて帰ってきたのは、この総武だったのだ。以前、阿高がまだ七つか八つだったころ、祖父に「とうさんのことを話して」とたのんだことがある。たしか、今上帝《きんじょうてい》の最初の軍隊が北へ向かったことに触発されてのことだった。だが、総武は首をふり、待てといった。阿高が二十歳を迎えたら話してやるから、それまでは待て、と。

（なぜ、待つのだろう……）

重苦しさが阿高の胸をふさいだ。それははじめて考えることではないが、いつもなるべくさわらないようにし、大急ぎでふたをしてしまう考えだった。

（なぜ、親父さまは、それ以来、家から一人も兵士を出さないことを誓ったのだろう。裕福をかさにきてと非難されるのを承知で、兵役免除を買い取っている。ふつうならば、もっと蝦夷を憎むのではないだろうか。殺された息子のかたきをとりたいと考えるのではないだろうか……）

うすうす察する、察せずにはいられない結論はひとつだった。

（おれが生まれたせいなのか……）

阿高の母親については、父親以上にこの家で語られたことがない。まったくないといってもいい。あまりの沈黙に、阿高自身がたずねてはならないことを覚えこんでしまったほどだ。ばかでないなら、沈黙もひとつの答えであることがわかるものだ。だが、これまで阿高は、そのことをさほど気に病んで暮らしてはこなかった。母親がどのだれであっても、あまり関係のないことだと思っていた。顔など知らない人なのだし、重要なのは彼に竹芝の血が流れていることであり、その一族に囲まれて暮らしていることなのだから。

どちらにしろ、二十歳になれば真相は告げられる。そしてそのとき祖父は、けっして父のかたきを討てとはいわないのだろう。それはそれでいいではないか。わざわざ陸奥へ戦いに出向かなくても、この土地に守るべきものがあり、守るべき人々がいる。

阿高はいつものように、無理やり気持ちを切り替えた。だが、妙に食欲は失せてしまっていた。隣を見て、阿高は理由に気がついた。ふだんならみごとな食べっぷりの藤太、阿高と競いあう藤太が、恋わずらいに惚《ほう》けて食べられないせいだった。

二人が寝場所にしている小部屋へやってきてから、藤太はこの日はじめて気弱な発言をした。

「本当は、おまえにいったほど自信があるわけじゃないんだ。千種《ちぐさ》には嫌われているかもしれない。おれって嫌われることが多いし。男の連中にも、おれが何もしないのにおれのことが嫌いなやつって、けっこういるものな」

藤太のいいところは、そのあけっぴろげさだった。彼にも意地や見栄があったが、その全部がたいへん率直なのだ。暗い部屋の中で阿高はほほえんだ。藤太には人望があることを阿高は知っている。ただ、藤太のふるまいはどうしても目立つので、敵もまた作りやすいのだった。

「なんだ、藤太らしくない。千種にはこれから好きになってもらうんだろう。そういっていたじゃないか。まるで生まれてはじめて女の子を好きになったみたいだぞ」

「そうだよな……なんで千種だと違うんだろうなあ」

自分でも不思議がりながら藤太は寝そべり、組んだ腕にあごをのせた。

「だいたいあの子は、氷川の祭りに来るんだろうか。機織《はたお》りばかりしているという話だったよな」

「祭りまであと五日ある。毎日でも口説いてみろよ。祭りの夜にばったり会うことを期待しても、望み薄だよ」

助言だけならいくらでもできる阿高はいった。

「敵陣に日参か。こいつはけっこう危ない橋だな……」

藤太は真剣に考えこんでいたが、何か思いついて相棒をふり返った。だが阿高を見たとたん、声音《こわね》を変えた。

「阿高、どこか悪いのか」

「どうもしないよ」

びっくりして阿高は答えた。彼は、小さな明かり取りのある壁ぎわに、膝をかかえて座っていた。ほかの者なら何も気づかないだろう、だが、藤太にはわかっていた。阿高は心にしこりがあると、または体の具合が悪くなると、必ず少し離れてうずくまるのだ。そのしぐさは無意識のうちで、本人は打ち明けようとしない……というより、まだはっきり自覚していないのが常だった。

藤太は、膝でつめ寄ってのぞきこんだ。

「そういえば夕飯、おまえまで一杯しか食わなかったな。そこまでつきあいよくしなくていいものを」

「つきあいじゃないよ」

「腹痛《はらいた》じゃないだろうな」

「ないよ」

藤太はしばらく口をつぐんでから、心にひっかかったことをたずねてみた。

「千種のこと、そんなに気に入らないか？」

阿高は一瞬憤慨した。

「何を聞いているんだよ。協力するって、もういってあるだろう」

「それなら、どうして変なんだ」

彼に変だといわれると、阿高には反論できない。藤太はたいていのことには大ざっぱだが、人や動物の気持ちには鋭く、ときおり阿高には信じられないほど聡《さと》いことがあるのだった。阿高は彼のもとでは、隠しごとはほとんどできなかった。

「おれはもとから変だよ。あいにく」

力なく阿高はいった。明かり取りからのぞく藍色の空には星がまたたいており、灯《と》火《か》のない部屋の中では、お互いの表情はよく見えない。それでも阿高は顔を伏せた。

「今、何を考えているのかいってみろよ」

藤太は命じるようにいった。阿高はかなり長いあいだだまっていたが、それからぽつりといった。

「おれが考えていたのは、藤太とおれの父親は似ていたかな、ってことだよ」

藤太にとっては意表をつかれる答えだった。思わず彼は首をかしげた。

「そんなことわかるもんか。たぶん似てないよ。腹違いだし」

藤太の母は後妻なのだ。長男勝総、次男良総、そして下野《しもつけ》に嫁いだ長女の小牧《こまき》だけが、総武の最初の妻の子だった。だが、阿高はかたくなにいった。

「似ていたと思うよ。藤太は親父さまに似ているもの。だから……おれは母親似なんだ」

「どうしてそんなことをいいだすんだ」

藤太はたずねたが、阿高が答えないことはわかりきっていた。息を吐いて、藤太は面倒くさそうにいった。

「つまらないことを考えているんだな。心配して損した。ああ、たしかにおまえとおれは似ていないよ、困ったことにね。おれが、ときどきすごく困っているのを、おまえは知っているのか」

阿高は急いで顔を上げ、藤太をうかがった。

「どうしてだ」

「おれがふられる件数の半分かたは、おまえのせいだからだ。やっぱり気づいていなかったな。少しは良心がとがめないか？　おれが、正当な努力をして女の子にいい寄っているのに、鼻歌歌って鳥や雲を見ているだけのおまえに、どうして横から取られなきゃいけないんだ」

「藤太、それ本気でいっているのか？」

疑わしそうに阿高はたずねた。

「本気だとも。今日から特に本気なんだ。おまえがいったい何をいいだすかと、思わず身がまえちまったよ。おまえも千種がいいんだといったら、この先おれはどうしようかと思って」

阿高にしてみれば、肩をすくめるしかなかった。

「救いがたい恋わずらいだな、藤太は」

「なんとでもいえ。おれは真剣に千種をおとしたいと思っているんだ。その前で、自慢なんかするんじゃないよ」

「どこが自慢なんだ」

「だから、母親似だといったろう」

阿高はようやく、藤太がぶっきらぼうながら、阿高のひけ目を埋めようとしているのだと気がついた。

なにげない口調で藤太はいった。

「逃げ回るのをやめて、まわりをもっとよく見ればわかるんだ。女の子たちは、みんなおまえが好きだ。気にくわないけれど、その顔のせいでね。おれは迷惑しているんだ。そんな甥といっしょにいるおれが、どんなに辛抱強いか少しは考えろ」

「だれが辛抱強いって?」

阿高は聞き返した。調子がもどりはじめていた。藤太は惚れっぽいかもしれないが、それでも阿高がふさぎこむだけで気づく。藤太はいつでも、阿高自身が知るよりも早く、阿高の気持ちに気づくのだった。

衾《ふすま》にもぐりこむころには、阿高の胸のつかえは消え去っていた。今までどおり、藤太のすることについていこうとしみじみ思った……考えたのはそれだけだった。寝つきと寝起きにかけては、驚異的なよさを誇る阿高なのだ。一瞬の後には眠りの国にひきこまれていた。

だが、藤太はすぐには眠らなかった。頭の後ろに手を組み、天井を見上げながら、阿高の規則正しい寝息に耳をすましていた。どのくらいたってからか、その無心な呼吸はふとひそまった。それから、小さくからかうような声が起こった。

『藤太は、本当にやさしいね……』

はね起きて、藤太は阿高を見た。暗くはあるが闇ではないので、阿高がこちらへ寝返ったのがわかる。射しこむわずかな月明かりに、阿高の目がぱっちり開いているのが見てとれる……その輝きやすい瞳のせいで。しかし、見つめているのは阿高ではなかった。いつもかたわらにいる少年とは異なる、ひんやりした気配。ぞくりとしてつばを飲んでから、藤太は小声でいった。

「阿高が落ちこんでいるから、あんたが出てくるような気がした。そうだろう、あんただろう」

『残念なことがある。阿高は二十歳まで待っていられない。とてもとても、そんな悠長なことはいっていられない。坂上《さかのうえ》将軍が来るから』

この人物の声音《こわね》は、阿高とは微妙に異なっていた。遠くで発するような、ささやき声。

『坂上将軍に阿高を会わせてはいけない。見つかってはいけない。将軍は知っている……そして捜している』

「だれのことだ、坂上将軍って」

藤太はとまどって聞き返した。暗闇の中で藤太を見つめる阿高の目が、猫のように明るく見えた。

『阿高はちゃんと聞いていた。藤太は色ボケしていたから聞かなかったらしい』

悪意の混じる口調だった。こいつは絶対に阿高じゃないと藤太は考えた。

「とにかくそいつが、何を知っているというんだ」

『わたしを』

「わたしってだれなんだ」

思わず藤太はたずねていた。この人物と話すときは、いつも一方的にいいたいことをいわれて終わってしまうので、今までこんな基本的なことも聞いていなかったのだ。

『わたしは……わたしの名は、ましろ』

ましろ？

『でも、このことは阿高にいってはならない。阿高にいったら、そのときから、ましろは二度と藤太に会えなくなる』

「あんたはどこにいるんだ、ましろ」

すでに答えは返ってこなかった。阿高はまぶたを閉じていた。問いを完全に無視して、のびやかな寝息が聞こえてくる。藤太は一瞬、揺さぶり起こして問いつめたい衝動にかられたが、むだなことはわかっていた。阿高は知らない。これっぽっちも記憶にないのだ。

（気楽に眠りやがって……ひとの苦労も知らないで）

ため息をついて、藤太は影になった寝姿を見下ろした。阿高のこの異常なふるまいを知っているのは、藤太一人だった。総武も家族の者もだれも知らない。ささやく声の人物がはじめて出てきたのは、いつのころだったろう。まだ、二人が十かそこらだったような気がする。

（山崩れがあるから行ってはいけないと、あの声がいったんだ。おれは阿高が声色を使ってふざけているんだと思った。けれども、その日、おれたちが行くはずだった場所で、本当に山崩れがあって、死人が出たんだ……）

この阿高の知らない、阿高の口を借りた人物の告げることは予知となり、いつもどこかで死人とかかわった。藤太であっても、気味が悪く思わずにはいられなかった。だからこそ藤太は、これをだれにもいわず固く秘めてきた。阿高は、そうでなくともいろいろ負い目を負っている。これ以上、つらい思いをさせることはできない。

（だれなんだ。なんのために出てくるんだ……ましろ）

わけがわからず、不安が胸をよぎるのを感じて、藤太は一人くちびるを噛んだ。

3

朝。阿高《あたか》は雄鶏のときの声を耳にとめ、薄紫に明けてきた明かり取りの外を見やると、気持ちよさそうに伸びをして起き上がった。鶏《とり》と同じに定時に目をさます彼は、当然ながら相棒の起こし役だった。

「藤太《とうた》、起きろよ。今日は東隣の畝《うね》起こしを手伝うんだろ。早目に出て馬を慣らしておかないと、はじめてから手こずるぞ」

元気な声で阿高がいっても、藤太はうーんとうなって寝返りをうったきりである。

「今日、もしまた日下部《くさかべ》のところへ行く気があるのなら、仕事を早く終わらせなくてはだめだよ」

藤太は未練がましく衾《ふすま》を頭からかぶった。

「あと、もう少し……」

すでに身支度を終えてしまった阿高は、ミノ虫のような彼の姿を見下ろして大声でいった。

「こら、藤太。朝寝するやつは人の上に立つな、ってものだぞ」

ついに顔を出した藤太は、げんなりした様子でつぶやいた。

「おまえ親父の口ぶりにそっくり」

広い耕作地には、大勢の助っ人が集まっていた。中には、広梨《ひろなし》と茂里《しげさと》の姿もあった。彼ら二人は別々の家の子だが、どちらも竹芝《たけしば》の縁続きにあたり、藤太と阿高がお互いの次に昔から知っている友である。むろん若衆宿《わかしゅやど》もいっしょにすごしたが、彼らとの縁はとりわけ深かった。何か事にあたって、彼らが二連と同じ側につかないことはまず考えられない。しかも、家同士がそうであり、代々そうしており、親同士もまたそういう間柄なのだった。

二連が、去年から自分たちだけで馬鍬《まぐわ》をまかされるようになったため、自然と彼らが手を貸しにくる。馬の口取りは少年のころからやらされる仕事だが、馬鍬の操作には、一人前の体力と技術が必要だった。

だいたいにおいて、彼らは仕事をうまくこなしていた。このあたりの者は、若くても馬の扱いにたけている。武蔵《むさし》には官有の牧《まき》も複数あるくらいで、馬の飼育がさかんだった。竹芝も郡の北の牧をまかされている。家の男子として、乗馬だけでなく馬の世話のあらゆることを、藤太も阿高も早くからしこまれていた。

ひと汗かいて休憩を入れたとき、藤太が突然うれしそうにいった。

「そうだ。牧に用があることにしよう。それなら馬で行ってもあやしまれないだろう?」

阿高は、藤太がやっぱり千種《ちぐさ》の訪問を考えていたことを知って、肩をすくめた。

「いいけどね」

「なんだって、どこへ行くって?」

広梨がわりこんできて、たずねた。彼は小柄ですばしっこい、何ごとにも腰の軽い少年である。二連が適当なことをいって広梨をかわしていると、彼より読みの深い、こちらは背のひょろ高い茂里があっさりといった。

「白状しろよ。きのう行方をくらませたときから、何かあるとわかっていたんだ。千種って女のところじゃないのか?」

「ど、どうして」

藤太があわてふためいて茂里を見た。

「社《やしろ》の裏庭でうわさが出たろう。そうしたら、おまえはがらりと態度が変わったじゃないか」

「嘘つけ」

「だめだめ、藤太は顔に出る。修行しなおすんだな」

年上のようにえらそうだが、茂里はこれで同年なのだった。ひょうひょうとした性格と、このあたりで一番物知りな頭を持っている。彼は藤太をのぞきこんでいった。

「この際、全部話せよ。何をたくらんでいるんだ」

「おまえらなどに話せるか。祭りが近けりゃ、それぞれに用があるってものだろう」

憤った口調で藤太は答えた。まだ千種を軟化させてもいないのに、はたから茶々を入れられては困るのだ。

「へえ、そう」

広梨がいい、茂里は何もいわずににやにやした。悪い徴候だと藤太は考えた。

「阿高、何もばらすんじゃないぞ」

「おれはいわないよ」

阿高はおとなしくいったが、後につけ加えた。

「でも、藤太が自分でいうんじゃないかな」

そのとおりだった。広梨の根ほり葉ほりの追及、茂里の巧妙な誘い出しに負けた藤太は、昼にもならないうちに、洗いざらい吐かされてしまっていた。

＊　＊　＊

「千種ねえさん、いる?」

機織《はたお》り場を訪ねてきたのは、従妹の綾音《あやね》とその友人だった。裏庭に勝手に入って来られるのは、親族の特権である。一人娘が何にもわずらわされずに機を織れるようにと、千種の甘い父親が建ててやった機織り小屋は、家の裏手のはなれだった。小川のほとりにある高床《たかゆか》の造りで、あずまやのようにしつらえてあり、風通しよく夏も居心地がよい。冬に板戸をたてこめれば、どことなく忌《い》み籠《ごも》りの小屋に見えなくもなかった。

千種という娘が変わって見られ、巫女《みこ》めいていると思われるのも、ひとつにはこういう場所で機を織っているからだった。千種の家は集落のはずれにあるので、あたりはどうしてももの寂しい。綾音などは、おとずれるたびに、自分だったらこんな場所に埋《うず》もれているのは我慢がならないと思うのだが、千種は性分らしく、一人でいてもこれといって不満はないようだった。

暖かいので板戸はすでにはずされており、千種の座る機織り場は舞台のように見える。もう一人の手を引いてやってきた綾音は、見上げて少々すまなそうに声をかけた。

「ごめんね、怒らないでね。菜緒《なお》がどうしても恋を占ってほしいというものだから、あたし、つれてきちゃったの」

千種は杼《ひ》を持つ手を止めていたが、綾音の言葉を聞くと表情がくもった。はなやかで陽気な従妹のことは好いていたので、怒ったりしたくないと思うのだが、おだやかならぬものはある。

少しためらってから、千種は短い段を降りていった。長い髪はゆるく後ろに束ねてある。目鼻立ちはくっきりしているが、おとなしげな、動作の静かな娘である。彼女の内にも激しいものがあり、きのう、さる人物に『大嫌い』といい放ったことは、少なくとも外見からはまったく想像できなかった。

「綾音。わたしは占いなどしないのだと、あれほどいっておいたのに」

千種はいったが、静かな口調のために、こめられた非難はかすかにしか聞こえなかった。綾音は、単純にほっとした色を浮かべて答えた。

「そんなにいいふらしたわけではないのよ。それでも、みんなが信じきっているんですもの。千種ねえさんならきっとまちがいないって、みんなが思っているんですもの。それに、嘘じゃなく当たるでしょう。この前いっていた、お天気のことも祝言《しゅうげん》のことも、どれも当たったじゃないの」

今後、よけいなことは一切《いっさい》綾音にいうまいと、千種は固く心に誓った。口をすべらせた自分がいけなかったのだ。

「千種さんが、佐絵《さえ》さんの恋は実ると予言したら、本当になったと聞きました」

菜緒という内気そうな少女が、おずおずといいだした。

「お願いです、あたしのことも観《み》てください。真剣なんです。これでお礼になるかどうかわからないけれど……」

彼女が小さな包みをさしだすのを見て、千種はあわてて押しもどした。

「とんでもない、しまってちょうだい。わたしは神おろしの巫女でもなんでもないのよ」

「でも……あたし……千種さんにお願いしたいんです。辻《つじ》のばばさまって、なんだか怖くて、歳の近い人のほうが安心できて」

訴えるような菜緒のまなざしに、困りきって千種は言葉を探した。

「あのね、がっかりさせて悪いけれど、わたしは占いをしたことなどないのよ。綾音に話したことは、あれは、機を織りながらふっとわいてきたもので、はっきりした問いに答えるものではないの。神おろしの力があるわけではないのよ」

「でも……」

恋する少女は、まだ納得できないようだった。隣で綾音が助け船を出した。

「それなら千種ねえさん、せめて菜緒のことを、機織りのときに心にとめるようにしてあげて。何か浮かばないともかぎらないもの、ねっ」

よけいな期待を持たせてはならないと思ったが、菜緒を見ると、冷たく追い返すのもかわいそうだった。しかたなく千種はいった。

「わかったわ。そうしてみる。確実ではないのだから、お礼など考えないでね。でも、あなたの恋が実るように、できるかぎり念じているわ」

菜緒は息をのみ、その顔は光が射したように明るくなった。うってかわってはずむ声で、彼女は何度も感謝した。

「ありがとう、千種さん。本当にありがとう」

（こういえばよかったのか……）

効果に驚いて、千種はようやくさとった。菜緒がほしかったものは、真のお告げというよりは、望みを支えてくれる寄りどころなのだ。彼女の熱くひそやかな望み、心にかなう相手と結ばれるかどうかは、人智では及ばない領域にあるものだから。

従妹のほうはさらに注文をつけた。

「できれば、四日後までよろしくね。あたしたち、氷川《ひかわ》のお祭りへ行くんですもの。勝負するとしたらそのときなのよ」

「あなたはどうなの」

千種は綾音にたずねた。だが、先にいったのは菜緒だった。

「綾音ちゃんはいいのよね。人もうらやむ仲だもの」

「わからないわよ。もっといい人、見つけちゃうかも」

綾音は不敵に髪をかき上げて笑った。

「千種ねえさんは、氷川へ行くの？」

「お参りはするけれど、陽《ひ》のあるうちにね。夜祭りまでは残らない」

氷川の社は隣の足立郡《あだちぐん》にある。思うともなくきのうのぶしつけな訪問を思い返した千種に、綾音はぎょっとするようなことをいった。

「そういえば、兄さんがきのう、隣郡《となりぐん》の男の子をこの付近で見かけたって、すごく腹を立てていたの。今度来たらただじゃおかないって。いやあね、どうしてこんなところにいたのかしら。氷川でまたけんかを見るのはごめんだわ」

綾音の兄は千種より三つほど年上で、荒っぽいことで有名だった。身内にとってはなかなかたよりがいのある青年なのだが、腕自慢の一党をたばねており、よそとの争いをひき起こす。氷川の祭りで隣郡の若者と大げんかをしたのは、たしか二年前の春だった。千種は思わず両手を握りしめた。まかりまちがえば、自分が騒ぎの火種になりうることに気がついたのだ。

「千種ねえさんも、外を歩くときには気をつけてね。このへんは大丈夫だと思うけど」

綾音たちはまもなく帰っていったが、千種は機織りにもどる気をそがれて段に腰を下ろしていた。火花のような綾音は、いつもそのあふれる生気で、千種がなじんでいるあたりの静けさをかき乱してしまう。会った後、もとの平穏にもどすのにいつも時間がかかるのだ。ふだんならば大好きな小川も樹々も、綾音が去ってしばらくは色あせて感じられ、静寂が身に染むような気がする。

きのうの訪《おとな》い人にも似ていると、ふと思った。彼女の年頃の若者には、それが当り前なのだろうか。

(……氷川でけんかになどならないわ。わたしはきのう、はっきりと告げたもの。気の迷いは冷めたはず。二度と現れることはない)

千種は思い返し、きっぱりした態度がとれたことをちょっぴり誇らしく思った。そう、千種は再会に動じなかったのだ。ひと晩たった今になって、綾音のなにげないひとことで、これほどうろたえていることのほうが不思議だった。

この自分が、ほかの娘からは恋のたのみ役にされるなどとは、なんという皮肉だろうと千種は思う。それとも、恋をしない者だけが他人の恋に介入できるのであって、少女たちは、知るともなくそのことを知っているのだろうか。やっぱり、自分は巫女に向いているのかもしれない……ため息をついて髪をなで、千種は機織りで固くなった自分の指先を見つめた。

（わたしのことなんか……どうして訪ねてきたんだろう）

なぜ再び訪ねてきたのだろう。日下部と竹芝は仲が悪いが、うわさのひとつも聞こえてこないわけではないので、どこのだれかは千種もよく承知していた。あれは、女たらしで有名な人物だ。千種のことなど思い出さなくても、まわりにいくらでもいるだろうに。

たしかに千種は、雪のちらつく睦月《むつき》のころ、藤太をひと晩かくまってやった。それはけがをしていたからで、道に迷った人に手をさしのべるのは、人として当然のことだったからだ。納屋を貸してやり、炭と食べ物を運び、傷には布を巻いてやった。だれでもすることである。それに、彼は一人ではなかった。用心深くて無口なもう一人の若者がつきそっていて、たえず疑わしそうに千種を見ていた。

あの二人には隔たりばかりを感じた。親切にしてやる必要などないように思えた。

なぜ、二人してまいもどってきたりしたのだろう。

(大嫌い、大嫌い。何度顔を見たってそういうわ……)

千種は怒りをこめて考えた。だが、自分がなぜそうもむきになっているのか、気づいてはいなかった。

＊　＊　＊

馬上の藤太はふり返り、うらみをこめた目で後続をにらんだ。

「おまえら、おぼえていろよ」

藤太の後ろには、阿高、茂里、広梨と、並んで馬で従っていた。絶対に陰謀だと藤太は思う。

「しかたないじゃないか。長殿《おさどの》におまえたちも行けといわれたんだから」

茂里がいった。彼の主張するところでは、藤太と阿高が廏《うまや》へ行っているあいだに総《ふさ》武《たけ》が来たというのだ。二人の行方を聞かれたので、牧監《ぼっかん》の田島《たじま》に会いに行くと答えたら、『ちょうど手が足りないといわれていたところだ』といったそうである。藤太としては、父親にたしかめて墓穴を掘ることもできず、同行させるしかなかった。

「こんなに大勢で日下部の土地にしのびこめるか。殴りこみじゃあるまいし」

ぷりぷりする藤太に、茂里は理《り》を含めるようにいった。

「日下部の土地だからこそ、小人数では危険じゃないか。見張りや伏兵が必要だ」

「阿高がいれば充分なんだよ。おまえらはなんだ。ただの野次馬じゃないか」

野次馬のもう一人、広梨は、阿高にうきうきと提案していた。

「いっそのこと、殴りこんだらどうだ。この際、あいつらの鼻を明かして、女の子を奪い取ってきてもいいじゃないか」

「そうだなあ」

阿高はまんざらでもない顔をした。見かけによらないが、この少年はけんかっ早いのである。藤太のほうが派手でけんか好きに見えるが、先に手を出した回数を数えてみると、阿高のほうが多いことがわかる。

「日下部の真守《まもる》たちに先手でひと泡吹かせるのは、悪くないことだな。早晩あいつらとぶつかるものな」

阿高がいうと、茂里が口をはさんだ。

「真守たちと事をかまえるなら、乗るやつは多いよ。あいつら、おととしの騒ぎからこちら、大きな風を吹かしすぎているからな。頭数をそろえたかったら、おれが声をかけてまわってもいいぜ」

「ばかやろう、勝手に話を進めるな」

藤太が怒って割って入った。

「千種をそんなふうに扱ったら、おれが承知しない。事は微妙で難しいんだ。乱暴など働いたら二度と相手にされなくなる。おれがこんなに苦心しているのに、けんかのだしにしようなどとおもしろがっているやつとは、これきり縁を切っちまうぞ」

みんなどっと笑った。藤太の一途《いちず》さはときどき、かっこうのからかいの種になるのである。だから藤太にとってはとても迷惑なのだった。さすがに相棒が気の毒になってきた阿高が、馬を進めて藤太と並んだ。

「広梨と茂里に馬をあずけて、二人で丘を越えればいいよ。おれが馬を見ていては、藤太が一人になるから気になっていたんだ。手が増えて、ちょうどよかったよ」

それは阿高の本心だった。阿高はぜひとも藤太のそばについていたかった。守りの意味もあるが、それ以上に、もう一度千種という娘の顔をよく見たかったのだ。藤太を本気にさせた娘として。それまで阿高は、千種の顔立ちなどろくに目にとめていなかったのである。

彼らはやがて北へ向かう街道を離れ、丘陵地帯に分け入った。丘の南斜面は開けているのだが、そのあたりには原野が広がり、家一軒見えない。コナラの林は銀色の若芽を広げるところで、全体が淡い輝きに包まれ、下草は日当たりのよい場所から先に、咲き出す花々で白や黄に彩られていた。馬に驚いた野ウサギが跳ね飛んで逃げていく。

広梨が弓をかまえるまねをし、ウサギに架空の矢を放った。

「弓矢を持ってくればよかったなあ」

「だめだめ、おまえはすぐ頭に血がのぼるから」

藤太と阿高は馬を降りた。千種の家まではまだだいぶあるが、慎重を期したほうがよかった。

「おまえたちのほうが先に見つかったりするなよ」

藤太は馬をわたす二人に注意した。

「そんなどじを踏むもんか。もどったら合図しろよ」

茂里は答えて手をふった。

二連は覚えこんだ道を足早にたどった。けがをして迷いこんだときには、どうなることかと思った丘抜けだったが、今となっては人に知られず千種の家の裏手に出る最短の道だった。それでも今時分は、山菜摘みで丘にいる人が多いので、出くわさないように気をつけなくてはならない。二人は敏捷な山のけもののように、めざす娘の家にすばやくしのび寄った。

「あそこだ」

斜面を下りきったあたりで木立を透かし見ると、見当とほとんど違わないところに草屋根が見えた。千種が機を織る小屋はさらに手前にある。小川を飛び越えればすぐそこの場所だ。しかし、藤太は立ち止まってしまい、なかなか足を踏み出さなかった。阿高はおかしそうに相棒を見た。

「おれが行って、呼び出してきてやろうか」

「いや、いい。おまえは待っていろ」

藤太は押し殺した声で答え、それからようやく腹をくくったらしく、しだれた枝をぐいと押しやって出ていった。

藤太にまかせたほうがいいと阿高も思った。きのう、あの娘はひどく怒ってしまったが、もしかすると、二人で行ったことがまずかったのかもしれない。彼らの里では、二連がくっついて行動することにだれもが慣れっこになっているが、そうでない彼女には、男二人は脅威に感じるか、逆に不まじめに感じるものかもしれなかった。阿高は、藤太を見送って木の後ろにかがみこみ、彼ら以外の人影に注意していることにした。

千種が藤太に気づき、驚いている声がした。どうやら千種は建物の外に出ていたらしい。藤太は、今さっきあれほど緊張していたくせに、楽に明るく話しかけていた。なんといっても、そのあたり藤太は場慣れしているのである。

（でも……手こずっているな）

阿高は耳をすまして考えた。千種はあたりをはばかって声を落としているものの、鋭い早口でしゃべっていた。内容までは聞きとれないが、簡単にうんというつもりはないらしい。

（……本当にもの好きだな、藤太も）

こんなに聞きわけのない、藤太のよさがわかりもしない女の子に、どうしたら首ったけになれるのだろう。阿高には、どう考えてもわからない謎だった。

とにかく藤太は女の子にやさしかった。阿高が冷たい態度をとるのを見ても、それをおぎなうかのように、二倍やさしかった。阿高は、自分が放っておいても藤太がよく面倒を見るので、ますます女の子から遠ざかるようになるのだ。それとも、順序は逆なのだろうか。藤太がだれにでも好意を持つのを見て、阿高は女の子を無視しはじめたのだろうか……これまた考えてもわからないことだった。

とりとめなく思いめぐらしていた阿高の耳に、ふいに千種の返答が聞こえた。千種は藤太とやりとりするうちに、つい高ぶって声を大きくしたのだ。その内容には、阿高をぎょっとさせるものがあった。

「好きになんか、絶対にならない。わたしは知っているもの。お告げを見たもの。あなたはわたしなどおいていってしまうのよ。わたしよりあの人を選んで、遠くへ行ってしまうのよ。そんな人のことを、どうやって好きになれというの。あの人……阿高のほうが、あなたにはずっと大事だというのに」

（なんのつもりなんだ、あの女……）

聞き捨てならないと思ったとたん、阿高は飛び出していた。だが、小川を飛び越して藤太の脇へ並んだときには、千種は顔を覆ってわっと泣き出していた。

「あ、泣かせた」

出端《でばな》をくじかれて阿高はつぶやいた。いくら阿高でも、女の子の涙にはたじろぐ。弱りはてた顔で藤太は阿高を見た。

「おれは、泣かすようなことは何もしてないし、いってもいないぞ。千種のいうことが妙なんだ」

「聞こえたよ。お告げとかなんとかいっていたな」

藤太は少し迷ってから、ゆっくり言葉をついで、泣いている少女にいった。

「千種、ふられる理由がそれでは納得できないよ。おれは今ここにいて、千種のことが気になっている。もっとよく知りたいと思っている。祭りに来てくれ……一度でいいからつきあってほしいんだ。そして、おれの話も聞いてほしい」

千種は答えず、背中を向けてしまった。だが藤太は近づいていって、大胆にも肩に流れる髪にふれた。

「もしかしたら、千種には予言の力があるんだね。おれは、そういう人を一人知っている。だから、なんとなくそうだと思うよ。きみのいっていることがでたらめだとは思わない。ただ、納得できないだけなんだ」

ほんのわずかな接触だったが、千種ははっとしたようで、鹿のように敏捷にふりむいた。藤太を見つめる目もとは赤いが、すすり泣きは止まっている。藤太は手をひっこめ、少しきまり悪げにほほえんだ。

「祭りに来てくれるね？」

千種は袖で涙を押さえ、そのままの姿勢でじっと見つめてから、ささやき声でいった。

「どうして……そんなふうにいえるの？　わたしのこと、頭が変だと思ったでしょうに。そう思ってかまわないのよ。あなたもわたしを大嫌いになっていいのよ」

藤太は明るく異をとなえた。

「おれはまだ、大嫌いになれるほどきみを知らないよ。そうだろう、きみだってまだ知らないはずだ。なのにきみはお告げを見たんだ。おれたちが仲よくなるってことを、先に知っていたということじゃないか」

「……ずうずうしいわ」

千種は目を伏せていった。しかしその声音《こわね》には、言葉ほどのとげはなかった。

「なんとでもいってくれ。つきあってくれるまでは、どこまでもずうずうしくなれるよ」

そばで阿高は、二人のやりとりをぽかんと見ていた。そのせいで、彼らは敵がすぐ後ろに来るまで気がつかなかった。

突然、凄味をきかせた声が裏庭に響きわたった。

「だれにことわってそこにいる。きさまら、覚悟はできているんだろうな」

4

茂里《しげさと》は、二連《にれん》が背後にたくさんの怒声や足音をひきつれ、ひた走りに逃げてくるのを知って、だいたいのなりゆきは察せると思った。彼らとともにいると、本当に退屈だけはすることがない。

「だから、伏兵が必要といったでしょうが」

合図の指笛を鋭く吹き鳴らして、茂里は木の枝から飛び降りた。馬二頭を丘の半ばまでつれてきていたのだ。先に気づいた藤太《とうた》が、音をめざして藪《やぶ》を飛び越えやってきた。

「わるい」

息を切らした藤太はそれだけをいい、自分の馬のたづなを受け取った。そっちへ行ったぞ、逃がすな、という声が間近に聞こえる。

「少し蹴散らしてやるか」

鞍にまたがった茂里はたずねた。だが、藤太は首をふった。

「いや、逃げよう。阿高《あたか》をひろって……」

いっているうちに、阿高が彼らの上に姿を見せた。一段高い崖の上である。その姿がちらりと見えただけで、藤太は馬を走らせた。阿高は下をのぞきこみ、状況をつかむと、高さにひるむことなく飛び降りて、藤太の後ろに見事におさまった。こういうときに二連は合図をせず、声ひとつかけない。なのに、まるで示し合わせたかのように行動するのを、茂里はいつもおもしろいと思った。

阿高を追いかけて、矢が数本飛んできた。当たるものではないがぶっそうだ。馬の頭を回しながら、藤太が早口に茂里にいった。

「やつら、用意して張っていたのさ。今日のところは逃げるが勝ちだ」

「馬がなかったら、おまえたちは袋だたきだったな」

茂里が得意気にいうと、阿高が息をはずませながらも、むっとした声を出した。

「それだったら、こうも逃げ回らないで、目にものを見せてやったよ」

追手は乗り物まで用意してはいなかったので、逃げきるのは簡単だった。彼らは広梨《ひろなし》の待つ場所まで駆け、そこで阿高が乗り替えると、余裕を持って街道へもどった。やれやれとため息をついて、藤太がつぶやいた。

「これで二度とかよえないな。丘の道にも見張りがつくだろうよ。ああ、あとひと押しだったのに……」

阿高は、疑問だったことを思い出して、不思議そうに口にした。

「藤太、予言する人を知っているといっていたけれど、あれはだれのことなんだ」

藤太はばつが悪そうになり、ひとさし指で鼻をかいた。

「あれは、ほら……辻のばばサとか、いるじゃないか」

阿高はあきれた顔をした。

「藤太をつかまえて女難《じょなん》の相があるなどと、いわずもがなのことをいったばあさまのことか？　だいたいあのばばサは、おれたちのことを双子の若《わか》といったんだぞ。目なんか見えていやしないんだ」

広梨が思わず吹き出した。けれども阿高は、眉をひそめて相棒を見ていた。

「予言なんて、どこで聞いたことがあるんだ。おれには少しも思い当たらないのに」

藤太は急に笑った。

「ばかだなあ。女の子の口説き文句は相手に合わせるものなんだ。おれは、千種の気持ちをひきたかっただけだよ。おまえが真《ま》に受けてどうする」

「それはそうだけど……」

それでも気にくわないと、阿高は思った。あのとき、藤太と千種は二人だけに通じる何かを得ているように見えた。阿高の知らない何かが、そこに介在するように見えたのだ。ちくりと胸が痛むのはなぜだろう。

茂里が口をはさんだ。

「うわさのとおりに巫女《みこ》さんめいた子だったらしいな。そんなに神がかっていて、藤太の手に負えるのか？　日下部《くさかべ》の一族がきっと手放さないだろう」

「かもな。おまけに、真守《まもる》の従妹だった」

藤太は憂鬱そうにため息をついた。

「こうなったら、真守と派手に一戦かまえて、憂さをはらすしかないかもな」

四人がはるばる来た用事はこれで終わったわけだが、総武《ふさたけ》の手前、牧監《ぼっかん》の田島に会わずに帰るわけにはいかなかった。そのまま馬を進めて、郡の北はずれにある牧《まき》まで行ったが、着いたころには日が暮れてしまっていた。牧童たちの夕飯が終わるころ、ひょっこりやってきた彼らを、田島は冷ややかににらんだ。

「手が足りないと矢の催促をして、よこされたのがこんなごろつき四匹だったとは。竹芝も近頃は地におちたもんだ」

容赦のないいいようは、田島ならではだった。二連も広梨も茂里も、この齢《よわい》五十になる頑丈ながにまた男のもとで、三年ほど牧童の修業をさせられている。坂東《ばんどう》一、馬の扱いにたけ、坂東一、口の悪い男として、田島にはまじめに尊敬の念をいだいていた。

「すまなかった。おれたち、待たれているとは少しも知らなかったんだよ」

炉にかかっている大鍋の中身を分けてもらうために、ごろつきたちはたいへん低姿勢だった。田島は四人に、あと数回馬のひづめに蹴られて利口になったほうがいいと悪態をついたが、それでも椀は回してくれた。

「役立たずだが、ほかに人足がいないのならしかたがない。明日は四人とも、いっしょに国府《こくふ》へ行ってもらうぞ。二十頭つれていく」

「今どき？」少年たちはびっくりした顔をした。御調《みつぎ》の馬を出すには季節が早い。

「御調とはまた別だ。国府で、お上《かみ》の簡閲《かんえつ》があるらしい」

「ああ、それか」

茂里が膝をたたいた。

「簡閲のために、騎兵の数をそろえなければいけないんだよ。どうかしたらおれたちも、頭数に入れられちまったりしてな」

「兵団を作るのか？」

「本番じゃないよ。都《みやこ》のお使者の面前で、体裁を作るためにさ」

広梨が、考えこむようにいった。

「三年後には、おれたちも徴兵の数に入っているんだな……」

田島がふふんと鼻で笑った。

「おまえたちなんぞが兵士になったら、王軍《おうぐん》のいい迷惑だ。人のいうことは聞けないし、そこつだし、大食らいだし。北の遠征の難しさは、補給の難しさだ。あのへんには大集団を養う食い物がない。山道は険しく、後続の物資はとどこおる。おまえらがまっ先に音《ね》を上げるのが今から見えるようだ」

この牧監は以前出兵していた。もちろんその技術を買われたのだ。だが、田島も総武同様、陸奥《むつ》での体験を自慢する気にはならないようだった。

「蝦夷《えみし》族は強いぞ。おととしなど、あれだけの軍勢が、一千かそこらの蝦夷の騎兵に蹴散らされて泣き帰ったのだからな。やつらは馬がいいのだ。疾風《はやて》のように現れては去ることができる。わしも目にしたが、実に見事な馬だった。北にはよい馬が多い。わしらと違って、北の海道からじかに大陸のよい種馬が手に入るからな。うらやましい限りだ。もうちょっと昔までは、坂東にもやつらとの交易の道が残されていたものを」

何度か聞かされた話だった。田島が手放しで誉めるのは、馬のことのみなのである。

「蝦夷があなどれないことを、都もようやくさとったということなんだろうね。今度の早々とした箇閲なんかはさ」

目はしのきく茂里がいった。

「蝦夷でなく、坂東人《ばんどうびと》をかもしれんぞ」

底意地悪い調子で田島はいった。

「まったく、なんのための戦《いくさ》だ。どこにも余分がないところへ徴発が来る。出兵そのものが無茶だね。わしのかわいい馬たちを、あわなくてもいいつらい目にあうために送り出すのは、胸の痛いことだ」

(なんのための戦……)

少年たちは、めったに考えないことをちょっと考えてみた。生まれたころからずっと戦が続いているので、蝦夷を討つのは当然のことになっており、なんのためと思ったことはなかった。しいていえば、蝦夷族が勢いを得て南下し、坂東に攻め入ることを防ぐためだが、その危機感も、昨今では希薄なものになっている……

しばらく会話がとぎれた後で、ふいに阿高が、拍子抜けするほど違う質問をした。

「田島、馬のよさと毛並の色というのは、関係するのかい」

阿高は一人だけほかのことを考えていることがよくある。それが人をはっとさせることもあり、ずれているだけのこともあった。田島は彼の性癖《せいへき》をよく承知していたので、ちょっとうなっただけで専門家らしく答えた。

「毛色か。色だけではなんともいえん。体型やつむじの巻き方などには、それなりの見分け方もあるものだが」

阿高は首をひねっていたが、さらにいった。

「たとえばの話、体全体墨みたいにまっ黒で、たてがみと尾だけまっ白な雄馬がいたら、それはよい馬かな」

「何をいっている、そんな馬がいたならわしもおがみたいわ。それなら神馬《しんめ》だ。瑞相《ずいそう》として帝《みかど》に献上するような馬だ」

藤太はあわてて阿高をつついた。

「どこで見たんだよ。そんな馬」

「夢で見た」

阿高は答え、みんなの憤慨を買って頭をこづかれた。

「いきなり、意味のないことをいいだすんじゃないよ」

「蝦夷の馬の話で急に思い出したんだよ、しかたないだろ」

阿高が頭をかばいながら抗議していると、田島が口もとをひねるような笑みを見せた。

「豪勢な夢だな、阿《あ》の字。だれかに夢解きをしてもらいな。吉夢《きちむ》かもしれねえよ」

「夢解きなら、辻のばばサもしているけれど、思いつきもしなかったな。そういえば、小さいころから何度も見ているんだ、同じ馬の夢」

牧童のころのようにわらで寝床を作りながら、阿高はいった。

「遠くに見ることもあるし、おれが乗っていることもあるんだけれど、いつでもその馬が墨を流したように黒くて、首と尾の長い毛だけは光るように白いんだよ」

「そんな話は、一度もしたことがなかったな」

「目がさめると、たいてい忘れちまうんだよ。おれ、寝起きがいいもの」

藤太はどこか複雑な顔をしていたが、しみじみいった。

「おれたち、ずっといっしょに育ってはいても、まだ知らないことだって、こうしてひょいと出てくるんだな」

「お互いさまだよ」

阿高は軽く答え、そして、わらに寝ころんでからつけ加えた。

「これからはきっと、知らないことも多くなるね」

藤太は返事をしなかった。返事をしても、阿高は寝入ってしまい、聞いていないことはわかりきっていたのだ。


(気になるな……)

牧を出るときは目が回るほど忙しく、気を抜けば馬たちはすかさず勝手にふるまうので、考えごとをするひまもなかったが、それでも藤太は心の隅にひっかかるものを感じていた。

『ましろ』のいった言葉が気になるのである。あのときましろは、坂上《さかのうえ》将軍に見つかるなといった。将軍などというものには、日常お目にかかるものではないから、あまり気にしていなかったが、自分たちはこれから国府《こくふ》へ出かける。それも軍事簡閲のためなのだ。

綱を渡して隊を組ませた馬たちがようやく歩調を整えたころ、藤太はやっと茂里と口をきく機会を持った。ものをたずねるなら茂里に限る。坊主にするか、国学へ入門させるかという話もあったくらい頭のいい彼は、そうしなかったかわりに、広く世間の知識を得ることを楽しみとしていた。

「なあ、茂《しげ》。都のお使者って、だれだか知っているか」

「坂上田村麻呂《さかのうえのたむらまろ》」

打てば響くように茂里は答えた。

「やっぱり……」

藤太がつぶやいたので、茂里は不思議そうに見返した。

「どうかしたかい。東海道を回っている使節は二人いて、もう一人は古つわものだけど、この坂上って人は新参者《しんざんもの》だからよかったってよ。まだずいぶん若いってさ」

「若いといっても、もう歳だろう」

「まあね、三十四、五らしい」

（良総兄《よしふさにい》の、もう少し上か……）

藤太は考え、浮かない口調でさらにたずねた。

「その人のこと、何か知ってるか」

「あまりないな。大抜擢だということくらいかなあ。武門の人で父君は名があったから、都では有望株なんだろうね。もっとも、おれは興味があると思っているが、藤太が聞くなんてめずらしいな。どういう風の吹きまわしだ」

「おれだって、これから中央で幅をきかす人物には興味がある」

茂里は同情したようにいった。

「わかるよ。つれない娘のことを忘れていたいんだな」

「放っとけ」

不本意な顔をして藤太は持ち場にもどった。

南武蔵にある国府に彼らが到着したときは、すでに正午を回っていた。庁舎の土塀に隣接した広場で、馬や人がざわめいている気配がする。ここで閲兵式や教練が行われるのを、少年たちも好奇心からのぞきに来たことが何度かあった。

「思ったよりかかったな」

太陽を見てつぶやくと、田島は藤太を視線にとらえていった。

「ひとっ走り先に行って、長殿《おさどの》に着いたことを伝え、指示をもらってこい。庁舎においでになっているはずだ」

「はいよ」

気軽に返事をすると、藤太は列を離れて馬を駆けさせた。

瓦ぶきの黒屋根と、丹《に》を塗った鮮やかに赤い柱を持つ国府の建物は、国分寺《こくぶんじ》とともに、武蔵では唯一異国を香らせる場所である。そのまっ赤な壁は草木の緑に映え、燃えるようにきわだって見えた。異様でいかめしいその構えを、藤太は立派だと思うもののの、このような建物ばかりでできている都という場所を想像すると、なんだかおかしな気がしてくる。花よりも家のほうが赤い場所に暮らす気分というのは、いったいどういうものなのだろう、と。

馬を降りて、掃き清めた門の内へ入った藤太は、長い柱廊《ちゅうろう》を行き来する役人たちを何人か見送った。それから、庁舎のきざはし近くに立つ数人の中に父の顔を見つけた。総武は、国府に出向くときはいつもそうだが、衣服を黒みがかった袍《ほう》にあらため、頭には黒塗りの冠《かんむり》をつけている。彼も任官した役人には違いないのである。半白のひげをふっさりと下げた総武は、意外とその姿が映り、押し出しがよく見えた。どうにも似合わない粗野な郡司《ぐんし》も多い坂東なのである。

小走りに前庭を横切りながら、藤太は、父親たちが見慣れない背の高い男を囲んでいることに気がついた。並の背丈を頭ひとつ抜きん出る長身で、ひと目で武官とわかる堂々とした人物だ。薄緋《うすあけ》の位袍《いほう》と純白の袴《はかま》は上等で、しかも着こなして感じられる。

（都人《みやこびと》か……まさか）

かすかに予感しながら藤太は近づき、父親たちの目が向いたので、頭を下げた。総武はかすかに眉を上げた。

「来たか。ずいぶん遅かったたな」

「どうでしょうな。申し上げたように、わたしの気に入る馬はなかなか見当たらないのですよ」

響きのよい声で、話の続きのようにいったのは、その背の高い男だった。愉快そうに彼は続けた。

「よほど骨格もよく勇敢でないと。気性は荒くても乗りこなす自信はあります。すでに、いくつかの国で物色してきてはいるのですが」

総武がやんわりと答えた。

「武蔵の荒馬はとことん荒いですぞ。まあ、ともかく、うちの牧の馬たちをご覧になっていただきたい」

（そういうことか……）

　藤太は、なんとなく事の次第がわかったように思った。総武が急ぎつれてこさせた馬たちは、国庁《こくちょう》への進物ではなく、この使節自身への進物なのだ。

「田島がその先まで来ています。指示を受けてこいといわれました」

　藤太が父にいうと、総武は今行くと答えた。都人が藤太を一瞥《いちべつ》し、値踏みするようにすばやく上から下までながめたのを感じた。

「失礼ですがそちらは、ご子息ですか。それとも……」

　子か孫かと迷われるのはいつものことだ。総武は短く答えた。

「息子です。これが末でして、今年十七です」

　さりげなく徴兵に満たない歳であることを強調した総武に、男は思いがけない返事を返した。

「それはそれは、ずいぶん歳の離れた息子さんがおられるのですね。亡くなったご長男とは親子の違いだ」

　総武も藤太もはっとして男を見た。彼は都人にしては浅黒い、彫りの深い顔に笑みを浮かべている。にこやかだが油断のできない表情に見えた。

「死んだ勝総《かつふさ》のことを、どこでご存じなのですかな」

　ゆっくりと口調を保って総武はたずねた。

「武蔵の竹芝《たけしば》のことは、いくらか聞き及んでおりましてね。いつか、ぜひお目にかかりたいものと思っていました」

都の使節はきれいに剃り上げたあごの手入れもよく、男ぶりはなかなかよい。なのにどうしてか、笑顔を浮かべてもまどろんだ猛獣がそこにいるような気配を感じさせた。藤太は、ふいに男の、人を圧する大きさを感じた。巨漢だというのではない。肉づきにむだはなく、むしろ痩身なくらいだが、頑丈にひきしまり、力のみなぎる体躯《たいく》なのだ。腰高《こしだか》なだけに、袍《ほう》の帯に下げた黒鞘《くろさや》の太刀が、いやがおうにも人目をひく。

(ましろは、坂上将軍が捜している、自分を知っているといった……)

藤太は理屈ではわからないものの、ふいにその言葉を信じた。この男は捜している。阿高をこの男に会わせてはならないのだ。

「先に行って、田島に待つように伝えておきます」

藤太はいい、きびすを返すと、走ってその場を後にした。どのようにして阿高を都人の目から遠ざけたらよいのか、方法は思い浮かばなかったが、ともかくそうしなければならないと感じた。つないだ馬を解き、もと来た道を駆けもどる。

「おーい」

土塀の角を曲がると、茂里が一人でこちらに向かうのが見えた。合図すると、彼はたづなを引いて馬を止め、藤太が近づくのを待った。

「おまえを呼びに来たところだ。広場のほうへ馬を入れたから」

「親父がじきじきに来るってさ。都の人をつれて」

茂里はへえという顔をしてから、顔をなでた。

「それは、ちょっとまずいかもしれないな」

「どうして」

「実は、広場へ入ったら出くわしてさ……真守《まもる》とその一味に。あいつらもどうやら閲兵に駆り出されたくちらしい」

藤太は顔を険しくした。

「やりあったのか」

「いや、まだだ。おれが後にしたときにはまだだった。でも、瀬戸際まで行っていたと思う」

5

閲兵式の本番は翌日であり、この日はただの予行だったので、集合した兵士たちは午後には思い思いに散っていた。ならした土の広場に残っているのは、娯楽に馬を競わせて見物している連中、相撲をとって暇つぶしをしている連中くらいだ。その中に日下部《くさかべ》の真守《まもる》たちがおり、竹芝《たけしば》の馬をつれてきた顔ぶれをすぐに見分けた。

「おやおや、おれたちがきのう裏山で狩ったウサギが、府中《ふちゅう》に跳ねて出てきたぞ」

阿高《あたか》を見ながら、真守は手の砂をはたいて大声でいった。

「たしかにそうだ。よく跳ねるウサギだったな」

真守を取り巻く若者たちは笑い出し、声を合わせた。

「おれたちに狩られた竹芝のウサギだ」

「ウサ公、もう一匹はどこへ行った」

阿高は、取り囲むように寄ってきた彼らを軽蔑したようにながめた。全部で六人。真守もあとの連中も、だいたいは年上だ。だが、阿高には、彼らを目上扱いしてやるつもりは毛頭なかった。

「竹芝では、獲物を仕とめることを狩りといっている。当たりもしない矢を射かけて、むだにすることを狩りとはいわないんだ」

「こいつ、生意気な口をききやがって」

歯がみした一人が、阿高に殴りかかろうとした。そばで広梨《ひろなし》がはっと身がまえたが、阿高はすばやく飛びすさっていた。

「ここで乱闘して、いいわけに困るのはあんたたちだろう。おれは別にかまわないが」

真守は目を細めた。

「気にくわないな、この白ウサギ。前からそのすまし返った面が気にくわなかったんだ。自分の庭でおとなしくしていればいいものを、さかりがついたか知らないが、厚かましくひとの里に出入りしやがって。このへんでひとつ示しをつけておいたほうがいいようだ」

阿高は離れていた茂里《しげさと》のほうを、ちらりとふり返った。茂里はかすかにうなずいて、馬のほうへ走った。

「助けを呼ぶのか。二匹そろっていないと何もできないか。そうだろうな、まったくの臆病ウサギどもだ。竹芝からは、戦《いくさ》へ行ったやつの名をついぞ聞いたことがないからな」

真守はあざけりをこめていった。その目を阿高は見すえ、静かに返した。

「あんたはまちがっているよ。歳をとると、頭がボケるんだな。お年寄りの相手はおれ一人で充分だ。藤太《とうた》が来る前に片づけてやるよ」

（阿高のやつ、怒ったな……）

広梨は思った。阿高は一見熱がなさそうに見えるので、よく知った者にしかその兆《きざし》がわからない。だがこの少年は静かに怒りをつのらせていき、一度爆発したら凶暴というにふさわしかった。吠えない犬のように危険なのがこの阿高で、自分ならけっして、一対一の相手になりたくないと思うのである。

真守が指の関節を鳴らした。

「今の言葉、泣いて後悔させてくれる。ほかのやつは手を出すなよ。こいつはおれが一人でやっつける」

仲間の若者たちは、さっと後ずさって二人に場を空けた。真守の体は阿高よりひとまわり大きく、体重もある。見たところ対等の勝負ではなかった。それでも阿高はひるむ様子がなく、腰を沈めて隙をねらった。

「こらこら、そこで何をやっている」

仲裁はよそから入った。広場で馬を見物していた兵士の中に、彼らの不穏さに気づいた者がおり、三人ほど止めに入ってきたのだった。

「こんなところで殴り合いができると思っているのか。家のしつけがなっていないぞ」

阿高は背筋《せすじ》を伸ばし、兵士の一人を見て目を丸くした。

「豊高兄《とよたかにい》」

正確には叔父である。藤太のすぐ上の兄、豊高だった。南の国蔵《こくぞう》の警備にあたっていたはずで、この場に来ていたとは、阿高もつゆ知らなかった。

「どうしてここに。閲兵式に出るの?」

「駆り集められたのさ。おまえこそ、なぜこんなところにいる。親父と来たのか」

阿高は立場がなく口ごもった。真守も、竹芝の大人の出現にひるんでいた。豊高は一同を見回し、軽く笑いを浮かべた。彼とて阿高の年頃におとなしかったとはいいがたく、どういう場面だったか察しをつけていた。

「おまえたち、勝負をつけたかったら、正々堂々と試合してはどうだ。あちらで馬を競わせている。坂東の若者にふさわしく、弓馬《ゆんば》の腕で戦ってみろ」

豊高が親指で馬場を示していうと、あとの兵士たちが勢いよく賛成した。

「そうだ。騎射《きしゃ》はどうだ。弓を貸してやるから、やってみろ」

その熱意あふれる様子からすると、彼らはどうやら、競《くら》べ馬で賭けごとをしているらしかった。若い連中を競わせて、変わった趣向を楽しむ心づもりなのだ。年配者たちの誘いを受けて、日下部の一人が声を上げた。

「やってやれよ、真守。こいつは、自分じゃろくろく弓弦《ゆづる》も引けないくせに、おれたちの弓をけなしたんだぜ」

真守はじろりと阿高を見た。このままひき分けられて気持ちがおさまるはずもなかった。

「赤っ恥をかきたくなかったら、逃げろよ、ちびウサギ」

「それはこっちのいうことだ」

阿高は間髪《かんはつ》を入れずにいい返した。

藤太が広場に駆けつけたときには、事態はそういうことになっていた。その場にいた兵士たちがわき、おもしろがって見守る中で、真守と阿高が弓矢をわたされ、馬上に座っている。馬場のふちに沿って、五本の木にうちつけた的が立っており、彼らは一騎ずつ馬を走らせながら、通過した的に矢を命中させなければならなかった。その数と足の速さを勝負するのである。

あぜんとする藤太のところへ、豊高がにやにやしながら寄ってきた。

「よう弟。おまえも阿高に賭けるなら、一枚加えてやってもいいぜ」

「豊兄《とよにい》、いったいどういうことなんだ」

「さかり犬みたいにけんかをしたがっていたからさ。騒ぎを起こして、親父に知れたら事だったぞ。ところで、阿《あ》ー坊《ぼう》の近ごろの腕前はどうなんだ。うん？　見込は五分《ごぶ》か、六四か？」

「よけいなことを。目立ってはいけないというときに」

藤太は頭をかかえたくなった。

「でも、都人《みやこびと》に乱闘を見られるよりはましだったじゃないか」

茂里は気楽なもので、早くも賭けに目を輝かせはじめていた。

「なあ、どう思う。阿高には勝算があるかな」

藤太にはなんとも答えられなかった。彼らは弓にも馬にもなじんでいるし、狩りには何度も行っている。だが、正式の場で試してみたことは一度もないのだ。おまけに今日は、春先によくある気まぐれな風が吹いている。踏みならした広場は乾いて土ぼこりが舞っていた。

藤太たちが近づいていくと、阿高は藤太に気づいて、ちょっと間《ま》の悪そうな笑みを浮かべた。

「ごめん、すぐにすむよ。藤太が来る前に終わると思ったのに」

「先発はどちらだ。用意はいいか」

審判役の男が叫び、阿高の馬はほかの者に引かれていって定位置についた。藤太にはどうすることもできず、見ているほかはなかった。広梨が来て、熱心にこうなるまでの経過を説明した。茂里はそれすらろくに聞かず、後ろで賭け率の相談にひきこまれている。さかんな野次、声援が飛びかっていた。

（阿高にくそ度胸があることは知っていたが……）

馬上の阿高はおちつきはらって見えた。真守は声援に応えて手をふっているが、彼のほうがよほどうわずった様子だ。阿高はひとごとのような顔をしていた。相棒には妙な強みがあると、藤太は思った。それだから阿高は、女の子の視線をも無視していられるわけなのだが。

南風があおるように吹きつけた。馬と阿高の額髪《ひたいがみ》をさっとなびかせる。阿高は顔を上げ、測るように空を見つめた。大勢の前で公然と何かをする阿高を見守る経験は、藤太にとってもはじめてだった。冷たく整った阿高の顔を、藤太は不思議なものを見るように見た。

（あいつはあんな顔をするのか。まるで……見られることに慣れた貴人のように）

合図がかかった。阿高は思いきりよく馬を出し、またたくまに早駆けへもっていった。疾走する馬の背であぶみ立ちになり、矢をつがえる。まばたきの何分の一かの静止。その姿勢にはびくともしないものがあり、放った矢は吸いこまれるように的に突き刺さった。時を移さず、二の矢を取る。阿高の動作はすべてなめらかで、むだはほとんどなかった。危なげなく五つの的をすべて射終わると、その体を伏せ、ひづめの音も高く駆け抜けた。見物人から驚いたような声がわいた。

「あの坊主、お手本のような走りをするじゃないか。体は軽いし、今度競べ馬をやるといい」

藤太は、次の真守の走りを見極めようとはせず、人垣を抜けて阿高のもとへ向かった。勝負はすでについていた。

阿高は馬を静めるために、まだしばらく歩かせていたが、藤太を見て、いたずらに成功したような笑顔になった。

「真守のやつは、どうしてもへこましておきたかったんだ。藤太のためにもね」

「わかったよ」

藤太が笑わないので、阿高は意外に思って馬を降りた。

「どうしたんだ。何かあったのか」

藤太は阿高の肩をつかみ、その顔に顔をつきあわせていった。

「いいか、あれこれいわずに聞いてくれ。今すぐにここを出るんだ」

阿高はきょとんと見返した。

「いいけど、田島の手伝いは？」

「茂里たちにやってもらう。あいつら、阿高のおかげでもうけたようだから、文句はいわないだろう」

「だけど、親父さまが来ているだろう」

「どうにかなるさ、豊兄《とよにい》もいることだ。それに、都人のもてなしにおれたちがつきあうことはない」

あの背の高い、抜け目のなさそうな都人は、阿高を目にしたに違いないと藤太は思った。万一目にしなかったとしても、早晩だれかが話すだろう。騎射の見事な総武《ふさたけ》の孫の話を。

阿高は、藤太が何かを気にかけているのを知って、当面逆らわないことに決めた。

「それでおれたち、どこへ行くんだい」

家へ帰るつもりでいた藤太は、はたと気がついた。竹芝へもどってもなんにもならないのだ。都人に知られまいと思えば、親たちからも行方をくらまさなくてはならない。

躊躇《ちゅうちょ》してから、藤太は思い立った。

「千種《ちぐさ》のところへ行こう。今晩泊めてもらう」

阿高は相棒をまじまじと見た。

「本気か、藤太」

「本気さ。真守たちは明日の朝、閲兵式に出なくてはならないんだ。当然もどらずに宿をとるだろうよ。明日の夜まで、あいつらは千種の家を見張れないんだ。こんな機会、みすみす見逃す手はないだろう」

理由づけに勢いを得た様子で、藤太は歩き出した。

馬をおいたまま抜け出し、二人は徒歩で千種の家へ向かった。阿高は文句をいうまいと思ったが、この日の藤太の行動は、どう考えてもわからなかった。唐突に国府《こくふ》を出てきたのもおかしいし、千種に泊めてもらうというのもおかしい。彼らはたしかに一度、納屋に泊めてもらったことがあるが、それは非常事態だったからで、ふだんにできることではなかった。

　千種がぶしつけにあきれ返ったのも当然だった。

「わたしの家は宿ではないのよ。父さんも母さんもいるのよ。二人に気づかれたら、どう説明できると思って？」

「わけあって、ちょっと、家には帰れないんだ。近所ではだれにもいえないんだ。千種だけがたよりなんだよ」

　藤太は殊勝にたのみこんだ。

「迷惑なのは、本当によくわかっている。助ける義理じゃないこともわかっている。それでも、おれたちの身に起こることを一番よくわかってくれるのは、千種のような気がしたんだ。助けてくれるような気がした。きみは、ほら……お告げとかにも慣れているだろう」

　千種は藤太をにらんだが、大きくため息をつくだけにした。何か事情がありそうだということは、千種も気がついたのだ。しかし、若い男を一存で家に泊めるとなると別問題だった。警戒をこめて千種はたずねた。

「阿高もまたいっしょなの？」

「うん。そこに来ている」

　千種は肩を落とした。

「あなたはいったい、わたしのことをなんだと思っているのかしら」

「千種はおれの好きな人だよ」

この上なく明快に藤太は答えた。

「そんな言葉は信じない。あなたは一度だって一人でここへ来たことはない。本気じゃないからそうできるのよ。あなたはそれとも、どの恋人のもとへも阿高と行っていたのかしら」

「行っていない。今まではね」

藤太は笑って前歴を認めた。

「だからこそ、今度ばかりは本気なのだと思うよ。おれが本当に好きになる人には、必ず阿高も好きになってほしいし、おれのことも阿高のことも、本当にわかってほしいからだ。きみには洗いざらい話せそうな気がする。そして、わかってもらえるような気がするんだ」

千種はまだ反論するように口を開きかけたが、再びつぐんだ。

「きみはきのう、いっていたね。おれが遠くへ行くと。そして、それが阿高にかかわるといっていたね。どういうことか、もっとくわしく聞かせてほしい。おれも話すから、きみの知っていることを全部、話してほしいんだ」

藤太の力強さ、ほがらかさには、千種のためらいをふり捨てさせるものがあった。

千種はついに目をそらすのをやめ、彼のまっすぐなまなざしを受けとめた。そして、あきらめたように考えた。

（かなわない。拒んでも、逆らっても、わたしはこの人にひきつけられる。どんなに無理にあらがっても、さだめをたち切ることは、わたしの力ではかなわないのだわ）

夕暮とともに風がさらに強まっていた。木立をざわめかせて遠くでうなりを上げ、どこか不穏な気配がした。千種たちが立ち話をしているあいだにも、日の落ちた空は刻々と変化していく。千種はとうとういった。

「いいわ、納屋を開ける。食事を持ってこられるかどうかわからないけれど、とにかく中に入っていて」

千種が家のほうへ行ってしまうと、藤太は阿高を呼ぼうとし、そしてはじめて阿高が怒っていることに気がついた。

「おれは行かない。藤太だけが泊まっていけばいいんだ」

「おい、待てよ」

背を向けようとする阿高に、びっくりして藤太はその腕をつかんだ。

「千種のいうとおりだ。なぜおれまで彼女を訪ねなくちゃならないんだ。おれは二人の邪魔をしたいわけじゃない」

くってかかるように阿高はいった。

「それにおれは気にくわない。藤太があの子にいっていることがわからないんだ。藤太は何か隠している。それを、おれではなく、あの子にいおうとしている。それだったら、なにもおれの目の前で話さなくてもいいだろう」

「おれは何も、隠してなんかいないよ」

藤太は思わず口ごもっていた。その中途半端な嘘は、阿高の怒りをさらにあおっただけだった。

「帰る」

藤太は急いで彼の前に回った。

「今夜はおれといてくれ。そして、できれば何も聞かないでくれ」

「藤太。おれたちのあいだに、どうしてそんなに話せないことができたんだ」

阿高は息を吸いこんでいった。こんなことは今までに一度もおぼえがなかった。

(藤太にそれができるようになったのは、千種に話せるからなのか……)

「今に話す。きっと話すから、今日はここにいてくれ。おまえが家に帰ったらなんにもならないんだ」

藤太は必死になって阿高を納屋へつれてきた。阿高は不承不承だった。こういうとき、腹を立てた阿高は石のように黙りこむ。そしてそれは、藤太にはいつも身にこたえた。おまけに、千種はいつまでたっても姿を見せない。当然彼らの食事も抜きだった。

（なぜおれが、こんな苦労をしなくちゃならないんだ……）

夜のおとずれとともに、ときおり強まる風が、たてつけの悪い納屋を揺さぶった。暗がりに風の音のみが耳に鳴り、空き腹をかかえて、藤太はひどく情けなかった。阿高は一番遠い隅へ行って、わら束の陰にうずくまったきりだ。藤太はつい考えた。この上は、すべて打ち明けてしまったほうがいいのではないか。千種にも阿高にも全部を話して、すっきりしてしまったほうがいいのではないか……

「なあ、阿高」

試しに呼んでみた。もちろん、返事はない。

「返事をしろよ。話してやるからさ」

阿高がそろそろと身じろぎするのが聞こえた。そしてふいに口を開いた。

『何を話すって？』

阿高の声ではなかった。藤太の心臓が飛び上がり、しばらくは猛烈に鳴っていた。

「ましろ……なのか」

『藤太は不実だ。女を泣かすだけはある』

ましろの口調は、かなり非難がましかった。

『わたしに二度と会えなくてもいいと思っている』

藤太は後ろめたさもあって、ふくれて答えた。

「そういうわけじゃない。だが、おれには阿高も大事なんだ。あんたのせいで、阿高がおれに口をきかないんだぞ」

『阿高が怒っているのは、千種に妬《や》いているからだ。わたしのせいではない』

ましろは、阿高なら死んでも口にしないことを平気でいった。

『でも、わたしは藤太があの子にひかれる理由がわかる。あの子には少し素質がある。あの子は、わたしに少し似ている』

藤太はどきりとし、急いで話を切り替えた。

「そんなことをいいに出てきたのではないだろう。あんたはいつも予知する。教えろよ、坂上将軍《さかのうえしょうぐん》は何を知ってここへ来たというんだ」

『わたしがよみがえること。でも、あの人の手には入らない。もう待たなくていい。迎えが来る』

藤太は息をのんだ。

「よみがえるって、あんたは……もしかして、死んだ人なのか」

『そうもいえる』

ましろの声は、闇の中で、阿高のものとは思えないほどつややかに響いた。

『わたしは阿高の母、そして娘。力の守り主、一族の巫女姫《みこひめ》。藤太にだけはこの顔を見せた。守ってあげたかったから。藤太は勝総《かつふさ》によく似ていたから』

（女の人……）

藤太は意外なところで衝撃を受けた。このもう一人の阿高を、はっきり女だと考えたことはなかった。ずっと阿高が語っていたのだから。けれどももしかしたら、心の奥底ではすでに承知していたのかもしれない。藤太はたしかに、ましろに心ひかれていた。この人物のことをだれにも話さず、大事に秘めていた。あけっぴろげな藤太がこれひとつは秘密を守るほどに、このもう一人の阿高にひかれていたのだ。

藤太が言葉をなくしていると、ふいに納屋の戸が開き、風がごうと鳴った。飛び上がりそうになったが、その必要はなかった。千種がもどってきたのだった。彼女はすばやく戸を閉め、手にいっぱいかかえてきたものを下ろした。

「ごめんなさい、こんなに遅くなってしまって」

かがみこんだ千種は、火打ち金で手早く火をおこした。何度か火花が飛ぶと、油皿《ゆざら》の芯に炎が浮かび、暗い納屋を丸い金色の光が照らし出す。千種は何心《なにごころ》なく明かりをかかげ、それからぎょっとして凍りついた。

「藤太……そこにいる人、だれなの」

藤太もまた、ほの赤く照らし出された阿高を見て身がすくんだ。別人だった。顔も形も阿高のものではあったが、輝かしい表情と、その瞳の奥に宿る清冽なものはまるで異なっていた。藤太は一瞬、ましろの素顔を見たと思った。阿高より繊細な線を持つ、水晶の炎のような女性。清らかで薄紅《うすべに》の花のように愛らしい、目を奪うほど美しい女性……

ましろは光を浴びて座っていたが、その目を細めて千種にほほえみかけた。

『教えてあげる。この人はわたしを追ってくるけれど、がっかりはしないで。あなたの気持ちが強ければ、藤太は帰ることができる……そういう人なのだから』

「だれなの」

千種は声がふるえ、今にも悲鳴を上げそうだった。藤太はたまらなくなり、阿高に飛びかかると力いっぱい揺さぶった。

「もどってこい、阿高。おまえだ。目をさませ」

あごがくがくするほど揺さぶられてから、阿高はけげんそうに頭を起こした。

「よせよ藤太。こんなところにいて、居眠りくらいしかすることがないじゃないか」

6

藤太《とうた》は、できることなら穏便にすませたかった。なかったことにしてしまいたかった。けれども動揺した千種《ちぐさ》がひどく泣き出して、その望みはついえた。

「あの女の人はだれ。なぜ、わたしにあんなことをいうの」

阿高《あたか》は面くらった顔で、藤太にたずねていた。

「千種はどうしたんだ。女の人って、だれのことだ」

だまりこまなくなったのはいいが、してほしくない質問をする。千種は泣きながら阿高にくってかかった。

「あなたのせいよ。教えて、あなたはだれなの。いつも藤太のそばにいて、わたしから藤太を遠ざけて。その上藤太が追っていくと、事もなげにいうのね。いったいどこへ行くというの。藤太はここの人よ。返してよ、返してよ」

阿高はわけがわからないながらも青ざめた。

「おれはやっぱり、ここにいないほうがいいようだ」

「千種は今、ちょっと気が顚倒《てんとう》しているんだ。短気を起こすなよ」

藤太はいったが、収拾がつかないことには変わりがなかった。とにかく、なんとか千種の逆上を静めなければならなかった。

「おちついてくれ、千種。阿高にいってもはじまらないんだ。阿高は知らない。こいつとはなんのかかわりもないことなんだよ」

「あれは……神おろしなの？」

ようやくすすり泣きをおさめると、千種は小声でささやいた。それから、ひとりごとのように続けた。

「わたしは、神おろしを見たのかしら。阿高はお告げを語る人なのかしら。わからない。でも、あんなにきれいな人は見たことがなかった……女神さまかもしれない。きっと本物の巫女《みこ》なのだわ。わたしなど、とてもかなわないわ。わたしが機織《はたお》りの合間に見たものなど、ほんの少しでしかないんだもの……」

「おれが、お告げをしたっていうのか」

あきれた様子で阿高は口をはさんだ。涙をためた目を上げて、千種は彼を見た。

「そうよ。あなたには憑《つ》いているものがある……女神のような女の人よ。あの人が藤太を、つれていってしまうんだわ」

「藤太」

阿高はこわばった声で相棒の名を呼んだ。

「本当なのか……おまえが隠していたのは、このことだったのか？」

藤太は観念した。これ以上どうやって隠し通すことができるだろう。第一、隠す必要があるのだろうか。この状況を作り出したのは当のましろだというのに。

「ああ。今までだまっていて悪かった。おれは、ずいぶん前から知っていたんだ」

咳ばらいをしてから、藤太は告白した。

「その人は、たいていは夜に、阿高が眠った後に、ときたま現れた。前は名もいわなかったし、どういうことかよくわからなかったけれど、おれには、悪い憑きものなどではないように思えた。ただ、しゃべったおまえ自身は、いつもひとかけらも覚えていないんだ。だから、気味悪がるだろうと思ってずっといわなかった。その人は、おれも阿高も全然知らないことを知っていて、予言のように語るんだ。今から思えば、いろいろ警告してくれていたみたいだ。はじめて出くわしたときはまだ小さかったし、あまり不思議にも思わなくて、おれも深くは考えなかった。ここ二、三日急なんだ。急にいろいろ話すようになって、おれもとまどっているんだよ」

阿高のぼうぜんとした顔を見て、少しためらってから藤太は続けた。

「どうして突然話し出したのかは、おれも知らない。でも、この前、その人は名をましろと名のった。それから、今さっき、ましろは阿高の母だといっていた。母で娘で、巫女姫《みこひめ》だとかそのようなことを」

「母……だって？」

ごく小さな声で阿高はつぶやいた。その顔があまりに青ざめているので、藤太は急いでいった。

「変な話だってことはわかっているよ。おれだって、まだどう考えたらいいのかわからないんだ。ただ、おまえに隠しだてすることは全部なくしてしまいたくて、思いきって話したんだからな」

阿高はあえぐように息をしただけでだまっていた。千種までが息を殺していた。にわかには、だれにとってものみこみがたい話だ。だが、千種は先ほどの阿高の変貌ぶりを目《ま》のあたりにしていた。藤太は不安にくちびるを噛んで待っていたが、何かとんでもないまちがいをおかしたような気がしてならなかった。

とうとう阿高が沈黙をやぶった。その声はかすれて、苦しげだった。

「藤太。なぜ、今日までいわなかった。そしてなぜ、今日になって話したんだ」

「それは、ましろが現れて……」

藤太はいいかけたが、阿高はそれをさえぎった。

「藤太は千種を見つけたからだね。おれではなく、おれのことを話せる人を」

「違うぞ」

事のなりゆきだと藤太はいおうとした。しかし、本当になりゆきだけだろうか。それだけだろうか。ためらった藤太を、阿高は悲しげな目で見つめた。

「藤太、おれは、だれなんだ」

先ほどの千種の問いが、阿高の中でこだまをくり返していた。今の今まで、阿高は自分を竹芝《たけしば》の一族であり、総武《ふさたけ》の孫であり、藤太の甥だと信じていたはずだった。けれども砕け散ってはじめて、その確信がどれほどもろいかを、あらかじめ知っていたことに気がついた。父につながる血を打ち消す大きな流れが、阿高自身の中にある。

阿高の体には、藤太がけっして持ちえないものがある。本当は阿高にも、そのことがわかっていたはずだったのだ。

「藤太は、おれをどう見ていたんだ……」

つぶやくようにいう阿高に、藤太は急にぞっとした。阿高はまるで迷子のように、親しいものを見失った顔をしていた。藤太がいるのに、藤太を目の前にして。

「阿高、このばか。これくらいのことで、おまえはおれを信じられなくなるのか。おれたちが、どれほど長い時間いっしょにいたと思っているんだ」

恐れは腹立ちに変わり、藤太は阿高につめ寄った。

「こっちを見ろよ。おれを見るんだ」

正面に迫った藤太を、阿高は冷たく見つめて静かにいった。

「これくらいのことじゃないよ。やっとわかったよ。小さいころから、どうして藤太がおれをかばったのか。いつもそばにいたのか。おれは、ばかだったよ……」

藤太は歯がみしたと思うと、次の瞬間には阿高のほおを殴っていた。

「取り消せ」

反撃はまたたくまだった。阿高もまた藤太を殴り返していた。

「取り消すもんか」

「お願い、やめて。こんなところで、けんかしないで」

千種の主張はもっともだった。一心同体だった二人が殴りあうのを見て、千種は衝撃を受けていた。藤太がはっとしたその隙に、阿高は彼を突き飛ばし、納屋を飛び出した。よろめいた藤太は千種にぶつかり、二人ともしりもちをついた。

「藤太……」

巻き添えをくらった千種を、藤太はあわてて助け起こした。

「すまない、大丈夫だったか」

「それより阿高を追いかけて。仲なおりして。こんなのはあんまりだわ」

くちびるをふるわせて千種はいった。

「迷惑をかけて本当にすまない。あいつの頭を冷やしてくるから」

あわただしく藤太もまた外へ出た。だが、そのわずかの遅れがすべてを決したのだ。藤太は阿高に追いつくことができなかった。

暗い空を雲は飛ぶように走り、暗い草の海は躍り上がっていた。月はときおり顔を出してはたちまち消えた。強風のすさぶ夜の中、すべてのものが波立ち、ざわめき、吐息をついて、同じ嵐を内にかかえた阿高をのみこもうとしていた。阿高はどこへ向かっているのかわからず、方角も知らないままやみくもに走っていた。ただ、すべてから逃れたいと、願っていた。かなえる天の慈悲はあったらしく、後を追ってくる人影はない。

とうとう息が続かなくなって、阿高ははじめて足を止めた。両手で体を支え、頭をたれて、しばらくはあえぐにまかせる。気が変になるのではないかとかすかに思った。何より信じられないのは自分、阿高自身だった。どうして藤太が何年ものあいだ、阿高をふつうに扱っていられたのかが本当にわからなかった。

（おれには、はっきりとした異質のしるしがあった。竹芝の一族ではない、母の血族のしるしがあった。それを藤太はずっと知っていた。知っていたのに、藤太はずっと隠していた。おれは何も知らず、のん気に自分と藤太は同じだと思いこんで、大きな顔をして暮らしていたんだ……）

泣き出したいような気がしたが、涙は出なかった。泣いてすますには深刻すぎる事実だった。今になって思い当たる節《ふし》はたくさんある。藤太と阿高がこれまで同じに育ってきて、なぜこれだけ違うのか、今となっては明解だった。阿高は彼らに属していないのだ。

（藤太はここの人よ、と千種がいっていたっけ……でも、おれはここの人間じゃない）

では、どこの人間なのだろう。

阿高がそう考えていたとき、人の気配がした。風の立てるざわめきで足音などはとどかないが、阿高は敏捷に顔を上げた。藤太が来たかと思ったのだ。だが、近づいてくる人間は複数だった。草陰から少し目をこらしていると、月が薄く照って黒い三つの影を映し出した。阿高はいくらか迷ったが、相手の目的ありげな様子に、用心深く立ち上がった。

ひときわ高く風がうなり、枯れ草を吹き飛ばして阿高の顔にまつわりつかせた。阿高がいらだたしくはらうあいだに、人影は阿高の先十五歩ほどまで来ていた。どこか田島《たじま》に似たがっちりした体格の男たちだ。真冬でもないのに毛皮の胴着を着こみ、ずんぐりして見える。このあたりの者でないのはたしかだった。彼らの装備には、長く旅してきた様子がうかがえた。阿高は、ぶっそうな生業《なりわい》の連中だったらこの場は逃げようと思いながらも、今少したたずんでいた。

月が雲の切れ間をとらえ、草原をにわかに明るく照らし出した。男たちの、のみで刻んだような険しい顔立ちが浮かび上がった。三人とも額に帯をしめ、首に飾りをつけている。異族だと思ったそのとき、三人の左側の一人が阿高に話しかけてきた。見かけによらず甲高い声だったが、何をいっているのかさっぱりわからない。阿高が顔をしかめると、かわってまん中の男が話し出した。

「たずねたいが、武蔵国《むさしのくに》足立《あだち》の郡の長《おさ》総武《ふさたけ》、その息子勝総《かつふさ》の、そのまた息子とはあなたのことか」

耳ざわりな発音だったが、こちらは聞きとれた。たずねたいがと切り出したわりに、その口調には確信する響きがある。阿高は身をこわばらせた。

「あんたたちは何者だ」

「あなたのことだな」

鈍重なほど同じ調子で、相手は念を押した。

「それはそうだが、そっちはだれなんだ」

阿高が答えると、驚くべきことが起こった。三人の男は三人とも、その場にひざまずいたのだ。頭を下げ、中央の男がうやうやしい口調でいった。

「お捜し申し上げました。われわれはあなたを迎えに遣わされた者です。われらとともに、母なる国へお帰りください。十七の年月を数え、巫女姫がおもどりになられるのを、心からお待ち申し上げておりました」

「巫女姫だって?」

阿高は、とまどったあげくに笑い出した。

「本当におれをよく見て、姫といっているんだろうな。おもしろくない冗談だぞ、それは」

男は笑わなかった。あくまで重々しく告げた。

「あなたの中に、あのかたはおられます。生まれ落ちたのが男児だったので、あのかたはご自分の命を糧《かて》として、御子《みこ》を生きながらえさせられました。けれども、力の守り主の不在はあってはならないものです。身を隠すのをやめて、おもどりください」

（藤太がいっていたことだ……）

ふいに阿高も笑えなくなった。自分の記憶にない自分が、阿高の母だと名のったと藤太はいった。この男たちもまた、そのことを告げに来たのだ。膝をついた真剣な男たちを、阿高は当惑してながめた。藤太の言葉を頭から信じたくない思いが、まだ阿高のどこかにはわずかに残っていたのだ。けれどもこのような男たちを前にしてしまっては、否定につながる一縷《いちる》の望みも、残り火に水をかけるようにして消されてしまったといえた。

（おれでないおれが、おれを動かしているのか……）

それならば、その巫女姫が阿高のかわりに彼らに応えてやればいいものを、そういう気配はみじんもないのだった。阿高はしばらく待ってみたが、自分が何かになりかわる様子はなく、思い浮かんでくることも何ひとつないので、まのぬけた気分にさせられた。

「おれには、母の記憶は全然ないんだ。たとえあんたたちのいうことが本当だとしても、どうしたらいいのか少しもわからない」

「陸奥《むつ》へ帰れば、正しい儀式があります。長老もおります。われら蝦夷《えみし》の国へ帰りましょう」

「われら蝦夷……か」

阿高は小声でつぶやいた。もう、悲しんでもしかたのないことのような気がした。この夜、春の嵐に、阿高を今まで育んできたものはあとかたなく吹き飛ばされてしまうのだ。肩をすくめて阿高はいった。

「行かないといったら、あんたたちはさらってでもつれていきそうだね」

「そうです」

使いの男はあっさりと同意した。

「今のこの情勢において、あなたの力を倭《やまと》の帝《みかど》にわたすことだけはできません」

藤太は阿高に会えず、あたりを長いことうろついてから竹芝への道をたどった。行き先はもうそれしか考えられなかった。千種にことわりもせず帰ることになってしまったが、不安にせめたてられていたため、わびにもどる余裕もない藤太だった。

あかつきになると風はほとんどおさまったが、夜通し歩いた藤太が屋形《やかた》にたどり着いたのは、すっかり明るくなってからだった。門を入っていくと、起き出した人々が強風の後片づけをはじめていた。屋根のめくれた鶏小屋《とりごや》のそばで、美郷《みさと》が歩き回る鶏に餌をまいている。鳶丸《とびまる》が駆けてきて藤太の手をなめ、美郷はふり返った。

「藤太ったら、朝帰りは暗いうちにすませるものよ」

「阿高、帰ってる？」

「まだだけど」

美郷は眉を上げ、不審そうに弟を見た。

「いったいどうしたの。なんて顔をしているのよ」

藤太は答えず、そわそわと姉に背を向けた。

「少しそのあたりを捜してくる」

「お待ち」

美郷は彼の衣をとらえ、しかりつけるようにいった。

「何があったか知らないけれど、この汚れた服を着替えて、何か食べて、少し休みなさい。まるで浮浪人みたいよ」

藤太は姉を見つめ、ふいに恐怖にかられたようにいった。

「美姉《みいねえ》、どうしよう。阿高が帰らないかもしれない」

「ばかなことをいわないでちょうだい。阿高にだって、一人でいたいこともあるのでしょうよ。気がすめばもどってきますとも」

美郷はそういったが、藤太はじっとしていられずにほうぼうを回った。だが、阿高の行方を知っている者は一人もいなかった。

（ましろは、これを阿高に話したら二度と自分には会えなくなるといった。けれども、阿高にまで会えなくなるとはいわなかったじゃないか……）

途方に暮れる思いでその日も暮れ、藤太が廏《うまや》に馬をもどしているときだった。馬に乗って広梨《ひろなし》がやってきた。彼は藤太を見つけると、さっそく文句をたれた。

「こいつめ。おれと茂里《しげさと》は今やっと国府《こくふ》から帰れたところなんだぞ。おまえらがだまって消えちまうものだからめまいがするほど忙しかったぞ。その上、長殿《おさどの》のお目玉までこっちでひき受けるときたもんだ」

藤太の返事は上の空だった。

「悪かった。この埋めあわせはどこかでするよ」

広梨は何かおかしいと勘づいたらしく、顔をしかめて藤太を見た。

「どうしたんだ？　それに阿高はどこだい。今もうじき長殿が、お客をつれてここに到着なさるよ。先ぶれ役でおれが来たんだ。だれだと思う、驚くなかれ、都の使節殿だよ。茂里は進んでお供を買って出ている。あいつ、けっこう中央に弱いんだ」

（そうだ……やつがいた）

はっとした藤太は、急に顔をひきしめた。都の使節。坂上将軍《さかのうえしょうぐん》。阿高について何かを知っている人物がいるとしたら、この都人《みやこびと》ではないか。そうひらめいたとたん、藤太は後先を考えずに走り出していた。広梨は目を丸くして、その背中におそまきの忠告を投げた。

「おーい、隠れているほうが身のためだぞ。長殿は、まだおまえたちにおかんむりなんだぞ」

藤太は気づかず、屋形門をすっ飛んで出ていった。付き人に囲まれた長の一行は、今、ちょうどゆるい坂を登って門をめざすところだった。出迎えの人々が道の両脇に立ち並ぶなか、正面から走り出た藤太はたいへんに目立った。総武は目を怒《いか》らせ、渋面《じゅうめん》で息子をにらんだ。

「何をしておるか。わきまえのない」

息を切らした藤太は、叱責も耳に入らない様子だった。せっぱつまった顔で馬上の総武を見上げた。

「親父さま。阿高がいない。ゆうべから見つからないんだ」

「ゆうべだと。おまえたちは、国府に馬を放ったらかしてどこにいたのだ」

「隣郡にいた。入間《いるま》のはずれに。そのわけは後から話すよ。けれども、夜まではたしかに阿高もおれといっしょだったんだ。ただ、おれたち……その、けんかしちまった。阿高の母親の話をしちまった。それで阿高が飛び出して、それからどこにも見当たらない」

藤太は父が驚き、ついで顔色を変えるのを見た。総武がすぐさま重く受け取ったことを、藤太は胸に刻んだ。何か思い当たるところがあるのだろうかと考えながら、藤太は続けて客人の馬を見上げ、大胆にたずねた。

「坂上将軍は、阿高の行方について、何かご存じでいらっしゃいませんか」

つやのよい栗毛馬《くりげうま》に乗った都人は、意表をつかれた様子だった。だが一瞬の驚きが去ると、彼はものめずらしそうに藤太を見つめ、その目に不快の色はなかった。都人は少しのあいだ思案してから、総武に向かっておちついた声音《こわね》でいった。

「郡の長殿、人を手配して捜したほうがよろしいようですな。わたしだったら、特に北の道を捜させます。不審な人物を見かけた者がいないか、聞きこみもしたほうがいいでしょう」

「北の道……」

総武はうめくようにつぶやいた。

「ただちにそうさせましょう。早いほうがいい」

あたりは急にあわただしくなった。その騒ぎにとりまぎれて、藤太は都人にだけ聞こえるようにいった。

「やっぱりそうだ。あなたは、阿高に会いに来られたのですね」

「どうしておぬしがそういうのか、わたしにはさっぱりわからぬが、実はそうだな」

少壮の使節の瞳は躍っており、おもしろそうに彼は答えた。

「阿高はどこにいるんです。ご存じなのでしょう」

「いや」

彼はかすかに顔をしかめた。

「わたしはわざわざここまで足を運んで、どうやら鼻の差で先を越されたようだ」

7

共有井戸に水を汲みに来た娘は、目に涙をいっぱいためて仲間のもとへ駆け寄った。

「阿高《あたか》がいなくなっちゃった。消えちゃったんだって」

たちまちその場に驚きの声が上がった。

「どういうこと、消えたって」

「お屋形《やかた》では、おとといの晩からたくさん人を出して捜し回っているのよ……でも、まだ、だれにも行方がわからないんだって」

「事故なの？　藤太《とうた》は無事なの？」

「いないのは阿高だけよ。藤太は捜索に加わっている。藤太でさえ、阿高の居場所を知らないのよ」

「そんなばかな。そんなことってある？」

「二連の一人だけがいなくなるなんて」

「なぜ、こんなときに……今日はお祭りなのに」

「そうよ、お祭りなのに」

最初の娘はおいおい泣き出していた。

「どうしよう、どうしよう。阿高がこのまま二度ともどってこなかったら」

「やめてよ」

つられて泣く娘も出てきた。

「何があったんだろう。神隠しかしら」

「でも、阿高はもう小さくはないのに」

「きれいな子は神さまがさらっていきやすいのよ。そうなのよ」

とにかく、お祭りがぶちこわしになったことは明らかだった。二連が来なくては活気は半減する。二連あってこその春祭りなのだ。山車《だし》も踊りも、夜のけんかすらも。少女たちはひどくがっかりし、切なくなり、ついには井戸端の全員で顔を覆って泣き出してしまった。

昼近くになって、藤太はふらふらしながら部屋を出た。二晩一睡もせずに走り回ったあげく、とうとう屋形に運びこまれ、今やっと目ざめたところなのだった。裏手へ行って水がめの水をすくって飲み、はては頭からかぶる。すると、少し気分がましになったようなので、髪からしずくをしたたらして座敷に上がった。家の中はがらんとして人気《ひとけ》がない。家人はみな、仕事か阿高の捜索かに出はらっているのだろう。食事の世話をしてくれる人もいそうにないので、藤太はすぐに背を向けた。

「藤太」

奥から、聞き慣れない声が彼の名を呼んだ。父の声でも兄の声でもない。びっくりしてふりむくと、低い梁《はり》に頭をぶつけそうなほど長身の、袍《ほう》を着た人物が立ってこちらを見ていた。

「たしか藤太といったな、おぬし」

「すみません、つい気づきませんでした」

藤太は都人《みやこびと》がまだ屋形にとどまっていたことに驚きながら、相手がのっそり歩み寄るのを見つめた。

「滞在させていただいたが、長殿《おさどの》がもどられ次第、ここを辞するつもりだ」

総武《ふさたけ》は北の道の捜索のために、上野《こうずけ》の郡司《ぐんし》と話をつけに出向いているはずだった。何か知らせを持って帰ってくるだろうか。藤太がそう考えたのを読みとったように、都の使節はいった。

「阿高はおそらく見つかるまい。もしやということがあるからわたしも待ったが、こうまで跡がないということは、いよいよ確実なのだ。やつらがつれ去ったのなら、公道をいくら捜してもむだだ」

藤太は一瞬あっけにとられて使節を見たが、すぐに両手をこぶしに握りしめた。

「やつらって……やつらってなんですか。あなたは阿高の行方に見当がついていながら、おれたちが右往左往しているのをだまって見ていたんですか」

都の高位の人物に対して取る態度でないことは藤太もわかっていたが、気がたってとてもかまってはいられなかった。今の藤太は、阿高を失う恐れに押しつぶされずにいることで精いっぱいなのだ。都人は、藤太の非礼にこだわりを見せずにやんわりいった。

「そう怒るな。別に隠していたわけではない。総武殿も同じ見解を持っておられるよ。だからすぐに北のほうを捜したのだ」

「やつらって、だれなんです」

藤太はまだ叫ぶようにたずねた。

「蝦夷《えみし》」

低い声で都人は告げた。

藤太の頭はすぐには働かなかった。蝦夷……蝦夷がどうして阿高をねらうのだ。いったい自分の相棒になんの用があるというのだ。藤太の表情にいっこうに理解の色が表れないので、都人は妙な顔をして続けた。

「おぬし、知らないわけでもなかろう。阿高の父勝総《かつふさ》は、鎮兵《ちんぺい》として陸奥《むつ》へおもむき、ある蝦夷の女を妻にした。だが、それはただの女ではなかったのだ。蝦夷族の持つ宝の守人《もりびと》、もしくは宝そのものだったかもしれない巫女《みこ》だった。勝総殿は死に、巫女も後を追うように死んだらしいが、その前に彼女は子どもを産み落としていた。その子が阿高なのだ」

（ましろだ。ましろのことだ……）

がくぜんとしながら藤太はさとった。宝に等しい巫女というのもうなずける。ましろが蝦夷族の美しい巫女姫《みこひめ》で、阿高の母親だったのだ。

「坂上将軍《さかのうえしょうぐん》は、なぜその話をご存じなのです」

藤太が問うと、都人はちらとおかしそうに藤太を見た。

「またそれをいう。だれもまだ、このわたしを将軍とは呼ばんぞ。おぬしはこの前もそういったな。いったいだれにその呼称を教わった」

少したゆらってから、藤太は思いきって答えた。

「ましろがそういったんです……今、話にあった巫女です」

「おぬし、会ったことがあるとでもいうのか」

「眠っているとき、ごくたまに、阿高はましろになることがありました。そんなとき、ましろは予言をするんです……」

「ほう……」

藤太は口ごもり、それ以上くわしくは話せなかった。われながらばかばかしい話に聞こえるような気がした。だが、どういうものか都の使節は笑いとばさなかった。興味深そうに目を輝かせ、身を乗り出しさえしてきた。

「ということは、わたしは近い将来、将軍になれるということだな」

藤太には答えようがなくだまっていると、使節も気づいて咳ばらいをした。

「そのことはまあよそにおいておこう。藤太、おぬしは今までに、輝く玉が化身した乙女の伝説を聞いたことがあるか」

面くらった藤太は首をふった。

「いいえ」

「そうか。皇《すめらぎ》の伝えにはあると、語っていただいたことがある」

都人は長身をそばの柱にもたれさせると、両袖に手を入れて思い起こすふうになった。

「舞台は新羅《しらぎ》ということになっている。沼のほとりである日、身分の低い女が昼寝をしていた。すると、日の光に虹が立ってその女の陰《ほと》を射した。そして女は身ごもり、月が満ちると赤く輝く玉を産んだのだ。玉は人手にわたったが、ふとしたことから新羅の王子がそれを手に入れた。王子が玉を持ち帰り、部屋においておいたところ、夜には輝くばかりの乙女になりかわったそうだ。王子はその美しい乙女を妃とし、ともに暮らした。だが、だんだん乙女につらく当たるようになったため、乙女は小舟に乗って海に逃げてしまった。そして、赤い玉の乙女は、われわれの倭《やまと》の国に『帰って』きたといわれている……」

彼は息を吐き、あまり楽しくなさそうな顔で眉を上げてみせた。

「まあ、伝説ではそういうことだ。そして、伝説をあなどってはいけないということだ。少なくとも、隠された何かを語っている。今上帝《きんじょうてい》のみならず、先代も先々代も帝《みかど》は捜し求めてこられた……赤い玉の乙女をな。そして今ではそれが、蝦夷のものだとわかっている」

藤太は目をぱちくりした。

「それが、ましろだというのですか」

「違うな。それが阿高なのだ。巫女は十七年前に死んでいる」

都人ははじめてにやりとした。

「われわれはそのことにずっと気づかずにいた。その宝が蝦夷からも失われて、こんな坂東《ばんどう》の隅っこにあったとはね。十七年たってやつらはははじめて動き、われらもようやくさとったわけだ」

体を起こした都人は藤太を見下ろした。

「わたしの公使としての役目は武蔵《むさし》の検閲をもって終了した。供人《ともびと》たちは、国府《こくふ》を出て一路都へともどるだろう。だが、阿高を見つけた以上、わたし自身は陸奥へ向かわなくてはならん。ここから先は密命となる。だれにも表立っては明かせない旅だ。しかし、どうだ、おぬし。よかったらいっしょに来るか」

坂上田村麻呂《さかのうえのたむらまろ》は、まるで釣りか遠乗りに誘うような気軽な調子で藤太を誘った。

「おぬしも阿高をとりもどしたいだろう。ならばいっしょに来るか」

藤太は彼を見上げ、豪胆そうな目の光を受けとめた。そして、この人物はどこか宮人《みやびと》として型やぶりなのではないかと考えた。長軀《ちょうく》からして都の人らしくないが、単独行で北へ旅するにあたり、喜々としている様子を見るとますますそうだ。藤太は提案に乗せられずにはいられなかった。即座にきっぱりと答えていた。

「行きます」

父に許しを乞う前に、藤太は広梨《ひろなし》と茂里《しげさと》に会いに行った。二人には借りを作ってあったので、釈明もせず藤太までが消えてしまうわけにはいかないと思ったのだ。藤太の語る途方もない話を、彼らはめずらしくだまって最後まで聞いた。この期《ご》に及んで出まかせがいえるほど、藤太に芸はないことを、二人ともよく承知していたのだった。

広梨が深くため息をついた。

「ばかだな、阿高のやつ。どうして行っちまったんだろう。長年育ったこの土地や、竹芝《たけしば》や、おれたちみんなのことを、そんなに簡単に捨てちまうことができるのか」

藤太は沈んだ声でいった。

「いうなよ。無理やりつれていかれたかもしれないんだ」

茂里が冷静に分析を加えた。

「あいつに無理じいをするのは、けっこう大変だろうよ。それなりに手こずるはずだ。それなのに痕跡ひとつないというのは、やっぱりあいつが納得して行ったからだよ。阿高は根が単純だし、小回りのきく性格じゃないからな。きっとあれこれ考え直す前に、事が運んでしまったんだろうよ」

「たしかに、あいつには人さらいについていっちまいそうなところがある。ああ見えて、けっこうまぬけなところがあるんだよ。大半の女の子は気づいていないがね」

広梨が同意した。

「おれがそうさせたのかもしれない」

藤太はつぶやいた。あとの二人が思う以上に、自分に責任があることを、藤太は自覚していた。藤太が阿高を傷つけ、阿高にそれを選ばせたのだ。もっとわかっていなくてはならなかった。あまりに近くにいたため、かえって思いやれずにいた部分を、もっとしっかり肝に銘じておかなくてはならなかったのだ。

「阿高は、おれをおいていったんだ」

藤太の口調があまりにつらそうだったので、広梨も茂里も、口をつぐんで見つめた。

「でも、おれはこのままにはしたくない。母親がだれであれ阿高は阿高だ。ここへもどってくるのが本当なんだ。もしも阿高が思い違いをしていたら、おれはなおしてくる。阿高をつれてもどってくるよ」

「それでいいさ。おれは、阿高におまえを見捨てることができるなどとは思わないよ。あいつが自分から行った事情はわかったが、それでもちょっとした手違いだ」

茂里が静かにいった。

「それで、あの都人はどうなんだ。信用してついていけそうなのか」

たずねたのは広梨だった。

「本気で阿高を追うつもりはあるようだよ。何やら密命があるらしい」

考え考え藤太は答えた。

「どういう人かは、まだなんともいえないな。妙に自信ありげだし、胆の太い人ではあるようだ」

「お供は藤太だけなのか」

「そうらしい。表立っては行けないんだとさ」

彼らはしばらくそれぞれに思いにふけっていた。そのうちに、広梨が腰かけていた柵から勢いをつけて飛び降り、手をはらってさらりといった。

「藤太一人じゃ、一人前の二分の一だぜ。ここはつきあってやるか」

ひじをついたままそれを見ていた茂里がいった。

「少なくとも、おれたちは藤太より有能だしな。藤太が陸奥へ行けて、おれたちに行けないはずがない」

「ばかなことをいいだすなよ」

思わず藤太は声を尖らせた。

「いつもの暇つぶしとは違うんだぞ。つきあってどうするんだ。第一、三人もそろって陸奥へ行くことをだれが許してくれる」

広梨と茂里は笑みを浮かべて顔を見合わせた。そして声をあわせていった。

「藤太、たしか貸しがあったよな」

根負けして彼らをつれてもどってきた藤太は、田村麻呂に、二人が行きたがっていることを仏頂面《ぶっちょうづら》で伝えた。意外なことに、都人は興味を見せて広梨と茂里を呼び入れた。そして、二人にあれこれ質問を浴びせはじめた。藤太はびっくりしたが、どうやら田村麻呂は、相手がなく退屈していたらしかった。とりとめなく一刻《いっとき》以上も雑談につきあってから、広梨がようやくたずねた。

「それで、おれたちもつれていってもらえますよね」

「さて、どうするかな」

笑みを浮かべて都人はいった。

「おれはお役に立ちますよ。付き人としても、護衛としても」

「護衛ね」

「弓が引けます」

広梨が胸をはっていうと、ふと、田村麻呂は思い出したようにいった。

「おぬしたち、阿高と同じくらいに弓が引けるか。走る馬の上から」

広梨は口をつぐんだが、茂里がまじめな面持ちでいった。

「阿高はたしかにうまいけれど、おれたちの中でずば抜けているわけじゃありません。おれたちは、小さいころから馬に乗って射るんです」

都人はうなずいた。

「そうだろうな、坂東の若者だ。あなどってはいけないか。阿高の騎射は見事なものだった。仲間もそうなら、たしかに役にも立とう。この際いっしょに行ってもらうかな」

藤太はあぜんとして口を開けたが、あとの二人に背中をどやされて、後は笑うしかなかった。笑っているうちに、だんだん本当にうれしくなってきた。認めまいとしたものの、彼らの参加は藤太にとって心強かった。重かった心が一瞬軽くなるほどに。

門の外へ出て、集合時間の取り決めをしているうちに、ふいに広梨がいいだした。

「ああ、今日はお祭りなんだよな。急いで行って、おれの彼女にお別れしてこようっと。じゃあな、後で」

いったとたんに、彼は走り出していた。この身軽さが彼の身上なのだが、それにしてもすばやかった。ちょっとあきれて見送ってから、藤太は茂里にたずねた。

「おまえにも、お別れしてくるところがあるのか?」

「そのいい方は、ないかもしれないと思っているいい方だな」

藤太の肩をたたいて茂里はいった。

「三件ほど回ってくるからよろしく。ころあいよくもどってくるよ。ちなみに……」

彼はさりげなくつけ加えた。

「ケヤキの木の陰に、ご用のかたがお見えだよ。じゃあな」

ケヤキ並木をふり返った藤太は息を止め、茂里を見送ることができなくなった。幹の陰から、うつむきかげんに現れた少女は千種《ちぐさ》だった。

「わたし、あの、氷川《ひかわ》へお参りに来たの。それで……」

ほおを桜色に染めた千種は、気おくれした様子で口ごもった。それほど藤太が驚いたからだ。千種がみずから竹芝に足を運ぶことがあろうとは、一度も考えてみたことのなかった藤太だった。駆け寄ってからも、信じられない顔で彼女をながめた。千種は遠出のいでたちで、赤いひものついた編笠を背中にかけ、脚半《きゃはん》にも赤いひもを巻いて、とてもかわいらしく見えた。

「来てくれてうれしいよ。きみを祭りに誘いたかった。本当に、そうできたらどんなによかったか……」

つっかえながら藤太はいった。急に、自分が泣くのではないかという気がして怖くなった。

「わかっている。あなたは、阿高を追っていくのでしょう。とうとう見つからなかったことは、もう聞いているの。お祭りに誘ってもらおうと来たのではないわ」

千種は静かにいった。静かだが、不思議に明るい調子だった。

「きみには、迷惑ばかりかけた。最後まで……ごめん」

「ええ。あんまり迷惑だったので、わたし、どうやらふっきれてしまったわ」

くすっと笑って、千種は藤太を見上げた。それから、口調を強めていった。

「負けないでね、藤太。阿高を必ずつれて帰って。どんなに遠くまで行くことになったとしても、ここへ帰ってきて。わたしたちの武蔵へ帰ってきて。今日お祭りがあったことを、ずっと忘れないで」

藤太はその顔をのぞきこんだ。

「また、お告げがあったのかい？」

千種は目を伏せて、子どもっぽく首をふった。

「ううん。そうではなく、見たことを拒むのをよしたのよ。あなたは今も、今からも、わたしのことなど一番には考えられない。それでも、待つことにしたの。待っていれば、いつかあなたは帰ってきて、別のお祭りの日があるかもしれないから。わたし、きっとずっと待っているわ……」

千種は声をわずかにふるわせた。まつ毛がぬれてきていた。

「それをいいたかったの……だから来たの。わたし、あなたがとても好きよ。会えてよかったと思っている。後悔しないわ」

「本当に？」

藤太は息を吸いこんだ。女の子から好きだといわれて、これほど信じられないのもはじめてだった。

「本当に千種がそういってくれるなら、おれは、死んでも生き返ってもどってくるよ」

千種はほほえんだ。涙が光ったが、まなざしはいたずらっぽく躍っていた。

「帰ってからも、まだまだ難関があることはお忘れなくね。日下部《くさかべ》の一族は荒っぽいなかったら、たぶんわたしは待ち続けているでしょう」

日暮とともに、総武がやつれ老けこんだ様子で帰ってきた。藤太は、年老いた父をはじめて年齢のままに見て、胸をつかれる思いがした。けれども、阿高を捜しに行く決意までゆるむものではなかった。そして総武もまた、田村麻呂の口から藤太を従者に取りたてる話が出たとき、驚きはしなかった。

「では、どうぞおつれください。元気だけが取柄の、不肖の息子ですが。それでも、貴殿の配下で修業を積めば、なにがしかのことを学ぶでしょう」

反対したのは総武ではなく、家の女たちだった。阿高が消えた上に藤太までと、さんざん嘆かれた。それでも一家の主《あるじ》の決定は下ったのであり、泣く泣く旅支度をしてくれた。いつもは気丈な美郷《みさと》も、この夜は泣いたうちの一人だった。

「明日はわたし、このへんの娘たちにさんざん恨みごとを聞かされるわね。二人ともいなくなってしまうなんて。わたしは、あんたたちがばらばらになるように願ったわけではなかったのよ。こんな形でひき裂かれるのを見るのはつらいわ。あんたにも阿高にも、この場所で幸せになってほしかったのに」

「二人とももどってくるよ。本当だよ」

藤太がいうと、美郷はまた泣いた。

「あんたたちが無事にもどってくるように、毎日お参りをするからね。わたしだけでなく、みんながきっと祈っているから」

藤太は家族に挨拶をすますと、気持ちをふるいおこして総武のもとへ行った。父には、別れる前に、どうしても聞いておかなくてはならないことがあった。総武は自分の座所にひき籠り、両手を袖に入れて、じっと思いにふけっていた。かたわらに小さな灯火《とうか》があるが、座敷のそのあたりしか照らさず、ぽつねんと見える。暗がりから進み出た藤太は、あらたまって父の前に膝を折り、口を開いた。

「親父さま。勝総兄《かつふさにい》のことを教えてください。二十歳まで待てなかった阿高のかわりに、おれが、阿高のかわりに聞いておかなくてはならないような気がするんです」

これを口にするには勇気がいった。総武は岩のように無言に見えた。明かりが揺れ、深くしわの刻まれた顔に影が揺らぐが、表情のほうは微動だにしない。だが、藤太が辛抱強く待ち続けていると、ふっと岩が動いた。

「わしが伝えたかったことの多くは、言葉ではない。勝総は、立派な坂東武者であり、わしの自慢の息子だった。それ以上にいうことはない。だが……これがある」

総武はふところ手を抜くと、小さな包みを出し、前の床に置いた。そして藤太に取れと合図した。おそるおそる藤太が手に取ると、色のさめた絹の包みとおぼしかった。

「開けて中を見てみろ」

いわれたとおりにすると、出てきたのは手のひらにのるほど小さな四角い箱だった。その箱のふたも開けてみると、親指の先くらいの曲がった形の玉が入っていた。糸穴を頭に持ち、尾の先を前にひねったような形だ。色はほとんどなく、半透明に白く見える。

「勾玉《まがたま》？」

藤太は小声でつぶやいた。社《やしろ》の宝物《ほうもつ》に、こんな石を見たことがある。

「わが家に代々伝わる勾玉だ。はるかなご先祖がこの地へやってきたときに、その勾玉もともにやってきた。当時はみずから輝いていたが、ご先祖が土地に根を下ろしたときに、光は役割を終えて消えたという。それ以後はただの石だ。それでも、代々の当主はその石を伝えてきた。わしは、その石を勝総に与えたのだ。あの年、陸奥へ出征する前夜にこの場でな」

総武の声は低くかすれていた。

「阿高が生まれるまでのいきさつは、わしの深く知るところではない。ただ、あれが望んでその娘を妻に迎えたことはたしかだ。同じ部隊にいた者のいうところでは、死ぬ前にわずかに言葉を交わしたとき、勝総は蝦夷《えみし》の女神に会った話をしたそうだ。そして、ましろと名のる美しい娘が来たら、自分の妻であるから家へ迎えてほしいと、わしに伝えてくれといい遺したそうだ。だが、わしはついにその娘を見ることはなかった。ただ、勝総の墓にもうでて宿舎へもどると、戸口に赤ん坊がおかれていた。そして赤ん坊の胸には、その勾玉が結びつけてあったのだ。竹芝の家の勾玉がな」

藤太はあらためて、小さな箱の中の小さな玉を見つめた。

「おまえがもう一度阿高に会ったなら、その玉をわたして、今の話をしてやるがいい。これは、竹芝に連なる者の勾玉。だからこそ、わしは赤ん坊をここへつれて帰ってきたのだと」

「わかりました。必ず阿高にわたします」

藤太は明るい声で答え、感謝して小箱のふたを閉じた。

第二章　北国

1

阿高《あたか》は、いぜんとして悪い夢を見ている思いだった。

何度か昼夜が入れ替わったが、自分が何をし、どこにいるのか、実をいうとはっきりつかんでいなかった。旅の行程が険しかったせいもある。蝦夷《えみし》たちは、道らしい道をほとんど通らなかった。高地を選び、森へ分け入りながら、巧妙に北へと向かっていた。

足腰に関して、阿高は自分が弱いと思ったことは一度もなかったはずなのだが、あとの三人に歩調を合わせるのは骨だった。それでも意地になって音《ね》を上げなかったので、夜には疲れはて、考えるまもなく地べたで寝入っていた。

尾根伝いとなると、春は一気に浅くなる。夜には地表が凍り、朝の梢は霜で覆われた。野宿はけっして楽なことではなかった。疲れていたから寝つくこともできたのだ。

しかし、蝦夷の三人はさほど困難を感じていない様子だった。彼らは寡黙《かもく》に歩を進め、日が落ちると悠然と焚火をおこした。食べるものには困っていない。携帯したもののほかに、やすやすと食料を調達する技を持っていた。

彼らの弓は短く、すばやく弦《つる》を張ることができた。野営地を決めていくらもたたないうちに、たいていだれかが山鳥やウサギといった獲物を射てくる。そんなとき、彼らは調理する獲物を前に、ていねいに祈りをあげる。そして、いつも阿高のほうを期待するように見るのだった。巫女《みこ》に祈ってほしいのだろうと思うが、阿高にはぼうっと座っていることしかできなかった。

（わかるはずないだろう。ふだんの言葉さえわからないのに……）

身にこたえるのは、蝦夷語がさっぱり聞きとれないことだった。彼らは当然自分たちの言葉で話したが、阿高は、オンタロという名の蝦夷が通訳してくれるまで枠の外におかれていた。なかでも困るのは、彼らが心中《しんちゅう》、一族の巫女に言葉がわからぬはずがないと思っていることで、何度も何度も蝦夷語で話しかけてくることだ。阿高が首を横にふると、悲しそうに口をつぐむが、しばらくするとまた試みる。

（この人たちは、おれに何を期待しているんだ。どうしてくれというんだ）

習得してもいないことがわかるはずもないと、いいきることができないのが、阿高のつらいところだった。もう一人の自分がいることをさとってからは、何ごとも自信を持っては主張できなくなっている。蝦夷たちの阿高に対する態度はあくまでも丁重だったが、その裏にある期待にはひどく気が重かった。阿高は毎夜、なりかわってしまえばいいと思いながら横になるのだが、おかしなことに、藤太《とうた》の前には現れたましろが、蝦夷たちに姿を見せる気配はないのだった。

「食べてください。お口に合いませんか」

急に倭語《やまとご》で話しかけられ、阿高が顔を上げると、オンタロのいかつい顔がのぞきこんでいた。食事の途中だったことに気づき、阿高は膝の笹の葉の包みに目をもどした。刻んだクルミを混ぜた団子がまだ二つあるが、もう食べたくはない。好き嫌いをしているわけではなく、阿高はこのところ食欲を感じなかった。焚火の前ではあぶり肉が香ばしい匂いを放っていたが、その脂の匂いにも魅力はなかった。

「もういらない。水がほしい」

押しやって阿高がいうと、オンタロは眉を寄せてしばらくながめてから、エトプに竹筒を持ってこさせた。阿高はわたされた竹筒に口をつけたが、苦くすっぱい液体に思わずむせた。

「なんだ、これは」

「ヤマブドウで作った酒です。薬になる」

阿高は口をぬぐい、しばらく咳きこんでいた。

「水といっただろう。なんの悪ふざけだよ」

オンタロは少しもおかしそうではなかった。だいたい彼らは表情にとぼしい男たちだった。三人とも顔じゅうに濃いひげをはやしているので、微妙な変化が隠れてしまうのかもしれない。

「あなたはもっと食べなくてはいけません。食べなくては山を歩くことはできません」

武骨なていねいさでオンタロはいった。阿高は腹立ちまぎれに顔をそむけた。

「おれが喜んで歩いていると思うなよ。あんたたちが、どうしてもおれをつれていきたいというなら、かついででもつれていったらいいじゃないか」

しばらく口をつぐんでから、オンタロはやはりていねいにいった。

「あとわずかご辛抱ください。国境《くにざかい》を越えれば、迎えがまいります。輿《こし》にもお乗せするべきおかたに、こうして足を運んでいただくのを、心苦しく思ってはおります」

(調子が狂う……)

阿高はとまどったあげくに思った。唯一言葉の通じる者は、こんなふうにしか受け答えをしてくれない。軽口をたたきあうことのできた友人たちが、あまりになつかしかった。

（藤太……）

藤太のことを考えると火傷を負ったように胸がうずいた。藤太と離れて、たった一人でこんな場所にいることこそが、悪い夢の中の最悪だった。もの心ついて以来、ひと晩以上離れたことのなかった二人なのだ。阿高は、体じゅうが藤太の不在を訴えていることを知っていたが、気持ちのほうはそれに従おうとはしなかった。

まだ、とりかえしのつかないことをしたとは思っていなかった。今すぐ藤太たちのもとに帰っていくことはできない。それは蝦夷たちが放さないからばかりではなく、阿高は知らなければならないからだ。自分がどういう存在であり、何が待っており、本当のところはだれなのか。愉快なことではないにしろ、もう知らずに逆もどりすることはできないのだ。

（……殴ったまま来てしまった）

阿高は膝をかかえ、頭を埋《う》めた。自分の心の狭さは感じていた。阿高がかたくなに拒んだのは、やはりその場に千種《ちぐさ》がいたせいなのだ。藤太が女の子に恋をすることは認めていたはずなのに、二連のあいだに立ち入ってきた千種が許せなかった。藤太にどうしてそれができるのかわからなかった。ひいては、恋とはどういうものなのか、まだ阿高にはわからなかったのである。

下野《しもつけ》と陸奥《むつ》の界《さかい》の白河《しらかわ》には、関所が設けられている。通行する旅人をあらためる、朝廷の機関である。だが、関所の南と北には、並べて考えることのできない隔たりがあった。陸奥とはみちのく、国というより、朝廷の支配のゆきとどく地の果てた、その先に名づけた名前だった。関の北には、東海道東山道《とうかいどうとうさんどう》をそっくり含むと同じほどの広さに、出羽《でわ》と陸奥の二つの地域しか存在しないのだ。通らずにすませた関所を崖下に見下ろしながら、オンタロは阿高に説明した。

「大道《だいどう》を行けば、武蔵《むさし》からこの関までと、ここから多賀城《たがじょう》まではほぼ同距離です。倭の出先機関、鎮守府《ちんじゅふ》のある場所のことです。われわれの村は多賀城からさらに北へ、同距離ほど足を伸ばしたところにあります。そのあたりは真実われらが生地、蝦夷の天下となる土地です」

阿高はうんざりして答えなかった。関抜けの急な山道が今までで一番険しく、体にこたえていた。それなのに行程はまだ三分の一だといわれても、少しもありがたくない。はるかさばかりが身に染みた。自分の生まれた場所は、こんなにも遠かったのだ。

しかし、あとの三人は目に見えて気力をふるいおこしていた。陸奥に入ったことで肩の荷が軽くなったのだ。オンタロの声にも安堵が感じられた。

「関を越えてしまえば、蝦夷にとっては庭も同然です。仲間と連絡を取りあうこともできます。さっそくエトプを走らせましょう。乗り物を用意することくらいはできますから」

「オンタロ」

阿高はふいに心細さに負けた。胸をよぎる不安のままに口を開いていた。

「おれは、あんたたちを待つ人々のもとへ行って、本当にいいんだろうか」

「何をいわれます」

「おれには、言葉ひとつわからない。何かのまちがいだったかも……役立たずなのかもしれない」

ましろは一度も現れることがなかった。自在に出てくるものではないことに、阿高も蝦夷たちもようやく気づきはじめていた。ためらい、口ごもってから阿高は言葉を続けた。

「おれがもし、求めるものでなかったときには、あんたたちはどうなるんだ。役立たずをつれてきたことで恥《じ》をかくのか」

オンタロは、怒っているような阿高の視線を受けとめた。弱みを見せまいと必死にふるまう若者が、ふと幼く感じられた。

「案じることはありません。あなたがわれわれの求めるものです。村へ着けば、長老のアベウチフチをはじめ、人々はさぞ喜ぶことでしょう」

オンタロの口調は性分上《しょうぶんじょう》そっけなかったが、いたわりの必要を感じて口にしたことはたしかだった。

エトプは彼の言葉どおり仲間のもとへ出かけ、その夜、焚火を囲んで寝たのはオンタロとイリシだけだった。しかも、阿高が離れて寝ても注意しなかった。旅をはじめたころは、何か事があったときのために、寝るときには必ず阿高をはさんでいた彼らだったが、今では警戒心もゆるみ、陸奥へ入ってさらに甘くなったようだ。

（今夜なら逃げ出せる。坂を下って、関へ逃げこめばなんとかなる。事情をいって保護を願い出て、武蔵までの駅馬《えきば》の手配をしてもらって……）

暗い空の下、阿高はしばし思いめぐらした。けれども、ふんぎりはなかなかつかなかった。気づいてはいなかったが、蝦夷たちが阿高に気を許すようになった分だけ、阿高も彼らになじみはじめていたのだ。オンタロたちの落胆を思うと今では心苦しかったし、思いきった行動を取るのがたいぎなほど、体力や気力に余裕がないという理由もあった。

今夜を逃せば蝦夷の仲間は増え、村まで同行することを拒むわけにはいかなくなる。そう思いはするのだが、阿高はとうとう動かなかった。関所の守人《もりびと》たちは、心も通わない遠い人々に感じられた。武蔵は遠く、藤太も遠く、阿高は寒さに身を縮めながら眠りについた。

季節は完全に逆行していた。日陰には消えない雪が固く凍り、草木の芽吹きはまだどこにも見られない。晴天の続いた数日、夜間の冷えこみが異常なほど厳しかったが、いったん天候が崩れるとそれだけではすまなかった。降りそそぐ雨は雪まじりで、いっそ雪であったほうが冷たさを感じないというものだった。蝦夷たちの毛皮や頭巾にも、みぞれは容赦なく染みとおる。雲は峰を覆ってたれこめ、山肌に白い靄《もや》がまといつき、枯れた樹影の作る薄墨色の景色は真冬とどこも変わらなかった。

南からの一行はとぼとぼと氷雨《ひさめ》の中を歩き続け、やがて立ち止まった。オンタロが木立の前方を透かし見たのだ。イリシが早口な蝦夷語で何かいった。阿高もじっと見つめていると、けぶる靄の中に、馬に乗った男たちの影が現れた。十騎ほどもいるだろうか。馬に乗る蝦夷をはじめて見る阿高は、思わず田島にならって観察した。馬たちの均整のよさと、それを制御する乗り手の技……

馬上の男たちは簡略な革甲《かわのよろい》を身につけている。しかし、顔や腕の入れ墨や渦巻く文様、ひげを剃らず、頭には色染めの鉢巻きをしているところなどが、倭の見知った兵士たちと異なっていた。彼らは馬を軽やかに歩ませ、目前まで近づいてきたが、まだ馬を降りようとはしなかった。ふといやな気分になった阿高は、彼らの中にエトプがいないことに気がついた。彼が仲間に伝えたなら、ともに来てもいいはずなのに。

オンタロは手を上げ、蝦夷語の挨拶を述べた。先頭の相手は馬を降り、同じ挨拶を返した。してみるとやはり迎えの一同らしい。しかし、残りの者たちは馬上のまま左右に広がる。阿高はしいて不快さを抑えたが、阿高たちの流儀では、そういう態度は威嚇《いかく》と見なすものだった。

オンタロが相手をしている隊長の男は、身だしなみがよく、大柄で腕力がありそうだった。彼らのやりとりは長くなり、阿高には意味がとれないのでもどかしかったが、オンタロが疑問を発し、相手がそれに答えている風があった。

話をとぎらせた隊長が、後ろの阿高に鋭い視線を移した。男は阿高に向かって蝦夷語で話しかけ、身ぶりで自分の馬をさし示した。この馬に乗れといっているらしい。すばらしい脚をした葦毛《あしげ》なので、阿高は思わず心をひかれた。近づきかけたとき、突然オンタロが腕で制した。

「だめです。われわれは、彼らといっしょには行きません」

「どうして」

阿高が驚くと、オンタロはこわばった声で告げた。

「こいつらはニイモレについている。ニイモレは、あなたを利用する気だ」

事情はつかめないものの、オンタロの剣幕に阿高は馬から後ずさった。だが、隊長の男は阿高が拒むと知るや、腕をつかんで引き寄せにかかった。ふり放そうとしたが、つかまれた腕は岩にはさんだように動かない。ぬかるんだ地面でかかとがすべり、意志に反してひきずられた。

走り寄ったオンタロが、男を勢いよく殴りつけた。男はたまらずに阿高を放し、よろけて倒れた。いきなり解放されて阿高ものめった。馬が怯《おび》え、前足を上げていななく。隊長の男はすばやく首をふってぬかるみから立ち上がり、オンタロにつかみかかっていった。乱闘になったことを知った阿高は、手近な武器を捜して見回した。適当なものは何もなく、かわりに押し寄せてくる手下たちが目に入った。

「逃げろ。逃げるんだ」

つかみあう合間にオンタロが阿高にどなった。阿高はぼうぜんとして思った。

（蝦夷たちも、けっしてひとつではないんだ……）

それは当たり前のことかもしれなかったが、阿高には衝撃だった。とりあえず、イリシともと来た森のほうへ逃げ出す。しかし、相手には馬があり、人数も多かった。たちまち回りこんで行く手をさえぎられた。イリシが矢を放ったものの、わずかな脅しになっただけだ。いくらもたたずに弓を奪われ、めった打ちにたたきのめされていた。

彼らにはオンタロたちの丁重さはなく、阿高に対しても容赦がなかった。いくつもしたたかに殴られた。阿高は、早々と抵抗の尽きる自分に驚いた。こんなはずではないのに、気持ちより先に体がいうことをきかないのだ。ろくに食べもせずに旅を続けた結果だった。

蝦夷の兵士たちは阿高の手足をとらえ、革ひもを使って厳重に縛り上げた。阿高が身動きできなくなって横たわると、蝦夷たちは満足そうに見下ろした。獲物を熊の子のように生け捕り、首尾よくできたと思っているのだろう。彼らがお互いの言葉で何かをいい交わし、笑いさえするのを、阿高は煮えくり返る思いで聞いた。

それがたとえ侮蔑の言葉であっても、理解できるほうがまだましだった。こちらから投げつけるのが罵詈雑言《ばりぞうごん》であっても、通じたほうがまだましだ。言葉も交わせない相手の暴力には、冷酷という以上のものがあった。

（こいつらの仲間になど絶対になるもんか。蝦夷になど絶対になるもんか……）

気がつくと、頭からつまさきまで冷たい泥まみれになっていた。凍りつく雨の寒さを突然に感じた。阿高は荷物のように運ばれ、馬のもとまでつれていかれた。結局阿高は隊長の葦毛に乗ることになったようだ。鞍《くら》の後ろに縛りつけられ、首を起こすと、その先にぼろぼろにされたオンタロとイリシが、手足を縛られてころがされているのが見えた。彼らが命まで奪われていないことにほっとしたが、一方では、やはりこれは仲間うちの内紛なのだと思わされた。

なんであれ、阿高にはどうする手だてもなかった。彼らを助けることもできず、自分を助けるすべもない。男たちは馬に合図し、オンタロとイリシをおきざりにしてひき上げていった。何が待っているのかは知らないが、少なくとも蝦夷の住みかへは行くのだろう。このまま駆け続けるのかと気をめいらせながら、阿高は馬の背で、なんとか揺れに耐えられるように体をよじった。

夢の中で、阿高は馬を駆っていた。いつも乗るので愛馬のようになじんでいる馬だ。その毛並は漆黒だが、長いたてがみと後ろにたなびく尾は星の輝きのように白い。体の均整は申し分なく、細身で駿足の、めったにない逸物《いつぶつ》である。しかし、阿高には自分の馬はないはずだった。長《おさ》の家の子といえども、成人してはじめて一人前に乗馬をもらえるのだ。藤太と阿高はその日が来るのを楽しみにしていて、どんな馬がいいか、あれこれ語り合ったものだった。特にこの春生まれの子馬には注意をはらっていた。二人が二十歳になるとき、三歳の若駒となる馬たちだからだ。

なのに、この黒と白の美しい雄馬《おうま》には何度も乗り、自分のものとした記憶があった。周囲は闇で、馬の体が溶けこみそうなほど暗い。だが、阿高はなんの気がねもなく疾走を楽しんでいた。もっと速く、速く。

もっと自由に走るために、ふと思いついて、視野を変えてみる。すると、阿高の目は簡単に馬の目になりかわり、馬の体は阿高のものとなった。鞭のようにしなう筋肉、炎のように燃える心臓。このほうがずっといいと思い、阿高はほほえんだ。あふれる力強さが阿高のものだった。彗星のように雄馬は駆ける。すでに乗り手ですらない阿高は、だれも味わったことのない喜びを味わっていた。

（全力でかからなければ。あの河を飛び越えてみせなければ……）

いつのまにか阿高はそう思っていた。前方に注意すると、なるほどたしかに大河がある。闇の底に、黒曜石がきらめくように水が流れている。さらに対岸には、この世界に唯一の明かりが見えることに気がついた。河の水がきらめくのはその明かりのせいなのだ。たいまつの炎より柔らかく、暖かな色の明かりは、大きく丸く闇を切り取っている。

（藤太？）

その光を手にかかげているのは藤太だった。藤太が闇の地平を明かりで照らしている。その左右には広梨《ひろなし》も茂里《しげさと》もいた。どうしてこんなところに彼らがと、阿高は少しあせり、少し恥じる気分になった。不覚にも目の奥が熱くなる。

（おれがここにいることを、あいつらは知らないんだ。どうにかしてあそこへ行かなければ。あの河を飛び越えなければ……）

身じろぎしたせいだろう、阿高は目がさめてしまった。涙がひと筋ほおを伝っており、それをぬぐえないことに気づくと、現実と現実の痛みがもどってきた。手足を縛られて馬に乗せられているという、不愉快な現実。だが、馬に揺られていると思ったのもまちがいで、阿高がいるのは動かないむしろの上だった。

やっとのことで、阿高はすでに馬から降ろされたことを思い出した。一昼夜か二昼夜か、とにかく揺すられ続けたおかげで、むしろを敷いた地べたまで波打つ気がしてしまう。騎馬隊は目的地に到着していた。馬を降ろされた阿高は、そのまま小屋のようなものに放りこまれ、そこでようやく深く寝入ったのだった。

腕が使えないまま苦労して半身を起こし、壁の柱に体をもたせかけて、阿高は自分のいる場所を見回した。敷いたむしろは新しく、上手に編んであって悪くはない。だが、小屋全体は狭くてお粗末だった。黒木の柱の掘っ立て小屋で、壁は小柴を編んで並べただけのようだ。小柴の隙間から外の光がもれ入ってくる。少し暴れたら、簡単に蹴やぶって出ていけるだろう。だからなのだろう、阿高のいましめは解かれないままだった。いいかげんにほどいてもらいたいと阿高は考えた。指先など血行がとどかずに、感覚がなくなっている。革ひもを解かれたからといって、すぐそばの人に殴りかかることはできそうにないというのに。

表からは小石を踏む足音と人声が聞こえた。何人かが行き来しており、なかには子どもの足と思える小刻みな駆け足も聞こえてくる。人里だという感じがした。あるいは駐留地なのか。目をつぶって足音を数えていた阿高は、その中の重い二つが小屋の前で立ち止まったために、はっと目を開いた。しかも、聞こえてきた声は、内容のわかる言葉をしゃべっていた。

「それよりも、わしは砂金がいい。前におぬしもいっていたではないか、出羽《でわ》の奥地に、まだ知られていない豊かな採集場があると。おぬしの話に魅力がないではないが、やはり、確実なのは黄金《おうごん》だよ」

表の男は、戸口の目隠しをたくし上げ、中をのぞきこんだ。窓のない小屋にまばゆい光が射しこむ。目隠しをかかげたまま、男はしばし阿高をながめた。それから、さらによくながめるために中に入ってきた。阿高のほうは、男の身なりをひと目で見分けた。袍《ほう》に深靴。朝廷の役人が着るしろものだ。

彼は阿高に失望したらしかった。

「男の身なりをした娘というわけではないようだな。正真正銘の、薄汚れた小僧っ子だ。娘なら、まだしも利用価値があるものを」

助けを求めるために開きかけた口を、阿高は急いでつぐんだ。手足を縛られ押しこめられた阿高を見て、口にした言葉がこれなのだ。この人物が味方だということはありそうになかった。もう一人は、役人の後ろから遅れて入ってきた。これはまぎれもなく蝦夷族であり、独自の文様のある派手な襖《おう》を着ている。袍《ほう》を着た人物が貧相な、平べったい顔の小男であるのに対し、彼は見栄えのする男であり、蝦夷にはめずらしくひげをきれいに剃っていた。小男が四十くらいなら、蝦夷の男は十くらい若く見える。さらにこの蝦夷は、流暢な倭語を話した。

「ですが、この者こそ、倭《やまと》の帝《みかど》が長年求めておられるものなのです。これをさしだせば、帝には征夷軍をおこす一番の目的がなくなります。そして、求めるものを見出した功労として、今はところを得ないあなたにも、必ずや高い地位を約束されるでしょう」

「こんな、泥だらけの、見るところのない小僧っ子がか」

「泥はいつまでもついているわけではありません。部下の者が少々手荒につれてきたようなので、いくらか汚れていますが」

(この蝦夷がニイモレだ。まちがいない、きっとそうだ)

阿高は考え、そしらぬ顔つきの蝦夷をにらみすえた。

「これが娘なら、磨きがいもあるのだがな」

小男はため息をついてから、気を取り直したようにいった。

「しかし、宝を持っているというなら話は別だ。伝説の宝玉のありかを、この者は知っているのだな。おい、小僧、申してみろ。知っているなら、さっさとありかを示したほうが身のためだぞ」

阿高は口を開いた。

「知るわけないだろう。何を寝ぼけたことといっているんだ。あんたは能無しか。蝦夷なんかのいうことをいちいち真に受けやがって、それでも朝廷の役人か」

役人は二の句がつげない顔をした。蝦夷の男もそれなりに驚いた様子だった。沈黙ののち、袍を着た小男はみるみるまっ赤になり、蝦夷の男をふり返ってまくしたてた。

「だからわしは砂金のほうがいいといったのだ。黄金は口をきかん。こんな悪たれを宮中へ贈ってみろ、わしはすぐに首がとぶわ。こいつがもし宝玉を持っているなら、その現物を得てから話を持ってこい。場合によっては相談に乗るかもしれぬ」

彼は足音も荒く小屋を出ていった。ニイモレは肩をすくめてからその後を追った。商談は成立しなかったようだ。脱力する思いで、阿高は息を吐き出した。人買いに買いたたかれるほど落ちぶれたとは、なんともやりきれなかった。

2

しばらくすると、蝦夷《えみし》の男は一人で小屋へもどってきた。阿高《あたか》は険しいまなざしで近づく男を見すえた。ニイモレもまたしげしげと阿高を見た。そして倭語《やまとご》でいった。

「あの男も見る目のない。しょせんは小役人か。おまえには、こんなにはっきりチキサニの面影があるというのにな」

彼は阿高の前まで来るとかがみこみ、思案する顔をした。

「それでも、顔くらいはふいておくべきだったか……」

いきなり手ぬぐいを出すと、ニイモレは阿高の顔をごしごしこすりはじめた。阿高はむっとし、口がきけるようになるとすぐにいった。

「くそったれ。顔をふくくらいならこの縄を解け、人さらい野郎」

蝦夷は平静に答えた。

「それはできない、けっこう暴れると聞いているのでね。おまけに口汚くも育ったようだ。嘆かわしいことだ、ろくな場所では育たなかったのだな」

「おまえたちのもとで育つよりも、どんなにかましだったよ。蝦夷には、仲間をおとしめたり、朝廷側に通じたりするやつがいるようだからな」

痛烈な口調で阿高はいった。ニイモレは目を細めるようにして阿高を見た。

「通じてどこが悪い。ほとんどの蝦夷はすでにそうしている。頭の固い、アテルイのようなやつらが時代に取り残されているのだ。わたしも、十数年前にはおろかにも武器を取ったものだ。だが、裏切り者の女神がわたしに教えてくれた。立ち回りはもっとうまくするものだとな」

阿高はたじろぎそうになったが、まだ負けずにいった。

「他人のせいにするな。仲間を売るのは一番汚い行為だ」

「おまえによくそれがいえたものだな。われわれを裏切って、敵軍の一兵士などにその身を売ったおまえに。そんな女をチキサニと呼びあがめて、戦《いくさ》までおこした同族を、あざ笑って消えたおまえに。今ごろもどってきて、いったい蝦夷をどうしようというのだ。わたしはおまえに手を貸してやっているだけだ。倭《やまと》の帝《みかど》のお役に立ちたいおまえの望みを、親切にもかなえてやろうというのだよ」

「聞いていれば、おれをだれかと……」

阿高は言葉の途中であごを強くつかまれ、声が出せなくなった。ニイモレの目には、息をのむほどの憎しみの色があった。阿高が今まで見たことも聞いたこともなかったほどの、強烈な憎しみだった。

「いい逃れようとするな。おまえはたしかにチキサニだ。わたしが見たかったのはその目だ。おまえのその目、わたしが塵《ちり》ほどもあがめていないことを見せつけて、驚くその目を見たかった。蝦夷はもうおまえを信じない。何もかもがおまえのせいだ。こんなことになる前にこの手で殺しておけばと、何度悔やんだことかしれない。すべての元凶となるおまえを、蝦夷の滅びの種を作るおまえを」

ニイモレの指がのどに食いこんだ。ニイモレの吐き出す憎悪に呼吸を止められる気がした。ニイモレは、殺意をこめて阿高を見下ろしていたが、やがて、手をゆるめた。

「今ここで殺しても、すでに起きたことはひとつももとにもどせない。せいぜい高く朝廷に売りつけてやるさ。おまえは、やっと見出したわれわれの切札だ。しかも、チキサニのように力にめざめてはいないときている。生まれ変われば、女神も初心にもどるのか」

ようやく息を吸いこんで、阿高は思わず咳きこんだ。顔をそむけると、ニイモレはもう一度あごをつかんでむりやりあおむかせた。

「それとも、みだらな女の本性は、生まれ変わっても変わらないか？」

ニイモレの顔は、息が吐きかかるほど間近にあった。彼の侮蔑が、阿高にじかに突き刺さってきた。考えるまもなく、阿高は残された反撃の方法を取った。つまり相手の顔に噛みついたのである。

蝦夷は叫び声を上げて飛びのき、阿高を横殴りに殴った。それからしばらく蝦夷語で毒づいていたが、ついには憤然と小屋を出ていった。

（まちがえるからだ、ばかめ……）

殴られて口の中が切れ、血の味がするにもかかわらず、阿高は少しばかり気が晴れた。ニイモレの高い鼻には歯形が残ったに違いなく、あれではいいわけに困るだろう。しかし、母親に見なされるのはもうたくさんだった。阿高はまだ、彼らに何もしていない。覚えもないのに、自分を産んだ女性のしたことを身にひきうけろというのだろうか。

(なぜ、蝦夷の同族を捨てたんだ……)

阿高でさえ、母にそうたずねたかった。母は蝦夷の中で高い地位にいたのだ。同族の人々をかえりみずに、なぜ父の勝総《かつふさ》を選ぶようなことをしたのだろう。そんなことさえなければ、今、阿高が味わっている苦渋《くじゅう》もなかったはずなのに。むしろにころがったまま、暗澹《あんたん》として阿高は考えた。


日が沈んだようだった。小柴の隙間からもれる薄明かりも消え、かわりに闇がおとずれた。反撃には報復があることを、阿高も一応覚悟していたが、夜になってそれがどういう形かはっきりした。食事が一度も与えられなかったのである。

乱暴な騎馬隊でさえ、捕虜に食べさせることには気をつかっていた。とりこになってからこちら、阿高は体力を失ったことを悔いて、与えられたものは無理にも食べることにしていただけに、この仕打ちには腹が立った。それに、食事と用足しだけがいましめを解かれるわずかな時間だというのに、ニイモレはそれすら奪おうというのだ。いらだって腕を動かして、阿高ははっとした。

(待てよ……)

わずかだが縄がゆるむような気がする。最初は身じろぎもままならなかったはずだが、その後何度も縛り直しているので、最後の兵士はわりといいかげんだったのかもしれない。ふいにわいた希望に、阿高は気持ちをふるいおこした。全神経を傾けて、彼は根気よくいましめをゆるめにかかった。

えんえんと時を費やしたが、阿高はついに片手を抜き取った。彼の手の幅がわりと細かったことも幸いしたのだ。ひとつ抜ければ後は簡単だ。体に巻きつくいまいまし い革ひもをふり捨て、足首の結び目を動かない指で苦労してほどくと、その解放感はなんともいえなかった。両手両足を投げ出して、阿高はしばらく寝そべっていた。

（……こうしてはいられないな）

時は夜半、あるいは明け方に近くなっているものと思われた。ニイモレに屈する気はさらさらなかった。いいようにされるのは性分ではない。母親のしたことがどうあろうと、善悪は阿高が自分で決めることだった。

身を起こし、阿高は外をうかがった。見張りはもちろんいるだろう。だが、ふいを襲えば一人か二人はなんとかできる。とはいえ、不利は無視できないほど大きかった。阿高にはこのへんの地理がまったくわからず、逃げ道の目算が立たない。それに、自分の手足がどの程度使えるのか、いくらか……いや、かなりたよりなかった。

（今度からは、どんなにつらいときでも、食べるものがあれば食べよう。戦う前に降参するみたいに、意気地のないことだった。オンタロたちに情けなく思われてもしかたなかったたな……）

今は、勝算がなくても行動しなくてはならなかった。阿高は捨てた革ひもを手さぐりで捜し当てた。これとて多少は武器になる。

阿高が飛び出す間合いをうかがっているときだった。突然ざわめきが聞こえた。なんだろうと思ったとき、小屋の入口が引き開けられた。開けられたなどという穏やかなものではない、ちぎりとられた様子だった。ぐずぐずするいわれはなかった。阿高は戸口の人影に当て身をくらわした。

相手はよろめいたが倒れはしなかった。そして、すり抜けようとした阿高を、すんでのところで捕まえた。阿高は革ひもで打ちかかったが、男のつかんだ腕はびくともしない。阿高の絶望がふくれ上がった。この怪力は、騎馬隊の隊長に違いないと思ったからだ。男は蝦夷語で何かどなり、それから倭語でいい直した。

「恐れるな。心配ない。わしはおまえのオバだ、オバ」

（なにをいっているんだ、こいつ……）

阿高は目を見はった。暗くて顔ははっきりしないが、隊長とは声が違う。

「伯父です」

別の男が彼の後ろに立って訂正した。

「アテルイさま、男の場合はオバとはいいません、伯父です」

そちらの声には聞き覚えがあった。阿高は驚きの叫びを上げた。

「オンタロか」

「そうです。阿高殿、ご無事でしたか」

体が痛いほど、急激に安堵がわきあがってきた。オンタロを最後に見たのは、泥と血にまみれて横たわる姿だった。だが、星明かりに立つ彼の姿は思いのほかしっかりしている。彼に再会して、これほどうれしくなるとは自分でも知らなかった。阿高はわれ知らずオンタロのほうへよろめき進んだ。

「けがは平気なのか」

「わたしのけがなど。申しわけありませんでした。力が及ばずに、あなたをこんなに難儀な目にあわせてしまいました」

オンタロの声にも、このときばかりは熱がこもっていた。

「もう心配はいりません。こちらにおられるのは伯父君のアテルイさまです。阿高殿がつれ去られたと聞いて、助けに駆けつけてくださったのです。ニイモレのやつには、目にものを見せてやりましょう。あなたにこんな仕打ちをするとは、気が狂ったとしかいいようがないことです」

（伯父だって……？）

ふりむいてあらためてながめると、アテルイのひげの濃い顔は笑っているようだった。彼は手を広げていった。

「おお、チキサニ。わしだ。無事会えてよかった」
（おれは、チキサニじゃない……）
阿高はそう考えたが、だんだんどうでもよくなっていた。もうニイモレに拘束されずにすむ、それだけで今のところは充分だった。張りつめていた気持ちが切れたのだろう。阿高ははじめて、自分が今まで気力で保《も》っていたことをさとった。アテルイに応じるまもなく、彼は膝から崩れ落ちていた。オンタロが驚いて支えたが立てず、そのまま気を失って何もわからなくなった。

ついに蝦夷の血族に対面し、蝦夷の村へやってきた阿高だったが、しばらくは村の様子をうかがい知ることもできなかった。完全な病人だったのだ。熱が高く、そばの者すらぼんやりとしかわからない状態で運びこまれ、数日は寝床を出ることもままならなかった。

とはいえ、ここには手厚く看護してくれる女性がいた。年とった人、中年の人、若い人の三者が、かわるがわる阿高の面倒を見に顔を出す。はじめて見る蝦夷の女性は、年齢を問わず髪を編み下げており、みな、膝のあたりまである衣を着て、耳輪や首飾りをつけていた。

坂東《ばんどう》では今どき、祭りの踊り子でもなければ、そういう装飾品をつけない。着飾って見えたが、身を飾る石や金具のわりに、まとう布地は粗末かもしれなかった。気候の寒さを思えば、単衣《ひとえ》の衣はいかにも薄かった。

しかし、装いの差は問題ではなかった。どこでも同じに、女の人には細やかさと気くばりがある。阿高は、世話をしてもらうことがいやではなかった。人がどう思うかはさておき、もともと阿高は女性を嫌っているわけではないのだ。ただ、もじもじしてみせたり、顔を赤らめたり、暗黙に催促するまなざしで見つめたりする相手には、返す態度を知らないというだけである。たとえば家族の女性なら、阿高はだれもが好きだといってよかった。藤太の母に不満はなかったし、きっぷのいい美郷《みさと》などは、特に好きな叔母だといえた。

女たちの親切が身に染みたのは、気弱になっていたせいもあるだろう。日ごろ病気知らずに跳ね回っていただけに、熱を出して人一倍心細かったのだ。久々に小さな子どものようにいたわられることも、それはそれでうれしかった。阿高は彼女たちの煎じる薬草をおとなしく飲み、着替えを手伝ってもらい、運ぶ食事を極力食べるようにした。そういう素直な病人だったせいで、いったん快方へ向かうと回復は速かった。

阿高の寝かされている家は整っているとはいえ、基本的には前に閉じこめられた小屋に似ていた。壁は小柴で、阿高を寝かせる狭い寝棚があるものの、あとは土間の造りだ。蝦夷の家は、簡単に建てては壊すもののようだった。まん中には炉が掘ってあり、病人のためにまきを絶やさなかったが、煮炊きはほとんどせず、食事や煎じ薬はよそから運ばれてきた。女性たちも、すぐそばに住んではいるようだ。遠くはないところから、赤ん坊の泣き声が聞こえてくることもあった。

食事を運ぶ女性が一番年若いせいか、こまごまとした用事をこなして阿高のそばにいる時間が長かった。若いといっても、たぶん阿高より年上だろう。女の人の年齢はよくわからないものだが、物腰のおちつきから既婚女性に思われた。この女性はまた、三人の中でただ一人倭語を理解した。阿高がしてほしいことをいうと、そのとおりにしてくれたのだ。

けれども話しはしなかった。阿高も熱のあるうちは不思議に思う余裕がなかったが、少しまわりを意識できるようになると、彼女がけっして話しかけてこないことが気になった。ある日、粥《かゆ》の椀をさしだした彼女に率直にたずねてみた。

「きみが何もいわないのは、口がきけないせいなのか。それとも、無言の行《ぎょう》をしなくてはならない決まりがあるのか」

彼女は顔を輝かせた。黒目がちな瞳が急に表情豊かになった。たぶん、阿高がそうたずねるのを待っていたのだろう。阿高がそれをいいだすほどに、体を回復させるときを待っていたのだ。彼女は勢いこんで蝦夷語でまくしたてた。阿高が困った顔をすると、今度はゆっくり、自分自身をゆびさしていった。

「……リサト……」

わたしはリサトです、といったと察するのは簡単だった。美郷の名前に似ていると思い、阿高はかすかに親しみを感じた。リサトはその阿高を次にゆびさした。

「……アタカ……」

それから、リサトは盆の上のものを次々にゆびさしていった。これは皿、これは箸、これは野菜、これは肉。そのひとつひとつを蝦夷語で呼んだ。そしてもう一度もの問いたげに阿高の顔をうかがった。

（そういうことか……）

ここへ来たなら、言葉が通じないといってひき籠ってはいられないのだった。倭語を話す人を期待するのではなく、阿高自身が蝦夷語を覚えればすむのだ。その単純なことに思いいたらなかったことに、阿高は気がついた。リサトは阿高が蝦夷語を習うために、進んで教師をつとめようというのだ。

「いいよ、言葉を習わせてくれ。どうせまだ、できることは少ないんだから」

阿高がいうと、リサトはうれしそうに何度もうなずいた。

言葉の授業はたいへんよい効果をもたらした。リサトは頭の回転が早く、倭語を知っているだけに手ぎわがよく、最適の教師だった。阿高も耳はよいほうだったので、リサトの言葉をくり返し、みるみる上達した。

阿高にとっては、言葉の上達よりも、リサトがよそよそしさをかなぐり捨てたことがうれしかった。阿高はおしゃべりなほうではなかったが、それでもずっと藤太とともにいて、かたわらに応じてくれる人がいることに慣れていたのだ。ひとりぼっちの空虚さは、自分で思う以上に身にこたえていた。

ささいなことでかまわないのだった。うなずいたり、笑って共感を示してくれる人がそばにいると、体の回復の速ささえ違った。言葉を覚えはじめた人がよくするように、阿高はときどきとんでもないいいまちがいをして、リサトを死ぬほど笑わせることがあった。リサトは急に少女のようになってしまい、訂正しようとして息をつまらせ、そんな自分がおかしくてまた笑った。その陽気さを見ていると、阿高はリサトに笑われるぶんにはいっこうにかまわなかった。ともに笑うことのできる人がいる、それが大事なことなのだった。

3

陽射しにきらめきが増していた。多少とも力がもどってくると、日がな一日炉端に座る老人のまねは、阿高《あたか》にはとてもできそうになかった。リサトたちはいい顔をしなかったが、目を盗んで外へ出、好奇心にかられて家のまわりを歩いた。

高い山並が前後に迫り、ここは谷間にあるこぢんまりとした窪地だった。家々が半円を描くように並んでいるが、数はそう多くなく、ごく小さな集落だ。すんなりした幹を持つブナ林が、輝く若葉をつけて集落を取り囲んでいる。村はずれには小川があり、雪解け水がたっぷりと流れていた。土手にはフキやワラビ、遅い春がようやく花開く様子と見える。阿高は、ようやく北国にいることを実感できるような気がした。

遅れを挽回しようとしているのか、北国の芽吹きはいちどきで勢いがあった。みなぎる息吹が空気を光らせている。陽射しが肌に心地好く、阿高は家の中にもどる気がしなくなって、土手の若草に足を伸ばして座っていた。

まどろみそうになって、ふと気がつくと、黒いちっちゃなものが目のそばで動いていた。よく見ると、毛玉のような幼い子犬だ。歩き方もまだたどたどしく、つまずいてよろけながらも、一人前に散歩を試みているようだ。阿高のほおに、われ知らずほほえみが浮かんだ。彼は腰を上げると、子犬の前にかがみこんだ。

「ちび、どこの子だ」

子犬は警戒し、短い鼻面にしわを寄せようとけんめいになったが、阿高は笑って上手になでてやった。すると子犬はたちまち警戒したことを忘れ、切れっぱしのような尻尾をふってじゃれつきはじめた。竹芝《たけしば》のクロにもこんなに小さいころがあったと、阿高は思い返した。クロはかわいがってくれた阿高がこれほど遠くへ行ったとは知らず、もどるのは今か今かと耳をすましているのだろう。そう思うと切なかった。

子犬の様子があまりに愛くるしかったため、阿高は母犬のことを失念していた。茂みからぬっと現れた大型犬を見て、はたとまずいことに気づいた。そのへんにいるような犬ではなかったのだ。黒い首筋の剛毛、ふさふさとたれた尾。母犬は明らかにオオカミの血をひいており、底光りする目で阿高を見すえていた。

（襲ってくるか……）

飛びかかられたらひとたまりもなかっただろう。ひやりとした一瞬だった。しかし、母犬は決めかねるようにたたずんでいた。阿高も動くに動けず、両者はしばらくにらみあいを続けたが、やがて母犬は興味をなくしたように顔をそむけ、威厳を持って立ち去っていった。阿高はしきりに彼の手にじゃれている子犬を抱き上げ、安堵のあまりくすくす笑い出した。

「すごいかあさんだな。おい、ちび」

「まったく、怖いもの知らずだこと」

いつのまにか、リサトが後ろに立っていた。

「あの犬はコンルといいます。けっしてよそ者には馴れません。ましてや、子犬をさわらせたりしたことのない犬です」

リサトは蝦夷語《えみしご》で話したが、今では阿高もほとんど聞き取ることができた。少々片言ながら、阿高も蝦夷語でいった。

「動物には、わりと好かれるんだ」

「チキサニがそうだったと、死んだ母がよく語っていました」

はじめてリサトの口からチキサニの名が出た。リサトが涙ぐんでいるようなので、
阿高は目を見はった。

嚙みしめるようにリサトはいった。

「あなたはやっぱりチキサニ。本当にもどってきたのですね。今ならそのことがわかります」

「……もどってきてはいけなかったのだろうか」

阿高は口ごもりながらいった。

「……母は、あなたたちを裏切ったという。本当にそうなのだろうか」

リサトは袖で涙をふくと、気を取り直すように大きく息をしてからいった。

「阿高、あなたはアベウチフチに会わなくてはなりません。言葉を教えたのも、長老さまと話をしてほしいからこそです。もうじきアテルイ殿がここへ来られます。伯父君が、あなたを岩屋へつれていってくれるでしょう」

阿高は子犬を腕から降ろした。蝦夷の権威者と対面することを考えると、胸の底が急に冷たくなるような気がした。

「長老がいるのは、ここではないのか」

「ええ。アベウチフチは、夏冬の家を変えずにいつも峰におられます。ここは子育てをする者のふもとの家。男たちは山におります」

道理で女性ばかり見るはずだと阿高は考えた。阿高に歩き回ってほしくないというわけも、それでふに落ちる。

「リサト、チキサニとは何者だったんだ」

阿高はたずねた。アベウチフチとやらに会う前に、その答えがほしかった。リサトは阿高を見つめたが、やがて答えた。

「チキサニは、わたしたちの明るい火。輝く女神です。照らす光のようなあのかたが、わたしたちの誇りでした」

「それなら、なぜおれが生まれたんだ」

のどが苦しくなるのをおぼえながら、阿高は小声でいった。

「そんな顔をしないで、阿高」

リサトはいい、熱のあるときに何度もふれてくれたひんやりした手を、阿高のほおに軽くあてた。

「あなたにも、もうじきチキサニがどんな人かわかります。アベウチフチが教えてくれます。わたしが語るより、そのほうが、蝦夷のためでしょう」

子犬は、なんとなく阿高のもとに居ついてしまった。この小さくてあたたかなものを、阿高が手放す気になれなかったのもたしかだった。阿高の思いを察したかのように、母犬は迎えに来なかった。

夕方になって、阿高の衣《ころも》を持ってやってきたイノは、彼が自分の皿から子犬に食べさせているのを見つけて顔をしかめた。阿高もさすがに気がとがめた。竹芝であっても、こんなふるまいをすれば怒られる。こういうときに藤太《とうた》がいたら、罪のない笑顔でごまかしてしまうのだが。そう考えて、阿高はためらいがちにほほえんでみたが、藤太と同じ効果が現れたのでびっくりした。

イノは急に目もとをなごませた。彼女は厳格な中年女性で、そうそう寛大になるわけではなかったが、阿高の笑顔はめずらしかったのである。

「オオカミ犬は、このくらい小さいうちに馴れさせないと、二度と人にはなつかないのですよ。馴らせばとてもよい番犬になります。主人と主人の仲間をよく見分けます。それでも、忠誠を尽くす人間は生涯に一人しか作りません。アテルイさまがコンルの子をほしがっておられたけれど、子犬のほうは自分で主人を見つけてしまったようね」

イノの言葉に、阿高は思わず声をはずませた。

「この犬、もらえるかな」

「それはアテルイさまにお聞きなさい。明日にはお見えになります」

イノはたたんだ衣類をさしだした。

「明日の朝はこれに着替えて。出発することになるでしょうから」

袖口や裾に文様を染めた、丹精こめて作った衣だった。受け取った阿高は、少々気おくれがした。裏打ちもしっかり仕立ててある、イノたちが着ているものよりはるかに上等な品だ。

(こんなに優遇されるのは、おれの母のよしみなんだろうか……)

しばらくためらってから、阿高はたずねた。

「チキサニは、そんなに特別な人だったのか」

イノは、ふとなつかしむ目をした。

「そうですね……子どものころ、あの人がこの里にいたころは、チキサニもわたしらも区別なくいっしょに遊んだものです。あの人は遊びが上手でしたよ。けんかをして泣いたりもしたけれど、わたしらはあの人がいると愉快でした。おてんばでね、男の子をいっしょにやっつけたこともあります。チキサニが岩屋へ行かなければならなくなって、はじめて彼女が巫女姫《みこひめ》であることを知りました」

ふしくれだった自分の指を見つめ、イノは嚙みしめるようにいった。

「蝦夷の女は、オオカミ犬のように長く誠を誓うものです。わたしらは、チキサニが理由あっておこした戦《いくさ》なら、戦を戦い抜くこともいといません。けれども……戦は、土地も人もすさませます。わたしらの暮らしは、長い戦いの中でやせ細ってしまいました。貧しさは我慢ができますが、同族が年々滅んでいくのを、めぐる春ごとに実感するのはむごいものです。この戦をはじめたのがチキサニなら、きっと、終わらせるのもチキサニでしょう。だから、わたしたちはずっと待っていました……」

阿高は思いがけなさに目を見はった。

「おれが来たのは、戦を終わらせるためだというのか？」

イノは急にうろたえた様子になった。

「それは、わたしなどはあずかり知らぬことです。そうかもしれない、違うかもしれない。わたしは、聞かれたから答えただけです。そう、チキサニは特別な人だった。わたしの知っているあの人なら、わたしたちを、長く苦しい目にあわせようとはしないはずでした」

口にしたことを後悔したのかもしれない。イノはおちつかなげに見回し、そそくさと出ていった。阿高はたたずみ、子犬に与えた皿をうつむいて見つめた。

翌日、リサトは朝からはりきって阿高を小川へ追いたて、凍えるような水を浴びさせた。そして、文句たらたらの阿高に新しい衣を着せかけ、ぬれた髪をていねいにくしけずった。阿高は祭りの当日にさえ、これほど身づくろいをしたことがなかった。リサトが飾り帯を額《ひたい》に結ぼうとするに及んで、あわてて頭をふった。

「いらないよ、やめてくれ」

「どうして。あなたにあつらえたものだのに」

「そんなもの、つけたためしがない」

「だったらつけてみなさい。今日は特別な日よ」

「特別な日って、なんだよ」

押し問答をしていると、リサトの後ろでしわがれた声がした。

「帯をしめなさい。アベウチフチのもとへは、正装をして行くものだ」

戸口に小柄な影がさし、腰をかがめた老婆が杖をついて入ってきた。急に阿高はおとなしくなった。この薬師《くすし》の老婆には、極力逆らわないことにしている。リサトは得意になって、あきらめた阿高をためつすがめつ検分した。

「きれいだわ、よく似合う。どこから見ても蝦夷の美男子よ」

老婆は近づいてきて阿高にいった。

「儀式が終われば、おまえも蝦夷の太刀《たち》がもらえるかもしれないぞ。儀式が終わって、おまえが本当に蝦夷になるのならばな」

その言葉は阿高をあわてさせた。自分にまだ心の準備ができていないことに、あらためて気づかされる思いだった。阿高はリサトをふり返った。

「儀式って、なんのことだ」

リサトは急に口ごもった。

「……アベウチフチに会いに行くことを、儀式と呼ぶのよ」

薬師が阿高の手を取った。これは老婆のいつもの診察のしかたなのだ。手のひらにふれることで、彼女には相手の健康状態がわかる。

「飲み薬はもう必要ではないな。この上の元気は、おまえが自分で生み出さなくてはならぬ。峰はここより厳しいが、簡単にへこたれるではないぞ」

阿高にも、この集落の穏やかさが蝦夷の国のすべてでないことはわかっていた。ここは、世話を必要とする者のつかのまの安息所なのだ。外には争いがあり憎しみがあり、丈夫な者はそれに立ち向かっていかなければならない。

「おれ、蝦夷になると思いますか」

老婆に向かって阿高はたずねてみた。

「それは他人にたずねることではない。だが、人はだれでも一番必要とされるものになるものだ。そしておまえは、多くの者から必要とされる者だ。それを忘れずにいるといい。大きな力は、大きな必要に応えてこそ発揮されるものなのだから」

薬師の老婆は重々しくいい、くぼんだ眼窩《がんか》から謎めいた目で阿高を見つめた。

昼前に、五、六人の男たちが馬でやってきた。アテルイとその配下の者たちだ。その中にはオンタロの姿もあった。オンタロは身軽に馬を降りると、アテルイが出迎えの老婆たちに挨拶しているあいだに、まっ先に阿高を捜した。

「これはまた、見違えるようだ」

オンタロは少年を子細にながめた。蝦夷の衣装をまとった阿高は、まだやせているが顔色はよくなっている。表情もおちついて、一時のように痛々しくはりつめた様子ではなくなっていた。女たちの看護がよかったことを知り、胸をなでおろしてオンタロはいった。

「元気になられましたな。様子がつかめなかったので、心配していました」

扮装した気分の阿高は面映《おもは》ゆく、目を伏せながらたずねた。

「あれから、どうしていた」

「アテルイさまの部下とともにニイモレを追いましたが、残念です、とりもらしました。やつは鎮守府《ちんじゅふ》に通じていたのです。今は、朝廷に親和する蝦夷たちの中にかくまわれてしまい、手が出せません」

「そうか……」

ニイモレの名を聞くと、阿高の胸に苦いものがこみあげてきたが、それでも当面の憎さがすぎ去ってしまうと、何か痛切な思いのほうが強かった。

「ニイモレのような蝦夷は、今ではたくさんいるんだろうな。朝廷につくことにした蝦夷たちは」

阿高のつぶやきに、オンタロは声を強めた。

「倭《やまと》の横暴に抵抗する者が皆無になることは、けっしてありません。アテルイさまがおられるかぎり、われわれは負けはしません。あくまで戦い抜きます」

「勝てはしないのに」

イノの言葉が頭にあるため、阿高は妙にむきになった。

「先の望みなどない戦いだろうに。一時的に追い返したって、帝《みかど》はさらに次の兵士をつぎこむだけだ。この次の戦《いくさ》は十万人とさえいっている。それなのに、蝦夷はなぜ戦おうとするんだ」

「望みはあります」

オンタロはちらりと猛々しい笑みを浮かべた。だが、それ以上はいわずに、一歩下がった。

「伯父君が来られたようだ。どうぞ、阿高殿はご挨拶を」

阿高は近づいてくる大男を見守った。オンタロの口調から察すると、この人が反乱軍の指導者なのだ。いかつい肩、濃いひげ、濃い眉。しかし、ほほえむとその眉尻は下がり、恐ろしげには見えなかった。

「今日はちゃんと自分の足で立っているな。よかった、よかった。このあいだは心を痛めたぞ。わしを見て気絶したからな」

アテルイは蝦夷語で大声でいった。今ではすっかり聞きとれるため、阿高は思わず顔を赤らめた。

「この前はお世話をかけました。阿高です」

蝦夷の言葉で答えた阿高に、アテルイの笑みはさらに広がった。

「阿高というか。わしらの地によくもどってきた。もう一度いうが、会いたかったぞ。おまえの母チキサニが、このままわしらを見捨てていくはずがないと信じていたのだ」

アテルイの声は割れているが、あたたかかった。大きな手で阿高の肩をつかみ、親しみをこめて揺さぶった。

「チキサニは十七年後のこの日のために隠れたのだな。若武者となる男子をわれらに与えるために。さあ、これから山へ登ろう。岩屋のアベウチフチに対面して、われらの一族となるのだ」

薬師にいわれたときと同じに、阿高はたじろいだ。

「待ってください。おれには、まだ……」

あやふやな心情を表せるほど言葉が話せるわけではなく、口ごもっているときだった。後ろで、甲高い鳴き声がした。ふりむくと、子犬がころがるように必死で駆けてきた。昼寝からさめるとだれもいないので仰天したらしい。阿高は思わず子犬のためにかがみこんだ。

「ちびクロ」

腕にかかえあげると、アテルイがのぞきこんだ。

「どうした、それは」

「コンルの子です」

阿高はアテルイにいうべきことを思い出して、いった。

「そうだ、こいつ、おれがもらってもいいですか」

アテルイはコンルの子と聞いて驚いたようだった。明らかにがっかりした様子だが、それでも声高く笑った。アテルイが口を開けて笑うと歯並びが欠けているのが見え、どこか愛嬌があった。

「おまえも手が早い。コンルを手なずけるとは見上げたものだ。まあいいだろう、再会の記念におまえにゆずろう。第一その様子では、わしにはもうなつくまい」

オンタロはかたわらで、少々危ぶむ顔をした。

「オオカミ犬はうまく育てないと凶暴になります。よいのですか。蝦夷の中でも、うまく扱える人間はそう多くないというのに」

「でも、こいつがおれを選んだんだ」

阿高はいった。久々に自信を持っていえる言葉のような気がした。ちびクロは彼の新しい衣服を嗅ぎ回り、やがて襟のあわせからふところへもぐりこんでしまった。そしてその場所が気に入ったとみえ、得意気にふんふんと鼻を鳴らした。

(また、いやな顔をされるな……)

真新しい衣のふところに犬をかかえ、阿高は女たちのしかめ面が目に見えるような気がしたが、それでもあえて子犬を出そうとはしなかった。進む事態には当惑する一方だったが、この小さな犬ばかりは、かけねなしに阿高につきそう味方のような気がした。

4

阿高《あたか》は子犬をふところにしたまま、見送る女たちに別れを告げた。アテルイの一行は小川を越え、野を抜けて、やがて一列になってしか通れない山道を登りはじめた。阿高が一人で巧みにたづなをさばき、険しい道にも危なげがないのを、男たちは驚きとった様子だった。村へ来るときは小娘のようにかかえられていたのだから、見くびられてもしかたがない。馬は聞き分けがよく、崖の道にも充分慣れており、久々の乗馬は楽しかった。

曲がりくねった道に沿って峠《とうげ》を越え、さらにもうひとつ尾根を越えると、森の木立が開け、眼下に小さな湖のある高原が広がった。阿高の目は、いち早く湖のふちを駆ける馬の群れをとらえた。放牧場があるのだ。

「われわれの夏の居留地です。雪が消えかけると、村をこちらへ移すのです」

後ろでオンタロが説明した。いかにも気ままな暮らしに聞こえて、阿高は感心した。

「広いところに住んでいるんだな」

「だから、倭人《やまとびと》とは相容《あいい》れません」

さりげなくだが、重い意味をこめてオンタロはいった。

「そして倭人ほど同族を増やせないのも、また同じ理由からです。さあ、夏の家に着いたらひと息つけます。峰へはまだまだこれから登らなければなりませんから」

一行が集落の見えるところまで来ると、人々が集まってきた。下の里とは逆に今度は男ばかりだ。

「阿高殿、よくぞおもどりになりました」

なかに高い声でいう者がいて、よく見るとイリシだった。エトプもいる。知っている顔を見つけることはやはりうれしく、思わず手を上げると、彼らばかりでなく全員が阿高のまわりにどっと群がり寄った。たじろぐ阿高のかたわらで、アテルイがどなった。

「だめだ、だめだ。チキサニはずっと伏せっておられたのだから、疲れさせるな。峰からもどられるまでは、話しかけずに静かにするのだ」

男たちは聞き分けよく散ったが、阿高は困ってアテルイにたずねた。

「おれはやっぱりチキサニなのですか。この人たちにとって……」

「そうしておいたほうが、話が早いのだ」

アテルイはあっさりいった。

「それに、嘘というわけでもない。おまえの命はチキサニの命だ。チキサニはおまえに乳を与えはしなかったが、自分の命そのものを与えた。男児は育たぬはずだった。託宣にはそう出ていたのに、彼女はあえておまえに生を授けたのだ」

「託宣……？」

リサトから教わらない言葉に阿高がとまどっていると、アテルイは口もとをひきしめた。

「アベウチフチの予言のことだ。長老には先見《さきみ》ができる。チキサニにもできた。そして、年老いた女神と若い女神、二人の見た先見は異なっていたのだ」

休息して食事をとった後、阿高は再び山に登ることになった。今度は徒歩だった。馬に乗っていくことは禁じられているのだ。使える乗り物は、人のかつぐ輿《こし》だけだという。もっとも、阿高が断固としてことわったので輿は持ってこられなかった。供まわりの人数は前より増えて、二十人ほどになっている。アテルイが制限しなければ、村じゅうでもついてきたかもしれない。岩屋での阿高とアベウチフチとの対面が、彼らにとってどれほど関心の深いできごとかということが、肌で感じとれるようだった。

阿高はいまだに子犬をふところに入れていた。村にあずけていこうかと迷ったのだが、思ったよりおとなしくしているため、つい、おいてきそびれたのだ。衣がたっぷりしているためか、アテルイもまわりの男たちも、阿高のおまけに少しも気づいていない様子だった。阿高も、犬をつれていっていいかと人々にたずねなかった。たぶん、いけないのだろうから。

アベウチフチに会うことはひどく不安だった。阿高は、ようやくはっきり気づくようになっていた。理由のわからない何かが、彼の心をわしづかみにとらえている。もしかしたら、それは恐怖かもしれなかった。

（おれはこのまま、二度ともどれなくなるのか……）

阿高という少年は、勘はかなり鋭いのだが、よく内省しないために、それがうまく役に立たない。要は自分の気持ちに気づくのが遅いのだ。今までの失敗を数え、阿高は遅まきながらも考えこまずにはいられなかった。いったい自分は何がしたくてここへ来て、何をしようとしているのかを。

母のことが知りたかった。最初はただそれだけだったのだ。だが、阿高の母は知れば知るほど追っていった阿高をからめとってしまう。蝦夷《えみし》になりに来たのではなかった。だが、ここへ来たことはすなわち、もう選んだということだったのだろうか。本当にそれでよかったのだろうか。言葉少なく進む隊列に取り巻かれ、山道を登りながら、阿高の心に次第にあせりが生じてきた。しきりに思い出されるのは藤太《とうた》の顔だった。たしかなことはひとつある。もし、今のまま二度と藤太に会えなくなったら、自分は一生悔やむだろうということだった。

木々がいじけたものになり、削られた岩の荒々しさが目につくようになった。日陰や窪みには凍りついた雪が見られる。ずいぶん高く登ってきたようだった。蝦夷たちが峰としか呼ばないこの山が、どのあたりなのかはよくわからないが、阿高はこれほど高い山に登ったのははじめてだった。空気の薄さに驚く。

自分一人が息を切らしており、阿高はくやしかった。死んでも手を引いてもらいたくはなかった。少女だったチキサニは、そうして男たちにいたわられつつ峰へ登ったのかもしれなかった。

「疲れたか、もうひと息だ。岩屋はすぐそこだ」

アテルイがいって、前方をゆびさした。その先を見ても、夕空に切り立った崖が見えるだけだ。だが、少し近づくと入口に気がついた。天然の洞《ほら》と思われる岩の裂け目の前に、大きなやぐらが立っている。番兵もいる。岩屋がこれほどの規模とは思わず、阿高は息をのんだ。修行僧が好む小さな岩穴のようなものを想像していたのだ。

　番兵たちは、一行を認めてやぐらを下りた。裂け上がった入口をくぐると、岩の内部は思ったとおり空洞で、意外なほど広かった。天井が高いため息苦しくもなく、五十人くらいは楽に入れるだろう。奥は狭《せば》まって暗いが、小さなたいまつがいくつも点《とも》してあり、岩を削った細い階段が登っていくのが見えた。目でたどると、家の屋根ほどの高さに岩棚がある。アテルイが、無言で阿高の背を押してうながした。彼らは階段に足をかけ、あとの男たちはその場にとどまった。アベウチフチに会うのは二人だけらしかった。

　階段を登りきると、足首にとどく長衣を着た女が三人ほど出迎えた。三人とも若くはなく、厳しい表情で口をむすんでいる。淡い照明に浮かび上がる彼女たちは、まるで動く彫像に見えた。なんの説明もせず、女たちは訪問者を導いた。アテルイは慣れている様子だったが、阿高は沈黙に気づまりな思いをさせられた。

岩の巨塊がすぐそばに迫る。この先は、明らかに人の手で岩を削ったものだった。岩肌にのみの跡がくっきりと残っており、支柱で支えてある。通廊《つうろう》のようなこの細穴を、女たちは長くは歩かなかった。奥はまだまだ延びていることを空気の感じが伝えたが、先は闇に消えており、先頭の女は立ち止まった。彼女が顔を向けた場所には、毛皮をつなぎ合わせた重い垂れ幕がかかっていた。

毛皮の合わせ目をわずかにかかげ、女はアテルイと阿高にうなずいた。彼らがくぐると、中は空気を切り分けたように暖かだった。変わった匂いの煙が立ちこめている。何かを炷《た》いているのだが、けもののものとも草木のものともつかなかった。阿高は不快に思わないようにつとめようとした。妙に勘にさわる匂いで、嗅ぎ慣れないせいか軽くめまいを起こした。

そこは岩の窪みにしつらえた小部屋で、よどんだ煙の中央に灰の積もった四角い炉があり、燠火《おきび》がにじんだ赤い光を放っていた。そのうっすらした明かりを透かして、ようやく炉端の人影が見分けられた。背を丸めたしなびきった老女だ。薬師《くすし》の老婆よりさらに小さく、たなびく霞《かすみ》に似た白髪《しらが》を、炉の照り返しにかすかに染めている。

「アベウチフチ……」

口を開いたのはアテルイだった。儀式的な口調で彼は続けた。

「神の火をわれらに。ここに、失われたチキサニがもどりました。十七年の年のめぐりを数えて、以前に婆殿《ばばどの》が示されたとおりに」

老婆はわずかに顔を上げ、息のもれる細い声でつぶやいた。

「帰ったか、チキサニ」

「おれはチキサニじゃない」

阿高は無愛想に告げた。ふところでちびクロがわずかに身じろぎしたが、賢明にもおとなしくしていた。精いっぱい言葉を探して、阿高は続けた。

「おれの母親がチキサニなのは、みんながいうからそうらしい。おれは、チキサニが何をしたのか知りたい。だから会いに来た。けれども、おれはチキサニじゃない。蝦夷のことも、あんたのこともまだ知らない」

片言なのでよけいにぶっきらぼうに響いたが、阿高はいうべきことを早くいってしまおうと思った。

「チキサニはなぜ女神といわれるんだ。宝といわれるのはなんのことだ。話してくれるなら、宝などはあんたたちにくれてやる。だけど、母親とまちがわれるのは迷惑だ」

「そうもいうだろうよ。チキサニ女神は、その本性において蝦夷族の守り主ではない。だからこのわたし、蝦夷の火の守り神がいる。チキサニはただの授かりものだった。だが、わたしもわたしの炉端の子どもたちも、長いあいだ彼女をいつくしんだのだ。

倭《やまと》の帝《みかど》が、わが一族を狩ることを思いつくまで」

阿高の態度に怒りも嘆きもせず、同じ調子で老婆はいった。アベウチフチの年老いた声には、感情などは表れないかのようだった。

身ぶるいする思いで、阿高は神語りに気がついた。年とった女の口を借りて、別の何かが話すのだ。老婆はほとんど夢を見ているようであり、半眼で体をわずかに揺らしながら語り続けた。

「倭の帝とは何かを、まず語らなければならない。昔は、あのような者はおらなかった。人も神も変わることなく、にぎやかにさざめいて暮らしていた。天地《あめつち》を分かつ大《おお》御神《みかみ》、輝《かぐ》の男神と闇《くら》の女神は、天空と地底におわして、われわれとは少しも交わらなかった。異変は、輝《かぐ》の血をひく者が地上に降り立ってからはじまった。天においては輝くものも、地上においてはトリカブトのような猛毒となる。またたくまに君臨した、帝と称するかの血族は、輝《かぐ》の末裔《すえ》の者だ。彼らは人々を圧倒し統《す》べる力をそなえているが、激烈なその血は永遠に安まらない。争いはやまず、滅びをまきちらして飽くことがない。

ただ、闇《くら》の女神は地上のわれわれを哀れんでおられた。その身を飾る宝玉《ほうぎょく》を地上へ送り出し、輝《かぐ》の血の猛悪さを少しずつ鎮《しず》めておられた。明るい火のチキサニはその宝玉の女神、そして最後の一人だったのだ。帝がこの陸奥《むつ》を攻めてきたことで、チキサニもまた自分の力にめざめた。チキサニだけが帝の力に対抗できた。帝はチキサニを欲していたが、暴虐で彼女を手に入れることはできなかった」

　老婆が口をつぐんだので、阿高はうながした。

「それで？　倭の帝は今も滅びてはいないぞ」

「だが、滅びの夢を見ている」

「夢？」

「悪路王《あくろおう》だ」

「悪路王？」

「救う力は裏返せば滅ぼす力となるもの。闇《くら》の力は輝《かぐ》の力と同等に恐るべきものだ。チキサニがいれば、われわれは帝を恐れることなどないはずだった。だが、悪路王を放った直後に彼女は姿を消した。帝が送りこんだ制圧軍の兵士に、伴われて身を隠したのだ」

「どうして」

　阿高は思わずつぶやいた。

「チキサニは神性《しんせい》を持つとはいえ、一人の娘でもあった。彼女にはみずからの力を支えきれなかった。関の南から来た、涼しい目をした若者に迷ったのだ。わたしは彼女が子を産むと知って、その男児は生きられないと予言した。なのに、チキサニはあえて男児を産み落とした。自分の命を子どもに与えて、関の南へ逃がしたのだ。チキサニが逃がしたのは自分自身だ。自分で端《たん》を開いた戦《いくさ》を逃れようとしたのだ」

どこかで胸の内にすんなりおさまる話だった。何かのあだをなしていたのではなかったら、ニイモレがあれほど憎むはずがないのだ。チキサニは蝦夷族を裏切っている。憎まれてもしかたがなかったのだ。阿高は動揺と闘ってしばらく黙っていたが、やがてたずねた。

「それで、おれにどうしろというんだ。母親の罪をつぐなわせるために、おれを捜し出したのか」

隣でアテルイが口を開いた。

「おまえを責める者はここにはいない。チキサニがチキサニとして生きたことは、だれにも責められない。だが、われわれがどれほど彼女を必要としているか、それをわかってほしいのだ。押し寄せる帝の軍隊を打ち破る力を、蝦夷の生き方を守る力を、われらのために貸してほしい。わしはあくまで戦う決意だ。死すとも倭には膝を屈しない。だが、わしの力だけでは、末長い蝦夷の繁栄は望めないのだ。残念ながら、わが一族は追いつめられている。倭の帝がわしらを追いつめる。だが、都を離れようとはせぬ倭の帝を、わしらに討ちとることはできないのだ」

阿高はとまどったまなざしをアテルイに向けた。

「……チキサニにはできると？」

アテルイは彼の肩に手をおいた。

「できるのだ。悪路王の話をすでに聞いただろう」

「都にいる帝を滅ぼすことなんて」

坂東《ばんどう》からでさえ都は遠い。阿高はまだ都を見たことがなかった。大勢の人々がひしめきあう大路《おおじ》、幾重《いくえ》もの垣根に取り巻かれた宮にいる帝のことも、馬を納めに行った大人たちの話に聞いただけだ。やけ気味になって彼はいった。

「チキサニのしたことは、おれにはわからない。そんなだいそれたことを、するとしたらおれじゃない。どうやったらいいかも、どうしてそうしたのかも、少しも知らないんだから」

アテルイはうなずいた。

「だからおまえに、思い出してほしいのだ。チキサニにもどってほしい。もどってもう一度、昔のようにわれわれとともに戦ってほしい。おまえさえ納得すれば、悪路王を味方とすることができるのだ」

「悪路王とは何者なんだ。おれはそいつのことも知らない」

「倭の帝に真の脅威を与える者は悪路王だ。チキサニはやり抜かずにこの世を去った。だが、こうしておまえがもどってきた。阿高、おまえはそういう存在なのだ。われわれとともに戦ってくれ」

アテルイの声には人をふるいたたせる響きがあった。阿高の中の好戦的な部分は、知らず知らずに応えたがっていた。これほどむこうみずなけんかに加わることに、血を躍らせない者はいないのではないか。

「でも、方法は？　おれがどうすれば、失ったチキサニの技をとりもどせるんだ」

老婆が阿高に答えた。

「わたしがチキサニを呼び出そう。チキサニの記憶をたどれば、悪路王もまたよみがえる」

「おれを眠らせて、呼び出すのか」

「そうだ」

「おれは、おれではなくなるのか」

アテルイが声を強めた。

「おまえは今も昔もチキサニだったのだ。それをしばらく忘れていただけなのだ。関の南で暮らしたことは、ほんのささいなことだ。おまえの居場所はここにあるのだ」

（ささいなことだって……）

彼が阿高であった十七年間を無に還《かえ》せというのだ。それに気づいた阿高はがくぜんとした。鋭い反発が口をついて出そうになったが、アテルイは押しかぶせるようにくり返した。

「おまえの居場所はここにあるのだ」

（そうだ……）

ふいに思い当たり、怒りをくじかれて阿高は考えた。

（そうだった。おれがここに来たのは、竹芝《たけしば》には居場所がなかったことがわかったからだった……）

苦しく、心が混乱するのを感じた。握りしめた手のひらに爪が食いこむ。阿高が今認めてしまえば、これまでの十七年間は、なくてもよかったことになってしまう。今まで見たこと感じたこと、藤太とともに大きくなったこと、思い出も将来の夢も、すべてチキサニが見た影にすぎなくなるのだ。

もっとよく考えようとしたが、頭がまとまらなかった。阿高の気持ちはすでに、アテルイの声と心に揺さぶられていた。優れた武将の誘いを受け、彼の強い意志のもとに戦うことは快いことのように思えた。アテルイには迷いがない。阿高も迷いたくなかった。混乱は人にあずけて楽になりたかった。

「もし……それができるなら……」

のろのろと阿高は口を開いた。

「おれは……」

そのときだった。ふところで動きを感じて阿高は声をとぎらせた。すっかり忘れていた子犬が、眠りからさめたのだ。ちびクロは襟を押しのけると、阿高が止めるまもなく元気に飛び出した。ところが高さがあったので、ちょっと不様にころがり落ち、床の上でキャンと悲鳴を上げた。アテルイとアベウチフチは仰天した様子だった。老婆は驚きのあまり炉端から体をのけぞらせた。

「犬。犬などを……」

あわてて阿高は子犬に手を伸ばした。その息づく小さな体をつかまえたとき、ふいに霧が晴れるように意識がはっきりした。アベウチフチの炷《た》く奇妙な匂いのせいで、危うくいいなりになるところだったことが直感できた。

「この場所で答えたくない。あんたの炉端では」

阿高は冷ややかな口調でいった。

アベウチフチがわななく声でいった。

「神の火の炉端に、けものをつれてくるとは何ごと。これほど不作法なふるまいは、ここ百年来見たことがない。アテルイ、早くその犬をどこかへやっておくれ。室《むろ》が汚《けが》れてしまう」

「必要ないよ。おれがいっしょに出ていく」

ようやくいいたいことに確証を得たような気がして、阿高は告げた。

「あんたたちはニイモレと同じだ。蝦夷はみんな、おれをチキサニとしか見ようとしないし、チキサニの意志もおれの意志もかかわりないんだ。自分たちのいいように利用したいだけなんだ。だけどおれは、蝦夷のために生きてきたわけじゃない。蝦夷が滅びることを願ってはいないが、帝を滅ぼしたいとも思っていないんだ。おれは出ていく。ここだっておれの居場所じゃない」

阿高の腕でちびクロが毛を逆立て、あとの二人に向かってけんめいに牙をむいていた。身がまえた少年と子犬は、おかしなくらい似ていた。

アテルイが低い声でつぶやいた。

「子犬をやったのはわしだ。わしにも少し責任がある」

老婆が応じていった。

「そうとも。チキサニが、けものの力をとりこみやすいのは承知していただろうに。これでは、われらの説得がきかぬ」

「だが、男の子に犬を贈るのは身内としてのならいだ」

アベウチフチは軽蔑するように鼻を鳴らした。

「奥の岩穴へつれていくといい。三日三晩もすれば、けものの気も抜けて身が清まるだろう」

阿高はアテルイに幕の外へひっぱり出された。アテルイは柱にさしてあったたいまつを片手に取ると、通廊をさらに奥へ向かった。片腕だというのに、阿高が全身で抵抗しても逆らえない。そのまま奥の暗い穴へつれていかれた。

「無理じいはしたくなかったが、こうなってはしかたがない」

侍女たちが阿高から子犬を取り上げた。ちびクロは女の手に嚙みついたが、とうとう袋に突っこまれた。袋の底でもがく子犬を見て、阿高は夢中で奪い返そうとした。

「ちびクロが何をしたというんだ。そいつを殺したら承知しない」

「犬の心配をするくらいなら、わが身のことを考えろ」

アテルイはいい、壁の穴ぐらに向かって阿高を突き飛ばした。

前のめりに倒れた阿高の背後で、頑丈な格子の扉が閉まり、かんぬきが下りた。かっとした阿高は、飛び起きて格子をつかんだ。

「こんなまねをして、おれが味方になるなどと思うなよ」

「それは、どうかな」

アテルイは冷静に答えた。

「ちびクロを返せ」

「殺しはしない。おまえがおとなしくなるまで、あずかるだけだ」

たいまつをかざし、蝦夷の伯父は阿高を見た。

「岩屋の暗闇の底深さを知らないだろう。ここに入れられると、どんな豪傑もおとなしくなる。どんな罪人も悔いあらためる。できることなら、おまえにこうした手段を使いたくはなかった」

「おまえたちの思惑になど乗るもんか」

阿高はいったが、声がかすれた。唯一の明かりであるそのたいまつを、アテルイが持ち去ることに気づいたのだ。アテルイは哀れみをたたえた目で見つめていたが、立ち去ることに変わりはなかった。

無情に人々は出ていき、通廊の彼方に最後の光が消え、足音の余韻が消えた。後に残された阿高を、耳が痛いほどの静寂と、墨のように濃密な闇がのどを鳴らしてのみこんだ。とりみだし、悲鳴を上げて許しを乞わずにすんだのは、かわりに傷つくほどくちびるを噛みしめ、目をつぶったからにほかならなかった。

（藤太……）

何もかもなくした後で、それでもその名を呼ぶことに阿高は気づいた。自分が阿高であるかぎり、その名に助けを求めずにいられないのだ。阿高は闇の底にうずくまり、まぶたの裏にせめてもの相棒の姿を求めた。

5

もう、いつからそうしていたのかわからなくなりかけていた。岩屋の闇には時がない。聞こえる音も、耳鳴りなのか実際の音なのかわからない。阿高《あたか》は自分が眠ったのか、一睡もしていないのかもわからなかった。凍え死ぬほど寒くはないが、湿っぽく、じわじわと冷えて体はすっかり冷たくなっていた。

周囲の巨大な岩が迫り、生きながら埋められた人のようにあえぎ出したくなったり、逆に無窮《むきゅう》の闇に溶け、どこにも体がない恐怖に怯えもした。闇の触手に自分が削りとられていくようだった。

今、阿高は何も考えまいとつとめていた。何を考えても正気を保っていられそうにないからだ。それでも心はともすると、はかない幻を見つめていた。

（人が来る……音がする）

かんぬきを開けにアテルイたちがもどってくる音は、もう何百回も幻聴に聞いたので、阿高は音がしてもさして気にとめなかった。顔を上げると、明かりが近づくのが見えたと思ったときさえあるのだ。今度もそうだろう。目の中を泳ぐ幻だ。そう考えたが、見るものもない中で、阿高は染みのように見える幻を見つめていた。光は伸び縮みしながらだんだん強くなり、黒い格子模様を影に形づくった。突然阿高は、自分の前に格子があったことを思い出した。さらに格子の影が床に落ちて遠近がはっきりし、自分がここにおり、格子の内側に膝をかかえて座っていることを発見した。

明かりを持って牢の前へやってきた者は、女だった。持っているのは、たいまつとはいえない小さな灯火《とうか》で、どことなくこそこそして感じられる。アベウチフチの侍女の一人だろうと思い、その顔を見上げた阿高は、やっぱりこれは幻覚なんだと思い直した。侍女はリサトの顔をしていた。

「阿高、阿高ね。こんなひどいところにいるとは思わなかった」

ひそめられたリサトの息はふるえていた。

「ここにいるのは、炉端へちびクロをつれこんだからだよ」

「あなたらしいわ。ばかなことを」

リサトの目に浮かんだ涙が、灯火に光っていた。阿高が格子にかけた手に、リサトが手を重ねたので、阿高はようやく夢ではないかもしれないと思いはじめた。ふれた手のひらはあたたかく、幻には作りだせない生気が指を通して流れこんできた。

「どうしてここにいるんだ、リサト」

「女の道を登ってきたのよ。里から岩屋へ通じる、アベウチフチに仕えるための道があるの」

阿高は首をかしげた。

「アベウチフチの侍女になりに来たのか」

リサトは痛みをこらえるような顔でほほえんだ。

「いいえ、アベウチフチにあだをなしに来たのよ。阿高、あなたを助けるために」

「どうして、きみが」

「わたしはあなたに、いわなかったことがあるの。勇気がなくて、卑怯で、伝えられなかったことが」

リサトは一度うつむき、それから顔を上げて、格子ごしに阿高を見つめた。

「わたしの母は、チキサニにずっと仕えた人でした。チキサニを看取ったのは母です。そして、だれにも知られずに、チキサニの赤子を倭人《やまとびと》の宿舎に届けた者こそ、わたしの母だったのです。阿高、あなたのことよ」

阿高は何もいえず、リサトを見つめ返した。

「そうしてあなたは、関の南へひき返す倭人に抱かれていったの。母はこのことを、固く秘めてだれにももらしませんでした。同族にどんな仕打ちを受けるか、わかっていたからです。死ぬ間際に、娘のわたしにだけいい遺しました。母が、チキサニの願いに最後まで忠実だったことを」

「リサトはたしか、いったね。アベウチフチに会えば、チキサニがどんな人だったかわかると」

阿高はつぶやくようにいった。

「あれはどういう意味だったんだい。おれにはまだわからないよ」

リサトは急に腹立たしげな早口になった。

「こうまでされても、わからないの。チキサニは苦しんでいたのよ。チキサニは救いの人だったのに、曲げられていたの。彼女が本来の自分を見出すためには、救われることが必要だった。その彼女を救うことができたのは、遠くから来た倭の男の人だった。蝦夷《えみし》ではなかったのよ」

リサトはかんぬきをはずしにかかりながら、せかされたように続けた。

「わたしたち蝦夷は、アベウチフチの炉の火に守られている。だから、これをいうのはつらいわ。でもアベウチフチは、チキサニの力をこのように使ってはならなかったのよ。チキサニは、解き放ってあげなくてはならなかった。あなたがこの地へつれもどされたことを知ったときには、身がすくんだわ。それでも、みんなと同じように、勝手な望みも感じてしまった。もしかしたらあなたの力で、戦《いくさ》を終わらせることができるのではないかと……」

大きく息を吸って、リサトはいい終えた。

「自分の知っていることを、あなたにいわなかったのはだからなの。まちがっていたわ。チキサニの苦しみを教わったのは、わたしだけだったというのに。倭人があなたを助けに来たのを知って、目がさめたの」

「だれが」

阿高は格子を握りしめた。

「だれが……助けに来たって？」

「背の高い都人《みやこびと》。それから武蔵《むさし》の三人の男の子よ。一人は、あなたの同い年の叔父だといっていた」

「藤太《とうた》？」

かんぬきがはずれ、扉が開いた。飛び出した阿高は息せききってたずねた。

「まさか藤太と、広梨《ひろなし》と、茂里《しげさと》？」

「そう、そういう名の子たちよ。わたしは案内してきたの。岩屋の下まで来ている」

自分のくちびるからもれた名前が、胸に突き刺さるようだった。阿高は、どれほど遠くへ来てしまっていたか、今はじめてわかったような気がした。まるでこの数カ月、どんなに朝が来ても目ざめなかった自分がいたようだ。けれども、今ははっきりということができる。阿高の十七年間は、けっして夢ではない。何ものにも代えられないものなのだ。

阿高が息を吹き返したように表情を深めるのを認めて、リサトは目を細めた。

「そういう顔をすると、藤太という子とよく似ている。あの子たちみんな、どこかあなたに似ているわ。それひとつで、とてもよくわかるわ。あなたはチキサニであって、チキサニではないのね。倭人の仲間がいるのね。あなたの場所へお帰りなさい」

リサトは、アベウチフチの部屋とは反対の方向の、通廊の奥をゆびさした。

「裏へ抜ける道には、ほとんど人がかよいません。切り立った崖になっているからですが、それでも細いかよい道はあります。ためらわずに下っていきなさい。滝の下に、あなたの倭の仲間がいるはずです」

阿高はいわれるままに足を踏み出しかけたが、ふとふりむいた。

「リサトは？　行かないの？」

静かに立ちつくしたまま、リサトは見返した。

「ここへ登った女は、二度とはもどらない約束です。わたしは里へはもどれません」

「まさか」

阿高はあわててもどり、彼女の腕をつかんだ。

「残ったりしたらだめだ。おれを逃がしたことが知れたら、どんなことになるか」

「はじめから承知で来ました。アベウチフチを裏切ることですもの。覚悟の上よ」

リサトは身を捨てる決意なのだ。それがわかって、阿高はたじろいだ。

「そんなことさせられない。里にいるきみの子どもはどうするんだ」

寂しそうな笑顔を見せて、リサトはいった。

「わたしには母のように、自分のしたことを娘に伝えるひまがないわね。でも、しかたないことだわ」

阿高の手をそっとはずしてから、彼女は続けた。

「一人で逃げて。わたしの夫は、おととしの戦《いくさ》で倭人に殺されたの。わたしは、あの子にとっても裏切り者なのかもしれない。それでも……わたしは母から受け継いだことに従ったの。お願い、阿高、正しかったとそう思わせてね。あの子が大きくなるころには、戦などなくなっているといいのだけど」

「リサト」

年上のリサトを、しかりつけるように阿高はいった。

「だめだ。いっしょに逃げるんだ。武蔵へでもどこへでもいい、おれたちといっしょに行こう。あきらめないで、これからも生きなくちゃだめだ」

リサトは目を見開いた。

「武蔵へ。わたしが?」

「行こう、リサト」

「……ええ」

いつのまにかリサトはそう答えていた。阿高に気圧《けお》され、そして、そのことにまだ不思議がりながら、阿高に手を取られて走り出していた。

前方に外への出口が切れ目のように見えた。薄紫のその色は夜明けだ。阿高には、それがいつの明け方なのか判然としなかったが、明けゆくところだということはわかった。彼らが岩穴から表へ出たときには、ちょうど夜が明けきるところで、霞《かすみ》に覆われた大地は薄く輝いていた。

日の出は見えないが、明るさから岩山の向こうに昇ったと思われる。目のとどくかぎり荒涼とした岩場だったが、阿高は外がうれしく、思いきり息を吸いこんだ。ただよう霞に大空の味がし、肺腑《はいふ》に染みた。

「岩の中に百年もいたような気がする。もうこりごりだ」

「それは、ずいぶんと残念だな」

リサトではない声が背後から答えた。ふり返った阿高の肩に、黒い人影が落ちた。おちつきはらったアテルイが、岩に足をかけて見下ろしていたのだ。

「阿高。逃げて」

リサトは叫んだが、遅すぎた。弓や長棒を持った岩屋の衛士《えじ》が十数人、岩のあいだから姿を見せた。

「おまえにいわなかったか。アベウチフチには先見《さきみ》ができると」

アテルイはゆっくりといった。

「婆殿《ばばどの》には、岩屋に近づく者がわかる。リサトが登ってきたのはお見通しだった。もちろん、リサトがつれてきた敵のお客人もな。今、屈強の者たちがそちらへ向かっているところだ」

（藤太たちが危ない）

阿高は無茶を承知で走り出したが、あっというまに交差する長棒にはばまれ、幾本もの腕に捕まえられていた。あがくだけむだだった。藤太たちのもとへ行くことができない。こんなところまで捜しに来てくれたのに。それどころか、恐ろしいことになりそうだった。リサトを見ると、彼女もまた捕まり、あらがいながら岩屋に再びひき入れられているのが目に映った。

「リサトに手を出すな」

阿高はアテルイに向かって叫んだ。

「藤太たちにもだ。おれが逃げなければそれでいいんだろう。こうして捕まえれば満足じゃないか」

「そうはいかない。一族にあだをなす者たちだ」

アテルイは固い表情でいい、岩を下りてきて前に立つと、阿高のあごに手をかけた。

「おまえがわれわれにあだをなす気なら、おまえだとて許してはおかない。やはりわしは、今まで考えが甘すぎたようだな」

アベウチフチは、骨ばった指のあいだで何かをもみつぶしていたが、やがてそれを火の上にふりまいた。ぱっと白い煙が立つと同時に、強い匂いがあたりを支配した。

「そういうことだ。その子には、倭人の血とさだめが介在している。チキサニと違って、それらがわれわれと同化することをはばんでいる。そうやってチキサニは、だれからも自由になるすべを見出したのだ」

アテルイは腕組みして炉の火を見つめていたが、苦々しげに眉を寄せた。

「どのようにしても、チキサニをとりもどすことはできないのか。われらはチキサニに見捨てられる存在だったのか。蝦夷族《えみしぞく》には救いがないのか」

「少なくとも、チキサニの望みとは異なっている」

「野山に暮らしを営むこと以上を望んだことのない蝦夷に、その土地をはるかな遠方から奪い取ろうとする、強欲な倭の帝《みかど》よりも非があるというのか。手をこまねいて、一族が追われるのを見ていろというのか」

彼が足を踏み鳴らして向き直ったので、炉のまきが少し崩れた。

「われらは数が少ない。倭の帝に対してあまりにも少ないそのわれわれが、手近にある大きな力を対抗の手段とするのが、それほど悪いことなのか。チキサニをわれらのものとする方法は、もうどこにもないのか。なんとかいってくれ、蝦夷の守りの火の女神よ」

アベウチフチは腰をかがめて答えた。

「わたしは蝦夷の守り主だ。昔も、今も、この後も。わたしの炉端の子どもたちのためなら、わたしはできうるかぎりのことをしよう。科《とが》があればわたしが背負おう。この生まれ変わりのチキサニに、悪路王《あくろおう》を強要することは、あるいはむごいことかもしれぬ。だが、方法がなくはないのだ」

白髪《しらが》を赤い照り返しに染めた老婆は、座る位置をわずかにずらすと、背後に並ぶいくつもの土瓶《つちがめ》に手を伸ばした。そして、中のひとつのふたを開け、黒っぽい液を少し木の椀にそそいだ。さらに、水さしの水をそそいで椀を満たすと、それをアテルイにわたした。

「あの子に飲ませておあげ。たいそうのどが渇いているはずだから」

それらを阿高は部屋の隅で、まるで他人ごとのようにながめていた。先ほどアベウチフチの焚《た》きものを無理やり吸わされたおかげで、何を聞いても感興がわかなかった。手足を動かす気にもならない。熊皮を敷いた上に、置き物のように座っているだけだった。今、アテルイが椀を持って近づいてくるのを見て、わずかに心がわきたったが、表情も無感動なまま、腕一本上げることができなかった。

「飲みなさい。そうすれば楽になる」

アテルイはいい、意外とこまやかなそぶりを見せて阿高の頭を支え、椀のものを飲ませようとした。

（飲んではいけない……）

内部にはまだあらがう自分がおり、けんめいに叫んでいた。今、何が起きているかを思い出せ。大事な人たちが危ない目にあっていることを思い出せ……

だが、のどの渇きは耐えがたかった。土牢《つちろう》に入れられてからこちら、水の一杯も口にしていない。それでも阿高は、少しのあいだ弱々しく拒んでいたのだが、アテルイの押しつける椀からわずかな水がこぼれてくちびるをぬらすと、もう逆らうことができなかった。

アベウチフチの声が低く耳を打った。

「さあお眠り、深く。もう阿高として目ざめずともよい」

『こんなことをして、何になるんだ』

阿高は老婆に叫んだつもりだったが、くちびるは動いてはいなかった。

『倭の帝でなく、あんたたちを憎ませるだけじゃないか。おれを放してくれ。どうかおれに、蝦夷を憎ませないでくれ……』

＊　＊　＊

「こんなことをして、何になるのです」

阿高は声が出せることに気づいた。その声は妙に高く澄んで響いたが、激昂《げっこう》していたためあまり深くは考えなかった。アベウチフチは相変わらず、炉端に根がはえたように座っている。だが、脇にいたはずのアテルイは、どこへ行ったか見えなかった。岩屋の垂れ幕のうちにいるのは、自分と老婆の二人きりだった。

「わたしには戦いを見守るつとめがあります。婆《ばば》さまの言葉に従って、悪路王を放ちもしました。どうして今になって、わたしのまわりに結界を張ったりなさるのです」

憤《いきどお》りをぶつけられたアベウチフチは、平静に答えた。

「そなたを失わないためだ。今回の敵は、男たちにまかせなさい。彼らとて勇猛な戦士たちだ。そなたの守護がなくとも見事に撃退してみせよう」

どこかおかしいと阿高は考えた。目の前にいるアベウチフチの白髪に、幾筋か黒いものが見える。炉端に座る老婆の髪は、霞《かすみ》のように輝いていたはずではなかったか。そのしわを刻んだ顔つきはあまり変わらずに見えるのだが、違和感があった。それに、自分はいったい何をしゃべっているのだろう。

「むだな血が流れるのを見るのはいやなのです。悪路王を放てば、彼らは戦わずして関の南へ逃げ帰ります。わたしに行かせてください」

「チキサニ。そなたは若く、倭《やまと》についてまだ多くを知らないのだよ。倭人《やまとびと》の数と力がどれほど強大か、それらを統《す》べる倭の帝が、どれほど圧倒的な悪を行うことができるかを知らないのだ」

（ああ、これはチキサニだ……）

あわてて阿高は考えた。そういえば、たしかに記憶があった。この少女として里に生まれ、育ち、ある日さだめを告げられて、男たちに伴われて峰に登った日の記憶……

アベウチフチの言葉はチキサニをさらに怒らせた。彼女はとても気位《きぐらい》が高かった。峰へ登ってこの五年、自分の修行には誇りを持っていたのだ。

「学んでいます。たくさんのことを見聞きしています。倭の人々は、森や河に贈り物を感じず、切り倒し、塞止《せきと》め、奪い取ります。天《あま》つ神の血の末裔《すえ》が、彼らをその無知に導いたのですわ」

「そしてその力が、われらに及ぼうとしている。天つ神の血の末裔は、われわれからそなたを奪い取ろうとしている。遠からず、倭人は大軍を作ってこの地へ押し寄せてくるだろう。そしてわれらは彼らによって、いつの日か先祖の土地を追われることになるだろう」

チキサニのほおに血がのぼるのを、阿高もいっしょに感じた。

「そんなことはさせません。わたしは、他人の手から手にわたる品物のように、簡単に奪えるものではありません。戦います。なのにどうして、わたしを岩屋に閉じこめようとなさるのです」

老婆はくぼんだ暗い目で少女を見つめた。

「わしはそなたより、ずっとずっと長く炉の火を守ってきたのだ。滅びの予兆も何度か見てきた。飢饉に、争いに、天変。だが、これほどのものは今までに見たことがない。われわれは、倭の帝をひき寄せているのだよ」

「ですから、わたしの悪路王が撃退します」

アベウチフチは嘆《たん》じるようにいった。

「海を渡ってきた美しいチキサニ。そなたは、この炉端に生じたものではないが、人々はそなたを慕い、あがめてきた。今も男たちは、そなたの名において戦っている。その名をおとしめたくなくば、ここにいなさい」

チキサニがぐぜんとして立ち上がったので、阿高は彼女の体を感じ、いくらかとまどった。柔らかく、軽々として、重心の低い体だった。

「婆さまは先見なさったのですか。それゆえの仕打ちですか。このわたしが、どんなあやまちをおかすというのです」

「倭の帝とそなたとは、ひき合うようにできているのだ。海を渡るその前は、そなたは天《あま》つ神の末裔《すえ》に贈られるものだった」

　老婆は疲れた声で告げた。

「そなたを海から拾い上げ、われらの炉の火に祀《まつ》ったときに、気づいていなくてはならなかった」

「あんまりです」

　チキサニはつぶやいた。ほおの熱さはあっというまにひいていた。今は血の気《け》をなくし、ものをいおうとすると、冷たくなったくちびるがふるえた。

「なぜ、今になって。そんな話……」

「あるいは、時が満ちたのだ」

　少女の心が傷つき、悲しみでいっぱいになったのを、阿高は自分のこととして感じた。圧倒的な感情はまるで津波で、押し流されるばかりだった。

「チキサニは守り神にはなれないと、おっしゃいますのね。守り神どころか、一族に滅びをもたらす者だと。もう百年以上もこの地に親しみ、森や河や生き物をいとしんだチキサニを、それだけのことでよそ者だとおっしゃいますのね。わたしは、倭の帝のものになどなりません。森を侵す倭人を、みんなと同じに嫌っています。結界を解いて、外へ出してください。わたしはそのまま飛んでいって、倭の帝をうち殺してでも、自分の証《あかし》を立てて見せますものを」

アベウチフチは彼女の訴えをじっと聞いていたが、最後には首をふった。

「ここにいなさい。そなたは巫女《みこ》として若い。何をするにも若すぎるのだ。わたしの言葉に従いなさい」

チキサニはくやしさに、か細い体をふるわせて泣き出した。

(こんな娘だったのか、チキサニは……)

チキサニは長い黒髪をふりたてると、泣きながら垂れ幕をはねのけて通廊に飛び出した。体が軽い。だが、効率よくは動かない。泳いでいるみたいな走り方だと思いながら、阿高は彼女とともに岩の道を行った。どうして自分はチキサニになっているのだろうと、ぼんやり疑問に思ってはいたが、その答えを思い出すことはできなかった。

6

チキサニは自分の部屋へもどってきた。そこはアベウチフチの炉端よりひとまわり狭い部屋だったが、造りはほぼ同じで、同様に垂れ幕もかかっていた。大きな熊皮を敷いた床に座りこみ、チキサニはいつまでも泣いている。見かねた様子で、一人の侍女が垂れ幕を上げて入ってきた。この侍女もまだ歳はいっておらず、ふくよかなほおをしていた。

「姫さま、そんなに泣いてはお体によくありません」

「プトカ、これが泣かずにいられるなら、涙などいらないものよ」

しゃくりあげながら、チキサニは彼女に訴えた。

「婆《ばば》さまがわたしを閉じこめておしまいになったの。チキサニは蝦夷《えみし》の守り神ではないとおっしゃるのよ」

「まあ、炉のきみさまが、本当に？」

「わたしが巫女《みこ》となり、峰に登ったのは、こんなことをいわれるためだったの？　みんなのためにしっかりつとめているつもりだったのに。倭《やまと》の軍が来たって、けっして負けないつもりだったのに。婆さまは、チキサニが倭の帝《みかど》をひき寄せるというの。わたしは倭の帝など、むしずが走るほどいやだわ。それなのにどうしてなの。チキサニは、ここにいてはならなかったの？」

彼女の涙は、あきれるほどいくらでもあふれ出してきた。

「どうしてチキサニの力など授かったのかしら。こんなふうに生まれつかなければよかった。わたしは生まれたこの国が好きで、みんなが好きで、一族の役に立ちたかったのに」

侍女のプトカはやさしい声音《こわね》でいった。

「わたしたちもみなチキサニが好きです。海を渡ったチキサニが、わたしたちの炉端に加わった日から、蝦夷族には明るい輝きがそなわりました。山のけものも川の魚も、チキサニが祈れば喜んでその身をわれわれに贈ってくれます。いてはならないと思うはずがないではありませんか。川下へ向かった若殿《わかとの》も、その戦隊も、みなチキサニのしるしを鉢巻きに染めております」

若殿というのは、族長の息子アテルイのことだった。まだ成人したばかりの若さながら、体が大きく勇敢で、末たのもしい将の器《うつわ》と見なされていた。チキサニには腹違いの兄にあたるが、峰へ登った者に血縁は意味がないので、侍女はただ若殿といったのである。

チキサニのすすり泣きはおちついてきた。プトカは気をきかして一度垂れ幕の向こうに消え、しばらくしてから、熱い飲み物を入れた椀を持ってやってきた。あたたかな湯気は、気持ちの休まる香草の匂いがした。ひと口飲んだチキサニは唐突にいった。

「みんなが、わたしのためを思っていてくれることはわかったわ。婆さまのお考えも、きっとそうなのね。だだっ子のように泣いてはいけなかったわ。でもね、わたしの心はやはり変わらないの。ここにじっとしているわけにはいかない」

「そうおっしゃらずに、少し横になってはいかがです」

あやすようなプトカの言葉に、チキサニはきかん気にあごを上げた。

「わたしは、宝物のように奥にしまいこまれるわけにはいかないのよ。わたしの名のもとに血が流されるのを見ているだけだったら、なんのためにわたしは力を授かったの？　修行をしたの？　わたしは守られる者ではないわ、守る者よ。わたしのしるしを鉢巻きにして討ち死にする人々を喜ぶようになったら、それはチキサニではないのよ」

チキサニは、さらにプトカに迫った。

「あなたならわかってくれるでしょう。いっしょに峰に登って、ずっとわたしの世話を続けてくれたあなたですもの。ほかの人には、こうはつとまらなかったわ。プトカだけは、わたしの気持ちを知ってくれるでしょう」

「わたしに、いったいどうしろとおっしゃるのです」

あきらめに似た表情を浮かべてプトカはたずねた。その顔つきから、阿高は、チキサニが今までに何度もこうして無理をせがんでいることに思いいたった。そして今回も、チキサニは無邪気な顔でいった。

「ほんの少しよ。ほんの少しでいいから、婆さまの炉のまきを動かしてほしいの。それだけで、婆さまの作った結界にわたしの抜け出す隙間ができるから」

さすがにプトカは眉をくもらせた。

「よくお考えください。このたびは事の重大さが違います。炉のきみさまが、結界を作ってまで姫さまを出すまいとされるには、必ず深いわけがあります」

「婆さまの味方についてしまうの、プトカ。あなたに見放されたら、わたしにはだれもいないのよ」

チキサニは悲しげに目を見開いた。

「けっして、あなたにおとがめが行くことはさせないわ。今までもわかるとおり、わたしがどれほどわずかな隙間を通れるか、婆さまもまだご存じないのよ」

チキサニの懇願に、プトカは今回もかなわなかった。いいだしたらきかない巫女姫に根負けし、アベウチフチの部屋に出向いて、冷や汗をかきながら炉のまきをわずかばかり押しやってきた。そのあいだ阿高は、チキサニの強引さに半ばあきれ、半ば感心しながらつきあっていた。思う以上にチキサニは、はねっかえりの少女だったのだ。

プトカがまきを動かしたとたん、チキサニはさっと顔を輝かせて立ち上がった。

「よくやったわ。これで出られる」

やにわにチキサニは、長いお下げ髪をほどきはじめた。ほどかれた柔らかな髪は、細かく波打ちながら、背中から腰にふんわり広がった。それから額《ひたい》の帯をはずし、耳輪を取り、翡翠《ひすい》の首飾りも取った。さらには長衣《ちょうい》の帯をほどきはじめた。あわててもどってきたプトカが、泣き出しそうな声を出した。

「姫さま、どうか……」

「大丈夫、すぐにもどってくる。そして何くわぬ顔でいられるように、ここに気配を残しておくわ。婆さまがご自分で見に来られないかぎり、気づかれる心配はないわ。そして、婆さまが炉端を立たれることなど、万にひとつも起きないものよ」

いいながら、チキサニは長衣を肩からすべらせた。着物は重なって敷物の上に落ち、あらわになったチキサニの素肌が、明かりにほの白く輝いた。彼女は素裸になったことになんの抵抗も感じていなかったが、いやでも目に入る自分の胸の尖ったふくらみに、阿高は少なからずたじろいだ。

「それでは行くわ。後をたのんだわね」


それは女神の技なのだろう。視界をまっ白な輝きが占め、阿高にはそれきり何も見えなくなってしまった。チキサニの心がどこにも感じられなかった。彼女の身に起きたことに阿高がついていけなかったために、おいてきぼりになったのだ。

自分がどこにいるのかもわからなかった。途方に暮れる状態がしばらく続いた後で、ようやくかすかにチキサニの感覚をとらえた。必死でたぐり寄せようとすると、今までと違って薄い膜に隔てられたような感じだったが、チキサニの目でものが見えてきた。それでもはじめは、その見ているものがさっぱりわからなかった。目まぐるしい速さで動いていたからである。

最後に、やっと阿高は理解した。チキサニは人にはありえない速さで山道を駆け下りていた。それもそのはず、チキサニはこのとき人ではなかったのだ。ひづめのある四本の脚で、力強く地を蹴っている。跳ねるような走りの軽さや律動から、阿高は鹿だと結論した。

そのようにのみこんで、少女としてのチキサニを捜そうとしなければ、形はだいぶ変わっても、チキサニがしっかりとそこに存在していることがよくわかってきた。鹿としてのチキサニは、少しも明晰さを失わず、見たり聞いたり、考えたりしていた。雨上がりの森に杉の香《か》が強く香り、枯れ葉の積もった地面が柔らかい。日は傾いているが、山に隠れるにはまだ間《ま》がある。そして、けものの嗅覚は、これから向かう場所の匂いを鋭く嗅ぎ取ろうとしていた。

（煙の匂い。その陰に血の匂い。こんなに遠くまで血の匂いがとどく。もう戦闘が起こってしまったのだわ。樹々や草がおののいている……たくさんの火が燃え、武装した人間を乗せた重い馬が、土をたくさん踏みにじったから。金属を多く打ち合わせたせいで、空気がすっぱい……死人をたくさん作ったのだわ……）

胸を悪くし、チキサニは大挙して死人を作りに来た倭人《やまとびと》をののしっていた。蝦夷は侵入する者に容赦をしない。だが、侵犯さえされなければ、血みどろの戦いをしたいわけではないのだ。それがどうしてわからないのだろう。憤激しながら杉林を跳ね出し、チキサニは秋草のおい茂る原へ分け入った。

戦場はもう少し先だ。しかし、戦いはあらかた決着している様子だった。むろん倭側が敗走したのだ。だが、蝦夷も無傷ではすまなかっただろう。どのくらいの負傷者が出たものなのか……

丈《たけ》高い草のあいだを軽やかにすり抜けていた彼女は、突然足を止めた。よく動く耳が音をとらえ、向きを変えて走り出す。血の匂いを強くまきちらしながら、草の中をのろのろ動いているものがあった。ひきずる重い足どり。負傷した兵士のようだ。

チキサニは少しためらった。けものの姿で人前に出ることは禁忌だった。第一、見られてはとてもはしたない格好だ。しかし、相手が一人で負傷にあえいでいるのだとしたら、見すごしにするのは気がとがめた。せめて、仲間か敵かだけでもたしかめようと思い、チキサニはそっと歩み寄った。

ひと目見てチキサニは後悔した。倭人の兵士で、しかも二人づれだった。一人のほうは負傷がひどく、もう足が動いていない。歩けるほうの一人が肩にかついで、ひきずるように運んでいるのだった。その兵士も傷を負い、息が上がって倒れる寸前のようだ。それでも彼は歯を食いしばり、少しずつ前進しようとしていた。汚れた顔に汗をしたたらせ、兵士は、ふと目を上げて草陰のチキサニを見つけた。

「見ろよ、益成《ますなり》。まっ白な鹿がいる。きれいだ」

彼は大きく息を吸うと、肩にかついだ相棒に話しかけた。鹿は用心深く耳をひくつかせながら、優雅にたたずんでいる。チキサニは倭の言葉を学んでおり、兵士が口にした言葉は聞きとれた。

「白い鹿は瑞相《ずいそう》だ。おれたちは運がいいぞ。とりでの柵《さく》まできっともうすぐだ」

まだ二十歳くらいの若い兵士だった。声はかすれていたが、少年のような響きがある。しかし、もう一人は顔を上げることもできなかった。チキサニは胸が痛むのをおぼえた。兵士はしきりに話しかけるが、相手はすでに息をしていなかった。

『およしなさい。その人はもう手当を受けつけない。運んでもむだなのよ』

戦《いくさ》に敗れ、逃げ帰る兵士たちの、なんとみじめなことだろう。チキサニは哀れさに気分が悪く、戦いに来た彼らが悪いのだといってやりたくなった。

『わからないの。死人をおいていきなさい。でないとあなたも仲間のもとに帰りつかなくなるわ』

倭人の作った柵なら、まだまだ遠くにある。若い兵士のわき腹が血に染まっているのに気づき、チキサニは、そこまで歩けるはずがないことを見てとった。とうとう我慢できず、彼女は首を伸ばしてささやいた。

「あなたも骸《むくろ》になりたくなかったら、肩のものをおいていきなさい。その人は死んでいる。大地に返さなくてはならないのよ」

倭の兵士はたぶん、すでにもうろうとしていたのだろう。鹿に話しかけられたことに気づかず、ただ答えた。

「いやだね。こいつをこんな北の果てで土にするものか。おれたちは、ずっといっしょに育ったんだ。いっしょに武蔵《むさし》へ帰るんだ」

阿高ははっとして兵士を見た。チキサニも目を丸くして彼を見ていた。がんこそうな泥に汚れた横顔。若い兵士はなおも歩き、白い鹿はひきつけられたように脇を追っていった。原のはずれの土手まで来て、彼はとうとう力尽きた。わずかな斜面を上がることができず、よろめいて倒れた。

「強情な人ね。そんなに死にたいのなら、このわたしがお友達といっしょに埋葬してあげましょうか」

チキサニはまた話しかけた。少し腹を立てていたし、死んでしまう人になら何度話しかけても同じだと思ったのだ。兵士は倒れたまま苦痛にあえいでいたが、彼女の声を聞くと見上げた。

「鹿がそういうとは思ってもみなかったな」

彼は苦笑するようにつぶやいた。

「埋葬だって。どうやって穴を掘るつもりなんだ」

「こうやってよ」

衝動的にチキサニは少女の姿をとりもどしていた。気まぐれで気ままなチキサニの本性のままだったが、少々やりすぎではあった。少女にもどったチキサニは、その波打つ長い髪をまとうほか、生まれたままの姿だったのだ。だが、彼女は頭をそらせ、挑むように兵士を見下ろした。

兵士は驚きに表情を失って出現する少女を見ていた。横たわったままぼうぜんとながめていたが、そのうちかすかにほほえんだ。

「おれはもう死ぬんだな……この世で一番きれいなものが見える」

彼のつぶやきを聞きつけたチキサニは、少々残念に思った。

(もっときれいなときもあるのに……)

チキサニは美しい着物を持っている。祭りのときはそれらを重ね、髪を整え、装身具を飾って出かけるのだ。そんなときは自分もなかなか美しいと思うのだが、今はあいにくどれひとつそばになかった。

「瑞相《ずいそう》が示したのはこれか……死ぬ前に女神を見ることか」

チキサニはうなずいた。

「そう、わたしはチキサニ。蝦夷の炉端の火の女神」

先ほどのアベウチフチとの口論を思い出すと、名のりは少々後ろめたかった。

「火の女神……なんて白い火だ」

　若者はもう一度ほほえもうとしたが、顔はゆがんだだけだった。それから彼は、しばらく苦心して首にかけたひもを解いていたが、やがてさしだした。

「蝦夷の女神、ひとつだけ聞いてもらえないか。これをここに埋めないで、父に返したいんだ。だれでもいいから、ことづけてもらえないだろうか。父は武蔵国足立郡郡《むさしのくにあだちぐんぐん》司《し》。丈部総武《はせつかべふさたけ》という……」

　ひもの先に小さな石が下がっていた。半透明に白い石でできた勾玉《まがたま》だ。けんめいに痛みをこらえてさしだしているのが気の毒で、チキサニはつい受け取った。勾玉はずいぶんちっぽけに見えたが、この若者にとってひどく大事な品であることはわかった。

　チキサニが玉を手にすると、兵士の手は力なく草の上に落ちた。

「あなたの父君の名は覚えたわ。でも、あなたの名はまだ聞いていないわ」

　チキサニがうながしたとき、若者はすでに目を閉じ、答えなかった。あわてて手首に指をふれると、命の脈動はまだ消えたわけではない。だが、このままではやがて彼の友と同じになることは明らかだった。チキサニは、意識をなくした倭の兵士を見下ろした。

（命を乞わなかったのね。きっと、蝦夷の女神には乞うまいとしたのね。このチキサニを前にして、ちっぽけな石だけを托すなんて）

声に出してチキサニはいった。

「わたしのこの手は穴を掘ることもできるけど、手当をすることもできるのよ。強情な人ね。石よりほかに、思いつくことがなかったの」

敵味方とはなんだろうと、彼女はふと思った。命を奪いあわなくてはならないのはどうしてだろう。この若者は関の南に生まれ、帝の指図に従ってここへやってきた。だが、その命は蝦夷と同じに父母《ちちはは》によって授けられ、成長して友と語り、仲間を思いやる。笑い、悲しみ、美醜を感じとる。

チキサニを見て『なんて白い火だ』といった口調の含みのなさを、彼女は思い返した。帝の意図などとは、どこもふれあうことのない率直さだった。その声をもう一度聞きたいと、チキサニは思った。たしかめてみたかった。彼の賛美が本物だったかどうか。儀式や装束のない生《き》のままの自分を、本当にこの人はきれいだと考えたのかどうか……

(手当をしてみよう。死なせるのはやめよう。薬草ときれいな水があれば、この人は命をとりとめるはず)

とうとうチキサニは決意し、兵士のかぶとと鎧《よろい》を細い指先ですばやくほどいた。土手の先の林まで運べば、林の中に湧き水がある。若者をかかえ起こそうとしたとき、チキサニは間近で何かが光り出すのに気づき、びっくりして動きを止めた。

それは彼から受け取った勾玉だった。チキサニは両手を使うために、とりあえず若者がしていたように首にひもをかけたのだ。胸の谷間あたりで揺れていたその玉が、今、光を放っていた。半透明だと思っていたものが中心に淡い紅色を生じ、柔らかく輝いている。夕日が当たるせいなのかと手で囲ってみたが、陰にしても変わりはなかった。勾玉はみずから光を放ち、手の中で生き生きと輝いていた。

7

チキサニと、阿高《あたか》の父勝総《かつふさ》は、このようにして出会っていた。その日からチキサニが寝てもさめても彼の顔を見つめるので、阿高はずっと知りたいと思っていた勝総の顔を、これ以上はないほど詳しく知ることになった。勝総の目鼻立ちは、竹芝《たけしば》一族らしい特徴があるものの、それほど藤太《とうた》と似かよっているわけではない。だが、傷がふさがり、徐々に表情をとりもどしはじめると、まっすぐな眉のしかめ方や、いきなり笑い出すときの笑い声などに、藤太を思わせるところがあった。

チキサニにあずけた勾玉《まがたま》が輝き出したことを、勝総もまた不思議に思ったようだった。薄赤い色の輝きを放つ勾玉は、彼の手にあっても輝き続けていた。

「この勾玉は、代々家に伝わるものなんだ。遠いご先祖が武蔵《むさし》に腰をおちつけたときまで、勾玉に光が宿っていたという話は聞いている。でも、どうして、蝦夷《えみし》の女神が手にすることで輝きがもどったのかな」

「この玉は器《うつわ》なのかもしれない。力の器なのよ」

　チキサニは物知り顔にいった。

「チキサニ女神の持つ、闇《くら》の大御神《おおみかみ》さまの力がこの玉を輝かせるの。この玉を持っていたあなたのご先祖というのは、きっと、チキサニと同じ力を得ていたに違いないわ。まあ、なんてことでしょう。わたしとあなたは、古くは同族なのよ」

　息を吸いこんでチキサニがいったとたん、勝総は水をかける発言をした。

「それはないな。坂東《ばんどう》では、わが家のご先祖は東国へ落ちのびてきた皇《すめらぎ》の子孫だということになっているよ。みんながそう信じているので、竹芝の家は、率先して皇命《こうめい》に従わなくてはならないくらいだ」

　チキサニは思わずふくれた。

「いじわるね、わたしがせっかくそう思おうとしていたのに。もちろん、あなたなんか倭《やまと》の帝《みかど》の子どもでしょうよ。同族のはずもなかったわ」

　チキサニは、湧き水のほとりに簡素な小屋を建てて傷を治す勝総をかくまっていた。必要な衣類や食べ物は、プトカにこっそり運んでもらっている。しかし、命を救われた勝総の言動は、チキサニの思惑から少々はずれていた。身を起こせるようになると、若者はけっしておとなしく彼女を賛美してはいなかった。からかったり、反論したりも平気でしたのだ。巫女姫《みこひめ》になって以来、少女は他人のそんな態度に慣れていなかった。

阿高にはよくわかっていたが、勝総にしてみれば、チキサニをただ女神とあがめよといわれても多少の無理があった。チキサニはけなげに看護していたものの、侍女に世話をされつけた彼女に、一人ですべてをこなすのはなかなかたいへんだったのだ。さすがに薬草の処方は詳しく、けが人の熱をひかせ、傷は膿みを持たなかったが、それ以外についてはあまり有能とはいいがたかった。

勝総は目をさまして早々に、この美少女が指に傷をこしらえてばかりいることに気づいた。まきを割るにも、煮炊きをするにも、チキサニの手つきはたどたどしく、おかしな失敗をくり返している。加えてすぐに顔を赤らめて怒り、からかってみずにはいられない相手なのだった。

今もまたチキサニを見て、勝総は藤太のように笑った。

「そんなにすぐ腹を立てるものじゃないよ、女神さまだろう。怒るとただの女の子のようだよ」

「わたしのこと、ばかにしているでしょう。こんなところにいないで早く帰って」

「おれが帝の皇子《みこ》だったら、徴兵に応じて、故郷《くに》を遠く離れて蝦夷と戦ったりしなかったよ。そして、こうしてきみと出会う幸運も得られなかった」

勝総は仲なおりに腕をさしのべた。チキサニは少しにらんだが、彼の屈託のなさに負け、自分をひき寄せるにまかせた。

「天《あま》つ神の血筋には呪《のろ》いがつきまとうものなのよ。もし、あなたのご先祖の話が本当なら、あなたに少しもその気配がしないのは、なぜなのかしら」

「きみのいったことが正しいのかもしれない。チキサニの同族の力を得て、それによって呪いを打ち破ったのかもしれないね」

勝総の腕に巻かれて寄りそい、若者の肩に頭をあずけてチキサニはいった。

「そうだとしたら、あなたは帝の手先ではないわ。あなたの家の話、もっとよく聞きたいわ」

「きみを武蔵《むさし》へつれて帰れたらいいのに」

勝総はつぶやいた。もちろん、不可能だということを彼は承知しており、チキサニもまた承知している。自分たちが夢の中で夢を語っていることに気づかされて、チキサニは思わずうつむいた。勝総は急いで口調を変えた。

「ごめん、もういわないよ。だけど、きみのことをこれから『ましろ』って呼んでもいいだろうか。倭名《やまとな》で呼ばれるのは、腹の立つことかな」

「そう呼びたいの？」

「ああ。はじめて見たときに、すぐにそう思ったんだ。きみは、月のように白く輝いていた」

（この人は、名前に力があることを知っているのかしら……）

チキサニはそっと考えた。

（いいえ、そうではない。この人は無邪気に、わたしを一人の女の子と見たがっているだけなのだ……）

勝総の目には、自分がただの女の子として映る。そのことがチキサニにとっても貴重だった。彼がむこうみずな率直さでつむぐ夢を、自分もまた見てみたかった。敬われ、あがめられるチキサニ女神ではなく、素顔の少女になっていいような気がしたのだ。

勝総と向きあっていると、自分の権威などつけ焼き刃にすぎないことを思い知らされてしまう。アベウチフチの威光を後ろ盾にするからこその権威だった。自分自身は生まれてたった十六年、女になって三年しかたっていないのだ。

「いいわ。ましろと呼びたいなら、そう呼んで」

チキサニは答えた。その瞬間に自分がさだめをつかみ、遠い岩屋でアベウチフチがうめきを上げたことは、あとあとまで知らなかった。

（長くは続かない……）

不安な眠りからさめ、目を開けたチキサニは考えた。

（でも、そんなことはわかっていたはずだわ……）

うつろな思いをかかえて炉の向こうを見やったチキサニは、勝総の寝床が空であることに気づいた。はじめてのことにうろたえ、彼女は飛び起きて戸口を出た。

仮小屋を建てた時分は秋もはじめで、周囲には夏のなごりがあり、木々も緑だった。今、景色は急速に色づきはじめている。この季節のおかげで食べ物にはずいぶん恵まれたが、鋭い牙と爪を持つ北国の冬は、すぐそこに控えていた。

小屋を出たとたんに勝総は見つかった。すぐ外の切株でまきを割っていたのだ。彼がチキサニの小さななたをふるうと、まきは小気味よい音で二つになった。チキサニを見て、若者は得意気にいった。

「きみよりずっとましだろう。これからはおれがやるよ。いつ手を切り落とすかと、ずっとひやひやしていた」

思わずチキサニは目を閉じた。それから、のろのろといった。

「まきは、たくさんいらないわ。あなたはもう歩いていける。倭人《やまとびと》の柵《さく》に帰れるのよ」

「そうかもしれない。けれどもおれには少しおぼつかないんだ。こうまで長くもどらなかったおれを、人々がどう見るか」

静かに刃物を置いて、勝総はチキサニに向き直った。

「たぶん、もっと早くもどることもできたんだ。けれどもおれは、ましろといっしょにいたかった。きみと離れたくなかった。暮らせないだろうか……このままきみのもとで」

チキサニはささやく声でたずねた。

「皇《すめらぎ》の命《めい》を捨てるの？」

「そうだよ。ここはもともと蝦夷の国だ。取り上げようとするほうがまちがいなんだ」

「このまま倭人の仲間を、あなたの家を、捨ててかまわないの？」

「かまわない。きみが拾ってくれた命だよ。きみのために役立てたい」

一瞬、チキサニは幻をかいま見た。ふつうの娘のように勝総と二人の家を建て、夫の帰りを待つ自分の姿。子を育てるために里の女の仲間入りをする自分の姿……だが、あまりにもはかなかった。

「そういってくれて、どんなにうれしいか。でも……とても無理よ。あなたにとっても、わたしにとっても」

チキサニは彼の首に腕をまわし、そっと抱きしめた。喜びの抱擁ではなく、悲しみがこめられていた。明るい空をふちどって林の梢がざわめく。高いところで風が吹いている。目には見えない黒い翼の影を、チキサニははっきりと感じとっていた。

「……わたしたち二人のための場所は、蝦夷の国のどこにもないの」

「それだったら、いわないつもりだったけれど、きみを武蔵へつれていくよ。坂東という土地は、都から離れていることもあって、気ままでのびのびしているんだ。だれでも暮らせる……うちのご先祖がそうだったようにね。おれの父は律《りつ》にうるさい人だが、胆はすわっていて、中央によけいな口をはさませない。息子が女神をつれてきたって、そのくらいのことではたじろがないよ。家のみんなも、きっときみが気に入る。竹芝の屋形《やかた》をきみに見せたいよ」

勝総の口調に熱がこもった。チキサニは、彼がくり返し語った故郷《こきょう》の様子を思い描いた。はるかな南の、緑の草なびく国。風の吹き通る国。チキサニが心に描いたものは、阿高のよく知る場所とは異なっていたが、彼女の憧憬《どうけい》は痛いように伝わってきた。

「行きたいわ。いつか、きっと行くわ。でも今すぐではないの。今は、あなたを仲間のもとへ返さなくてはならない。ここには危険が来るの。明日の朝には、ここを発たなければいけないわ」

身を切る思いでチキサニは勝総に告げた。予言する力などなければよかったと思いながら。

その最後の夜、小屋の二人は身を寄せ合って、いつまでも炉の火をながめていた。霜の気配がし、粗末な小屋はだいぶ冷えるようになってきていた。炎の輝きを見つめながら、チキサニはいった。

「わたしは、あなたとこうして暮らしたことで、女神の御技《みわざ》をおろそかにしたとは思えないの。不思議ね、あなたといると、前よりずっとチキサニ女神をあがめることができる。喜びと謙虚な気持ちを持って、チキサニ女神をたてまつることができるの。チキサニが美しくよきものであることがわかるのよ。あなたの目がそう語っているから」

勝総は軽く笑った。

「だって、きみはとてもきれいだ」

「ちがうわ。女神が美しいのよ」

チキサニはいいはった。

「わたしはそれほどきれいなものではないの。戦って殺しもするし、たくさん憎むこともできる。ついこのあいだまで、それだけで生きていたわ。倭の帝とその兵士には、容赦はいらないと思っていた。蝦夷族はね、狩の獲物のためには祈りをあげるの。けものたちがくれる肉や毛皮は、彼らの大切な贈り物だから、いとおしんで、感謝して、そのまごころをあの世に持ち帰ってもらうの。わたしはけもののために祈ったけれど、倭の人々のためには祈らなかったのよ」

「戦《いくさ》とはそういうものだよ。おれたちだって蝦夷を憎んでいた。同じ心を持つ人間としては考えなかった。きみを知るまではずっとね」

勝総がいうと、チキサニは深くため息をつき、彼の肩に頭をもたせかけた。

「わたしは祈らなかった……悪路王《あくろおう》を放ちまでしたわ。それを知れば、あなたはきっと今のようにはわたしを好きでなくなるでしょう」

「きみが何であっても、たとえ黄泉《よみ》の化けものであっても、好きでなくなることなど絶対にないよ。黄泉の化けもののことを考えなおすだけだ。こんなにかわいい面があるなら、それもなかなか悪くないってね」

彼の無造作な口ぶりは、チキサニをほほえませた。

「あなたはそういってくれるのね。倭人のあなた。帝の血をひくというあなた。あなたのおかげで、わたしもチキサニ女神の本当の姿を知ったの。憎んではならなかった。女神の御技《みわざ》はこうして手をさしのべることにあったの」

勝総の手に指をからめて、チキサニはいった。

「わたしの手は小さい。大勢を憎むことも、大勢を愛することも、この手にはあまってしまう。もっと身近なことからはじめなくてはならなかったのだわ。そして、チキサニ女神を自由に放てば、彼女は迷わず愛することを選んだというのに」

「きみがこの勾玉《まがたま》を輝かせたときから、そのことはわかっていたよ」

勝総はささやき、チキサニの手をくちびるへ持っていった。

「武蔵へ行こう、ましろ。白くてやさしい、おれの女神さま」

チキサニはその夜、それから二度と彼の手を離さなかった。空が白んで鳥が鳴くまで勝総と炉の同じ側におり、同じ夢を見た。


翌日になるとチキサニは姿を隼《はやぶさ》に変え、高く上空へ舞い上がっては周囲に気をくばり、降りてきては歩く勝総の前後を飛んだ。そして、ときおり愛する人の肩に羽を休め、彼とのなごりを惜しんだ。

倭人《やまとびと》の作った柵が見えてきても、チキサニはまだ勝総から離れられなかった。やがて、物見やぐらの兵士たちが勝総の姿に気づいて騒ぎはじめた。勝総が部署を告げ、門が開かれる。最後の瞬間にしぶしぶチキサニは飛び去った。翼を広げて勝総の肩から飛び立つ白い隼を、見張りの兵士たちは仰天して見送った。

湧き水のほとりにひき返し、鳥の姿から乙女にもどったチキサニは、しばし立ちつくした。勝総のぬくもりの消えた隠れがは、見るからに寒々しく、みすぼらしかった。うちしおれて中に入り、脱ぎ捨ててあった着物を手に取ったチキサニだったが、床を見て息をのんだ。彼女の衣の下に光る勾玉がおいてあった。

勝総は何もいわずにおいていったのだ。大事な家宝の玉を……彼の心を。チキサニのために残していったのだ。チキサニが必ず彼を追って武蔵へ行けるように。そのたしかな約束のために。

（勝総。離れていることなど、とてもできない……）

薄赤く輝く玉を握りしめ、チキサニは涙を流した。今すぐにでも飛んでいって、彼の胸に顔を埋《うず》めたかった。だが、そうできないことを彼女は知っていた。小屋の周囲が騒がしくなりはじめていた。ひづめの音、馬具の音、人声。小さな小屋を取り囲めるほどの人数である。

「姫さま」

呼ぶ声はプトカのものだった。くちびるを嚙みしめると、チキサニは毅然として小屋を出た。見ると、プトカの隣には背の高いアテルイがおり、後ろにはアテルイのよりすぐりの部下たちが、高い垣根のように並んでいた。

「わたしを裏切ったのね」

低く静かにチキサニはいった。

「お許しください、姫さま。お許しを――」

プトカはその場に膝をつくと涙にくれた。

「あなたを失うことに耐えられなかったのです。あなたを倭人に奪われるわけにはいかなかったのです」

「われらが巫女をたぶらかし、こんなところへかどわかした倭のくそ野郎はどこにいる」

歯ぎしりする声でアテルイがたずねた。彼はまだ若く、むきだしの猛々しさを持っていた。

「捜し出して切り刻み、土にまいて犬の餌にくれてやる」

眉を怒《いか》らせてチキサニはいった。

「チキサニをあなどるのはおよしなさい。わたしは人にたぶらかされたり、かどわかされるままだったりはしない。自分の心でここにいたのよ」

「あなたは蝦夷の守り神だ。そんなことがあるはずはない。倭の卑怯なまじないにかかったに違いない」

アテルイは主張した。その燃え立つ目を見れば、チキサニがどう説明しても理解しないということはすぐに察せられた。

「あなたがどんなに彼を殺したくても、手はとどかないわ。倭人の柵に攻めこんでいくというのでなければね。でも、わたしは行きはしなかった。ここに残っている。だから、そのことでよしとしなさい。チキサニは奪われはしなかったのだから」

「心を奪えば奪ったも同然だ。女神を辱《はずかし》めたのだ。おれは討ち入って倭のやつらを蹴散らしてやる」

　チキサニはため息をついた。

「アテルイ、それより先にすることがあるわ。わたしを岩屋へ送りとどけて。わたしを大事に思うなら、まずはアベウチフチのところまで護衛してくれるのが当然よ」

　もどりたくはなかったが、今はそういうしかなかった。アテルイは数年後、このときいった言葉どおり城まで攻め下って火を放つことになる。


　アベウチフチは、チキサニがもどったのを見ても何もいわなかった。その沈黙が不気味に思えたが、チキサニもまた何もいわなかった。よけいなことを話して、アベウチフチの先見《さきみ》に力を与えることなどないのである。

　再び巫女の日課にもどったチキサニだが、彼女は無口になった。もうだれにも心を開かず、自分の座所に籠るようになった。胸がつぶれる思いをしているのはプトカだった。チキサニは二度と彼女を責めなかったが、プトカにとっては、怒り狂われたほうがまだましだった。

　それまでのチキサニは、とにかく素直な感情の持ち主だった。怒りも喜びも生き生きと表し、プトカを巻き添えにしていた。プトカは一番失いたくなかったものを、永久になくしたことに気づいたのだ。二度と彼女に手を焼かされることはなくなったが、心の結びつきも今では消えてしまった。プトカは切なさのあまり、チキサニの世話をしながらふいに泣き出すことがあったが、それでもチキサニは、彼女の涙が目に入らぬように沈黙を守っていた。

チキサニは迷い続けていたのだった。蝦夷族をすべて裏切ってまで、勝総を追って武蔵へ行くことが自分にできるのかどうか。方法がわからないばかりでなく、心の強さが試されている。どうすれば、だれもが望みをかなえることができるのか。

今のチキサニにできることは、衣の下に隠してつけている薄紅《うすべに》の勾玉《まがたま》を、一人のときにそっと出して見ることくらいだった。だれとも語れない彼女の、それが唯一のなぐさめだった。その輝きを目にすると、勝総の表情や声が浮かんでくる思いがした。

動くことのできないまま、ふた月ほどたったある寒い日のことだった。チキサニは自室で瞑想していたが、突然まぶたの裏に幻影を見た。太陽がどす黒く変色し、光を失って地平に落ちていく姿だった。あまりのことにチキサニは息をのんで腰を浮かした。

（今のはまさか。先見ではない。先見だとしたら恐ろしすぎる……）

動悸が速く、体じゅうで鳴り響いている。心を静めようと必死になっていると、そこへ声がした。

「見たのだね」

ふりむくと老婆が杖にすがって立っていた。アベウチフチがその足で歩き、チキサニの部屋までやってきたのだ。たしかにそれは、太陽が黒くなるほどまれなできごといってよかった。

「婆《ばば》さま。これはいったい……」

チキサニは急いで立ち上がったが、老婆の頭が自分の胸の高さにしかならないことに気づき、あわててまた膝を折った。アベウチフチは落ちくぼんだまなこに疲れたような色を浮かべ、チキサニを見つめた。

「若い神よ。わしが見たことを告げよう。かの倭人……そなたが目をかけ、傷を治してつきそった倭の若者が、今しがた倭の柵のうちで死んだ」

「嘘です」

チキサニがとっさにいえたのは、それだけだった。

「アベウチフチが嘘をつくことはけっしてないのだよ」

雷に打ち倒されたような思いの後に、チキサニの脳裏に浮かんだのはアテルイの憤怒の表情だった。

「婆さまはご存じだったのですか。アテルイですか」

「チキサニよ、彼を手にかけたのは蝦夷ではない。倭人の仲間なのだ」

「策謀よ」

チキサニは叫んだ。

「たくらんだことだわ。わたしと彼とをひき離そうとして」

「いいや、違う。若者は倭人に処刑されたのだ。かの若者は、罪に問われて牢に入っていた。先の戦いで、蝦夷に内通して倭軍《やまとぐん》に敗北をもたらした人物と見なされたのだ」

「どうして。どうしてそんなこと」

老婆は抑揚なく言葉を続けた。

「倭の武将たちが敗退の申し開きをするのに、なんらかの理由が必要だったのだ。やつらのやりそうなことだ。倭の都人《みやこびと》は、蝦夷族など取るに足らない蛮族と考えている。皇《すめらぎ》の軍隊が、われらに討たれるはずがないと思っているのだ。だから将たちは、若者に科《とが》を負わせた。都からは、裏切り者を処刑せよと通知が届いた。そして処刑が行われたのだ」

チキサニは息がつまり、すぐには声も出せなかった。死んだ仲間をひきずってまで、柵へつれ帰ろうとしていた勝総。郷里の人々の話を、くり返しチキサニに語った勝総。その彼を、同じ仲間が殺してしまった。ありもしない罪を着せて、抗弁も聞かずに処刑してしまった。勝総の顔も見ず人柄も知らない遠くにあって、倭の帝がそのように断を下したのだ。

「どうしてなの。もしも蝦夷があの人を殺したのだったら、わたしはこののどをかき切ってでもおわびすることができた。なのに倭人が、あの人の仲間が、彼を殺してしまうなんて。こんなことならあの人を返すのではなかった。ここにいて、帝の敵になってもらうのだった」

絶えだえに叫ぶとチキサニは床にくずおれた。そして岩の床をこぶしでたたき、悲鳴のような声で泣いた。アベウチフチは、チキサニの激情がややおさまるまで辛抱強く待っていた。それから低い声で告げた。

「これでよくわかったろう。おなかのその子を堕ろしなさい。その子は呪われている。産んでもしかたがないのだよ」

チキサニはただ激しく頭をふって拒絶した。

「その子は生きられない。巫女にはなれない男児なのだから」

老婆は重くいい聞かせたが、今、チキサニが拒絶しているのは子どものことだけでなく、自分にふりかかったさだめのすべてだった。

彼女は叫んだ。

「勝総を返して、返して」

耳をふさごうとしても、阿高にはできなかった。体をひき裂くチキサニの痛みは阿高のものだった。だが、この悲鳴を阿高に聞かせることこそ、アベウチフチやアテルイのもくろみなのだと、かすかに意識する部分がどこかにあった。そのおぼろげな意識に、阿高は必死でとりすがった。

（逃げなくては。ここにいてはいけない……）

第三章　明玉《あかるたま》

1

（藤太《とうた》……）

明け方の白い靄《もや》を貫き阿高《あたか》の声がしたようで、藤太は急いで顔を上げた。だが、すぐに気の迷いだとわかった。近づく足音はなく、気配もしない。藤太と並んでうずくまり、寒さに身をかかえこんでいた茂里《しげさと》と広梨《ひろなし》が、彼の動きにつられて顔を起こし、ともにため息をついた。

だれもがまんじりともせずに夜を明かしている。険しい山ふところの滝壺近く、彼らは岩棚に身をひそめてリサトの帰りを待っていた。阿高をつれてもどると約束した蝦夷《えみし》の女性は、もうもどってもよい時分なのだが、いっこうにその様子がない。

「遅いよな」

広梨がつぶやいた。

「本当にあの女は信用できたのかな」

「阿高を知っているといったのは本当だよ。おれを見ただけで、阿高の身内だろうと当てたんだ。おれの勘では信用できる。蝦夷人《えみしびと》にしてはものわかりがいいし、まのぬけたへまはしそうにない女の人だよ」

藤太はリサトの肩を持ったが、茂里が混ぜ返した。

「こと女に関しては、藤太の勘はちっとも当てにならないからな。だれより見方が甘いんだから」

「おまえはあやしいと思ったのか。だったら、どうしてそれをいわなかったんだよ」

藤太がいい返すと、茂里は鼻をこすった。

「彼女を信用しないわけじゃない。あれだけの話を嘘で並べたてるほど、彼女は倭語《やまとご》がうまくないだろう。ただ、おれが疑うとすれば、おれたちを彼女にひき合わせたあの案内人だよ」

ニイモレという名の蝦夷を、茂里はちらりとうかがった。多賀城《たがじょう》の城下で、坂上《さかのうえの》田村麻呂《たむらまろ》が配下にした男だった。蝦夷の男は、かたまる三人から少し離れ、毛皮を岩に敷いて楽々と体を休めている。その姿は、蝦夷を武骨《ぶこつ》な蛮族と見ていた者の考えを改めさせるほど端正だ。官から支給された衣服を身につけているため、どこから見ても倭人《やまとびと》にしか見えなかった。

彼は隠れ道を使って、一行を巧みに蝦夷の国の深部へ案内していた。その手引きなしでは、ひそかに侵入することはできなかったに違いない。だが、武蔵《むさし》の若者たちは、どこか彼のうさん臭さを嗅ぎとっていた。田村麻呂の前では、心底恭順にふるまうニイモレだったが、田村麻呂ならぬ従者の若者たちは、彼がとりつくろった顔の下に見せる、暗いまなざしに気づくときがあったのだ。

「この山は蝦夷の聖地なんだろう。こんなに簡単に入りこめるのもどうかと思うよ。どうも話がうますぎる。少将殿が、どうしてあいつにまかせる気になったのか、正直いってのみこめないね」

声をひそめながら茂里はいった。

「都人《みやこびと》の考えもまたわからないからな」

「いや、少将殿にはそれなりに見識がある。だからのみこめないといっているんだ」

「そうだった。おまえは都人に関しては、男にも甘いんだったな」

藤太の言葉に、広梨がくすくす笑った。

都では近衛少将《このえのしょうしょう》の官職を持つという田村麻呂に、藤太は、茂里ほど素直に敬服できなかった。この都人についてきてよかったのかどうか、今もまだ少し疑わしい。蝦夷から阿高をとりもどすという一点では、自分たちと共通の目的があるわけだが、朝廷を後ろ盾に持つ彼が、阿高を求めること自体、藤太たちには計りしれない理由があるようで不安だった。

ましろが坂上《さかのうえ》の名を口にして以来の不安だ。そのことを、藤太はなるべく考えないようにつとめていた。どんなに阿高を思う気持ちが強くても、藤太たちにできることは知れている。自分たちだけでは、これほど早く阿高の居場所に迫ることが、不可能だったことはたしかなのだ。

白河《しらかわ》の関でも、多賀城《たがじょう》の陸奥鎮守府《むつちんじゅふ》でも、権威ある肩書きを持つ田村麻呂の強さは思い知らされた。寝食も衣服も、土地の情報も自由に得られるばかりか、望めば一連隊でも貸し与えられそうだった。

ただ、田村麻呂は、倭語の巧みな案内人を選んだだけで、それ以上に隊を増やそうとしなかった。馬も兵も山裾に待たせて奥地へ来ている。あくまで単独で事を運ぶ考えらしかった。

首を回し、藤太は田村麻呂をながめた。長身の都人は、小さな焚火の明かりをたよりに、太刀《たち》の刃《は》の手入れをしている。身なりは藤太たちと変わらぬ黒っぽい上下と防寒の胴着で、宮人然《みやびとぜん》とした位袍《いほう》は、旅のはじめに脱いでしまっていた。今では不精ひげもむさくるしく、あぐらをかいて座る姿は、どちらかというと山賊の親分にふさわしい。だが、それをいっこうに気にかけず、慣れた様子で野営しているのが、この都人の不思議なところだった。

知れば知るほど、この人物は大ざっぱで大胆で、何をどう考えているのかわからない場当たりなところがあった。蛮勇であることは、坂東人《ばんどうびと》にはむしろ親しめる気質だ。近衛少将ほどに出世した人物がそうだということは、広梨や茂里を喜ばせた。もとから都に憧憬《どうけい》を抱く茂里などは、だからこそ感服しているのだ。

だが、田村麻呂に野心のないはずはない。彼の野心と対立しないあいだはいいが、藤太たちが対立してしまったときにも、田村麻呂ははたして人好きのする顔をしているだろうか。

（いずれわかる。いざ事が起きたとき、その見かけのとおり、坂東人の尊敬に値する人物かどうかも……）

手にした長刃《ながば》を調べる田村麻呂を見ながら、藤太は考えた。何も起こらずにすむはずはなかった。ここまでは、敵対する蝦夷に出くわすこともなく、とんとん拍子でやってきている。だが、リサトの帰りはどう見つもっても遅すぎた。思わぬことがあったとしか考えられなかった。

（阿高……）

たちこめる靄《もや》の向こうへ、藤太は心に呼びかけた。ここは真冬のように寒い、まさに北の果ての地だ。こんなに遠くまで追いかけてきた。それなのに、今まで片ときも離れたことのなかった相棒は、まだ手のとどかない奥にいる。

何を見ているのか。何をしているのか。藤太の知らないものを知り、知らない人間になってしまうのか。焦燥にかられる一方で、藤太はこんなに危険な地に踏みこんだことを、広梨と茂里のために危ぶんでいた。二人はそうでないといいはるだろうが、藤太が彼らを巻きこんだことは事実なのだ。

（無事には帰れないのか。阿高も、おれたちも……）

ふいに田村麻呂が鍔《つば》を鳴らして太刀を収めた。そして鍔口を握ったままあとの者に告げた。

「どうやら、ここはひいたほうがよさそうだ。霧が晴れるのを待って山を降りる。女はもうもどらないだろう。こっそり阿高をつれだすことはできなかったのだ」

「リサトめ。裏切ったか」

ニイモレは小声でいった。思わず口を出したのは広梨だった。

「蝦夷の側からいうと、裏切っているのは、あんたのほうじゃないの」

いわなくていいことだった。ニイモレは気色《けしき》ばんでいい返した。

「わたしの行動は、蝦夷によかれとしていることだ。人々をまどわすチキサニをとりのぞくのは、同胞にとって望ましいことだ。わたしが悪い夢をさますのだ」

「チキサニなんて知らない。おれたちが捜しているのは阿高だ」

藤太もひとこといおうと口を開きかけたが、そのとき周囲の様子に気づいた。

「おい、靄《もや》の晴れ間を待つひまはなさそうだぞ」

滝音でかき消されていたものが、湿った空気の中に、今ははっきり伝わってきた。大勢の動く気配、物音。そして、ぼんやり見える木立のあいだを動く影。弓か矛《ほこ》か、いずれにしても剣呑《けんのん》なものをたずさえているに違いなかった。

「三方にいる。蝦夷の兵士だ」

「見つかったか」

田村麻呂は、あわてない様子だった。

「ずいぶんと大げさな出迎えのようだな。こちらの人数がわかっていないのか。そうすると、靄が晴れないのはかえって好都合だ」

「相手がおれたちを多勢と見て、尻ごみするとでも？」

藤太がたずねた。

「いいや。われわれのほうが相手を見ずにすむということだ。後ろは滝壺だ。相手が何人だろうと、囲みのどこかを突破しなければ山を降りられん」

驚いたことに、藤太は愉快になった。田村麻呂のすました対応が気に入った。弓を取り、弓弦《ゆづる》をはじいて彼はいった。

「それなら、おれたち坂東者《ばんどうもの》の腕の見せどころだな」

広梨と茂里が応じた。

「そのようだな」

彼らは顔を見合わせ、にやりとした。この顔ぶれで、命知らずのけんかに挑んだのははじめてではない。

若者たちが矢を放つと、蝦夷も射かけてきた。しかし、どちらも靄の中のあてずっぽうなので、矢が当たることはほとんどなかった。それでも、いくらか敵の並びが乱れる。抜き放った太刀の刃でそれを示し、田村麻呂が叫んだ。

「行くぞ。続け」

藤太たちもめいめいの小刀を抜き、走り出した。田村麻呂はいち早く先頭を駆けている。少なくとも彼は、部下を盾に身を守る武将ではないのだ。だが、一陣の風に靄がみるみる吹きはらわれた。急に見通しのよくなった視界に、目にとまる蝦夷の数は予想を上回る多勢だった。大きな戦隊に、彼らは周囲を厚く取りまかれていた。

「待て」

突進を命じたと同じ大声で田村麻呂はどなった。

「考え直した。武器を捨てろ」

「考え直したって、今さら」

藤太はどなり返したが、田村麻呂はあっさり太刀を放り捨ててしまっていた。

「おぬしらも早くならえ。まだ一人も殺《あや》めていない。彼らも、むやみにわれわれを斬《き》り捨てはしないだろう」

「そんなわけがない。おれたちは聖地を侵しているんですよ」

「そのへんは蝦夷たちの礼節に賭けてみよう」

冗談か本気かわからない口調で、田村麻呂はいった。藤太は迷ったが、従者の身で、主人をおいて好きにするわけにはいかなかった。しぶしぶ手にしたものを捨て、立ちつくす藤太たちを、武装した蝦夷の男たちが取り囲んだ。

武器を捨てて彼らの前に立ってみせることは、死地を斬り開く決意より勇気のいることだった。険しい顔の蝦夷たちは、少しのあいだ、処分を思いあぐねるように彼らを見つめていた。藤太たちは、田村麻呂の顔を盗み見ずにはいられなかった。彼は胸をそらし、傲然《ごうぜん》としている。多賀城で鎮守府将軍の前に立ったときと、あまり変わらぬそぶりである。やがて蝦夷たちは長縄を取り出し、降伏者たちの手首を縛ってじゅずつなぎにつなぎあわせた。それでもまだ、田村麻呂はおちつきはらってされるようになっていた。

くくり終えると、蝦夷たちは捕虜をひったてて歩きはじめた。蝦夷の村へと向かうようだった。田村麻呂のいうとおりその場で殺されはしなかったものの、犬のようにこづかれたり蹴られたりして、藤太は奥歯を噛みしめた。自分たちはこんな屈辱に甘んじたことなどなかったし、甘んじるなどとは思ってもみなかったことだった。

しばらく難儀な行軍を続けたのち、小枝や枯れ草にまみれ、かすり傷だらけになって蝦夷の居留地へつれてこられた藤太たちは、全員まとめて窓のない小屋に放りこまれた。ひとつなぎの縄は解かれたものの、かわりに彼らの手首には、固い木の板をあわせた手かせがはめられていた。扉のかんぬきを下ろして兵士たちが去ってしまうと、藤太はやり場のない怒りを田村麻呂にぶつけた。

「こんな扱いを受けてまで命が惜しいんですか、あなたは」

かたわらで広梨が元気のない声を出した。

「いつのまにかニイモレがいないよ。あいつ、自分だけさっさと逃げのびたんだ」

「もしかすると、事の運びは、はじめからあの男のたくらみだったのかもな」

茂里がつぶやいた。

藤太は田村麻呂をにらんだ。

「それもこれもあなたがいけない。あの男のずるがしこさを見抜けずに、案内をまかせたんだ」

「少しおちついて情況を見ろ。とにかく座って体を休めたらどうだ」

座りこんだ田村麻呂は、のんびりといった。床は地べただが、干し草がわずかに敷いてある。

「なんのためにここへ来ているか、頭を冷やしてもう一度考えるんだな。わたしは、山を下りて再び出直すよりも、どんな形であれ蝦夷の山に残ったほうが道が早いと、判断したから残ったまでだ。もちろん命は惜しい。大事なのは任務の遂行だからな。わたしの任務は阿高を見つけて、蝦夷から取り返すことだ」

藤太は思わず口をつぐんだ。田村麻呂は続けた。

「それに、ニイモレという男をそこまで悪く取ることはない。自分なりの正義感を持っている男だ。信義もある。今回の失敗は、あながち彼だけの責任ではないだろう」

「あなたの考えはよくわかりませんよ」

藤太は力なくいった。むやみな怒りはもう失せていた。そうするとがっくり疲れた気がして、彼は腰を下ろした。両手首のいましめが身に染みた。

「こんな情況で、どこに分《ぶ》があるというんです。今のおれたちは、煮て食おうと焼いて食おうと蝦夷の勝手になっているというのに」

「まあ、そうだな。だが、生きていれば、そのうち知恵のひとつもわくかもしれん」

田村麻呂の返事はのん気なものだった。ふと、思いついたように広梨がいった。

「阿高がいるなら、阿高が助けてくれるかもしれないぞ」

「そうだな。おれたちのことが耳に入ればな」

（情けない……）

藤太は壁に背もたれた。困った情況にいるのは阿高のほうで、自分たちはそれを助けに来たのではなかったか。

「阿高はちゃんと生きているんだろうか……」

「藤太、おまえがそれをいってどうする」

一度気落ちすると、閉じこめられたこの場所で、明るい方向にものごとを考えるのはかなり難しかった。頭をたれ、藤太はついにつぶやいた。

「すまない、二人とも。とんでもないことにつきあわせちまった。おまえたちまで帰れなくなったら、おれは立つ瀬がないよ」

「よせよ。勝手についてきたのはおれたちのほうだぜ」

広梨はいったが、藤太は続けた。

「これはみな、おれが招いたことなんだ。阿高が蝦夷に従ったのはおれのせいだ。阿高の血の半分が蝦夷だということを、おれはあいつ自身からも隠そうとした。どうしてそうしたのかわからない。あいつがそれを知って、おれから離れていくのが怖かったのかもしれない。あいつがいったとおりだ。いつもそばに従えて、おれはあいつをどうするつもりだったんだろう」

うなだれた藤太を見て、広梨は不思議そうに目をしばたたいた。

「おまえたちのこと、自分と相棒の区別がついていないんじゃないかと疑ったことはあるよ。けれども、どちらかがどちらかを従えているようには見えなかった。二連《にれん》はそんなものじゃなかった。おまえたちは、車の両輪みたいに二人で動いていた。つりあいよく。だから、だれもかなわなかったんだ」

藤太が答えなかったので、彼は足を伸ばして藤太をつついた。

「しょげるなよ、阿高に会えばすぐわかるって。おまえたちの二連は、一朝一夕にできたものじゃないだろう。たとえ阿高が蝦夷だったとしても、消えたりするもんか」

それまでだまっていた茂里が口を開いた。

「そうさ、藤太が責任を感じることなどない。おれたちが忠義だてしているとすれば、二連に対してであって、おまえ一人にじゃないからな」

「茂《しげ》は忠義が嫌いだったはずだろう」

むっつりと藤太がいうと、茂里はにやっと笑った。

「ああ、家同士の忠義なんてくそくらえと今でも思っているさ。長《おさ》の息子だからって、おまえらに頭を下げることなど、断じてするものかと考えていたからな。なあ、昔を思い出せよ。単純な広《ひろ》と違って、おれはけっこうおまえたちに盾《たて》ついただろう」

「だれが単純だよ」

広梨が割りこんだが、茂里は相手にせずに続けた。

「おれは性根《しょうね》が悪かったからな。結局は寺にも国学《こくがく》にも出されずにすんだが、気がつくと、まわりに書が読めるやつなどだれもいなくてさ。だれもが阿呆に見えて、武蔵は息がつまりそうだった。おまえたち二連にはいらいらしたよ。長の家の子のくせに、野良を走り回って。おれは、二連をこわしてやろうと思って近づいたんだ」

「そうだったっけか」

藤太は首をひねった。過ぎ去ったことはあまり覚えていない性分《しょうぶん》である。茂里は小さく笑い声をたてた。

「そういうやつだよな。おれはけっこう覚えているぜ。この頭を目いっぱい使って、いやがらせをしたからな。けれどもおまえらはへこたれないんだよ。二人で吸収しちまうんだ。おまえたち二人のきずなは、おれにとって、武蔵で唯一あなどれないものだった。だから、そばにいることにしたんだ。おれは、おれを感服させたものにだけ忠義だてするんだ。そういうことさ」

茂里は、藤太を見つめていった。

「おまえが弱気になってはいけないんだよ。阿高が必要だろう。同じように、阿高にもおまえが必要なはずだ。おれたちは二連を見てついてきたんだから、阿高の血の半分が蝦夷なら、それも二連のうちだと思っているのさ」

「わかったよ」

気を取り直すことのできた藤太はうなずいた。

「どうかしていた。一番大事なのは阿高を信用することだったな。そのために、おれはここまで来たはずだった」

ふいに、田村麻呂が口を開いた。

「蝦夷は殺し方の様式を尊《たっと》ぶ。聖地に踏みこんだわれわれを殺すにしても、神の儀礼を重んじるはずだ。それならそのとき、山の岩屋になんらかの形で接近できる。堅い守りの中にいる阿高にも、われわれを知る機会があるはずだ」

2

小屋からひき出されたとき、あたりはすっかり日暮れていた。彼らのまわりを囲んだ兵士たちは、たいまつの用意をしていた。それから、四人はだいぶ歩かされた。宵の空は晴れており、青みを増してゆく澄んだ山ぎわから、円《まる》い月がぽっかりと浮かび出ている。蝦夷《えみし》たちは黙々と歩いていた。どこへとも知れず里からつれ出される藤太《とうた》たちには、不安のつのる道行きだった。

ようやく着いた場所は、村からかなり離れた岩山のふもとだった。暗い岩棚に無数の小さな穴がうがってあるのを見て、藤太はなんだろうと不思議だったが、やがて墓地だと思い当たり、ぞっとした。岩棚に囲まれた窪地はちょっとした広場になっている。中央には柱のような細い大石が立てられ、さらに周囲に放射状に並べてあった。見慣れないものだったが、儀式場だということはどんな者にでもわかった。

藤太たちにつきそった兵士の一団は、広場のふちをよぎるようにして、彼らの頭目とおぼしき人物のもとへつれていった。抜きん出た体格を持つ男であり、両脇を若い部下が固めている。彼は額に派手な帯飾りをつけ、派手な文様《もんよう》の衣《ころも》をつけ、太刀《たち》をはいていた。濃いひげで顔を覆い、同じく濃い眉の下に鋭く大きな目玉がある。

「ふん」

男は鼻を鳴らし、蝦夷語《えみしご》でいった。

「ネズミの数匹とばかり思ったが、いくらかまちがいのようだな。そちらの大きな倭人《やまとびと》。おぬしは、ひとの家の裏口からしのびこむ人物ではなかろう。なぜここにいる。なぜ策をろうさずに正面から攻めてこないのだ」

田村麻呂《たむらまろ》はあごを起こし、彼の視線を受けとめた。

「こんな形で出会うことは、なるべくなら避けたかったが……」

口の中でつぶやいてから、彼は片言の蝦夷語でいった。

「おぬしが名に聞くアテルイか」

「いかにもわしがアテルイだ」

アテルイは胸を張った。彼は捕虜たちより一段高くに立っていたが、それを考慮すれば、田村麻呂は彼と同じくらい身長があった。アテルイのほうが年齢は上と見えて、その下腹はわずかにせりだし気味だ。だが、この二人はどこかに似た雰囲気を持っており、見つめあうお互いもまた、うすうすそのことを感じているようだった。ふいに藤太は、田村麻呂が蝦夷の中に立っても違和感のない男であることに、はじめて気がついた。

アテルイがゆっくり言葉をついだ。

「して、おぬしは何者だ。倭人《やまとびと》」

「坂上田村麻呂《さかのうえのたむらまろ》だ。いずれわたしも、大軍の将としてお目にかかる」

ぬけぬけと田村麻呂はいった。

「けっこうだ。覚えておこう。しかし、残念ながらいずれという時はない。おまえたちには峰を侵した罪がある。この罪は、死によってしかあがなわれない」

田村麻呂は静かに反論を試みた。

「われらはただ、自国の子どもをひきとりに来ただけだ」

「そのような者はおらぬ。蝦夷は一族の女神をとりもどしたのだ。よみがえったチキサニは、おまえたちに裁きを下すだろう」

アテルイは手をふり兵に合図した。彼らは、藤太たちを中央の石の柱へとこづいていった。

「なんていっていたんです」

やりとりを聞きとることのできなかった藤太は、小声で田村麻呂にたずねた。

「チキサニが裁くといっていた。そうすると、阿高《あたか》はこの場に来そうだぞ」

田村麻呂は答えた。

「もしもニイモレがもらしていたように、チキサニというのが彼らの阿高の呼び名だとすればな」

藤太は口の中でつぶやいた。

「つまり、阿高がおれたちを裁くと……?」

石の柱に近づくと、そこには先客がいた。リサトが立っていたのだ。リサトの髪は乱れ、服は破れて、前に見た小ぎれいな女性と同じ人物とは、そばで見るまで気づかないほどだった。彼女はいましめを受けていなかったが、あきらめきっている様子はうかがえた。

つれてこられた藤太たちを見やり、リサトは絶望した口調でささやいた。

「こんなことになってしまって、許してください。アベウチフチには、わたしたちのことはとっくに見られていたのです」

藤太は彼女が哀れになり、とがめはせずにたずねた。

「阿高に会うことはできたのかい。阿高はどうしていた?」

「阿高は……」

いいかけて声をとぎらせ、リサトは顔を覆った。

「もうだめ。阿高はあの人たちの手に落ちてしまった。たぶん、もう、あの子はどこにもいない。アベウチフチのまじないで変えられてしまった」

リサトの指のあいだから涙がこぼれ落ちた。

「今でこそわかるわ。チキサニの遺言を無にしてしまったことが。最後の最後に、わたしの母に赤子《あかご》をあずけた彼女だったのに。そして、チキサニの遺志をかなえようと、危険をおかして倭人の柵《さく》へしのんでいった母だったのに。母は、最後にチキサニの信頼をとりもどすことができた。それなのに娘のわたしが、またいなしにしてしまった」

「阿高に何が起きたんだ」

思わず藤太が声を強めると、リサトはすすり泣いた。

「チキサニは倭を許さず、倭に悪路王《あくろおう》を放つわ。わたしたちはその贄《にえ》となるのでしょう。阿高の意志を曲げてそうすることが、峰の長老にはできるのよ」

(チキサニ……悪路王?)

藤太はまだ信じられずに、その不思議な名の響きを心にくり返した。

岩山の稜線は黒々と沈んだ。月はさらしたように白くなり、冷たい夜空に明るい。地上では数十のたいまつの明かりが煙を上げ、広場を照らし出していた。広場を取り囲む蝦夷たちが、緊張して何かを待ちかまえているのは明らかだった。声をひそめ、夜空にそそり立つ黒い峰をときおり見上げている。

たまりかねたように、広梨《ひろなし》がリサトにいった。

「ねえ、予想でいいから教えてくれよ。どんなことが起こるのか、一応覚悟をつけておくからさ」

リサトはのろのろと答えた。

「チキサニの儀式は、十七年間とり行われなかったのです。わたしにだってわかりません。彼女がここへ来るのか、それとも、何かのしるしを見せるのか……」

広場を囲んでいた蝦夷たちが、ふいにどよめき、それにつれてたいまつの炎も揺れた。あちらこちらから祈りの言葉のようなつぶやきが上がる。黒い峰を見上げ、その原因を藤太たちもようやく見定めた。青白い炎が、空から落ちた巨星のように稜線で光っていた。光はしばらくその場でふるえるようにまたたいていたが、やがて恐ろしい速さで飛び動き、峰を下りはじめた。

「なんだ、あれは……」

最初はただの驚きでつぶやいた広梨も、すぐに声を失った。燐光のような炎を吹き上げる何かが、この広場をめざしていることは、たちまちはっきりしたのだ。目が離せないながら、身の毛をよだたせる光景だった。それが通常の生き物ではないことくらい、すぐに見てとれた。

「まずいな……」

田村麻呂が聞きとれないくらい小声でつぶやいた。

見るまに輝くものは峰を下ってきた。藤太たちは立ちすくんで見守るしかなかった。荒い息をついていたリサトがついに悲鳴を上げる。つられて叫びそうになり、藤太はくちびるを噛《か》んだ。青白い輝きに包まれたそのものの姿が目に入ったのだ。人ではなかった。大型のけものだった。

(犬……犬神《いぬがみ》?)

それは光の尾をひきながら、見事な跳躍を見せて岩から岩へ飛び移った。白銀の毛皮をまとったオオカミだった。飢えた痩身、瞳はひときわ明るい炎、大きく裂けた口のわきに舌をはみださせている。蝦夷の輪が、山に近い側で崩れ、あわてふためいて両端に固まるのが見えた。

広場を見下ろす岩棚まで接近したオオカミは、岩の突端にしばし陣取り、夜空に吠えた。その声は岩壁《いわかべ》に反響して響きわたった。血に飢えた無慈悲さを告げる声。オオカミは人々の血を凍らせると、ただのひと跳びで広場へ降り立った。

一瞬身をすくませた藤太たちだったが、そのとき目を疑うことが起きた。けものは当然の贄《にえ》をめざさず、手当たり次第に蝦夷に襲いかかりはじめたのだ。今は、広場に居合わせた蝦夷たちも同じく恐怖の悲鳴を上げていた。輝くオオカミに飛びこまれ、クモの子を散らすように逃げ出す。けものは輝きながら、たわむれているかのように彼らを蹴散らした。その様子を、藤太たちはややぼうぜんと見つめた。

「どうしてか彼ら、当てがはずれたようだ」

田村麻呂が口を開いた。

「われわれの力ではないが、ツキには違いない。混乱のこの隙に逃げ出すぞ」

いうが早いか、彼は手かせを力まかせに柱の角にたたきつけた。板は簡単に割れ、田村麻呂は壊れたかせを無造作に投げ捨てた。藤太たちもならおうとしたが、だれにでもそのまねはできない。完全に壊せないうちに、業《ごう》を煮やして後を追った。田村麻呂は、早くも広場を横切って走り出していた。

「きみも早く」

藤太はリサトをせきたてた。リサトは驚いたような顔で彼を見た。

「当たり前だろう、いっしょに逃げるんだ。ここにいたら死ぬんだぞ」

「あなたたち、よく似ている」

リサトはつぶやいた。それからふいに、藤太の腕を取っていっしょに駆け出した。

わずかに出遅れた藤太とリサトは、先を行く仲間を見失うことになった。われ先に逃げる蝦夷の波が押し寄せ、藤太たちはいつのまにか彼らとともに走っていたのだ。だが、蝦夷たちは二人の姿も目にも入らない様子だった。後方から青白い炎が襲いかかっていた。

悲鳴を上げ、倒れる音を聞いて、藤太は思わずふり返った。逃げ遅れた一人がえじきになるさまが見えた。輝くかたまりは、地上を走っているとは思えぬ軽やかさで男の頭上を躍り越える。ただそれだけで、男は人形のように倒れた。間《ま》をおかずに次の悲鳴が上がる。けものにとって、だれかれの区別は少しもないようだった。血に酔う様子で新たな者が仕とめられていった。

両腕の自由がきかない藤太は、逃げるに不利だった。脇を走るリサトに、藤太はきれぎれな声でいった。

「先に行くんだ。つきあうな」

「だめよ」

短くきっぱりと答えるリサト。

「そんな場合じゃない……」

藤太には最後までいうことができなかった。次の標的は彼だった。青白い炎をまとうものは、かすめる刹那《せつな》に焼けるような感触をもたらした。ただ、とっさに手かせを盾にとったおかげで、首筋への一撃はまぬがれたらしかった。軽く打ち当たったものがあったかと思うと、手かせは木端《こっぱ》みじんに砕け散る。衝撃に藤太は足をすくわれ、リサトともつれあって転がった。もう、彼らのどちらも走って逃げることはかなわなかった。

彼らの目の前に、輝くけものは流れ星のように着地した。光をまとう青白い毛並と、尾の先まで力のみなぎる流線の体は、間近に見ると身ぶるいするほど恐ろしく、また美しかった。けものの目は、揺らめく炎をかすませるほどらんらんと金に燃えている。その中央に、釘でうがったような無慈悲な瞳孔が見えた。

リサトがのどの奥で悲鳴にならない声をたてた。

「逃げて、リサト。おれが相手をするあいだに」

藤太は彼女にささやいたが、相手になるかどうかは疑わしかった。今は完全に無防備だった。オオカミが跳躍する身がまえで体を沈めたとき、藤太は思わず目を閉じた。

だが、待ってもその牙は感じられなかった。目を開けると、けものはまだ体を沈めた姿勢を保っていた。藤太はいぶかしげに目をしばたたいた。輝くオオカミがふっさりした銀の尾を上げ、ゆっくりふったように思えたのだ。頭を低くかまえ、犬たちがはしゃぎだす前によくして見せる身ぶりだ。あっけにとられたが、やはりそうとしか考えられなかった。けものは藤太に襲いかかりはしなかった。

(阿高《あたか》……)

なぜか自分でもわからないまま、藤太の胸にその名が浮かび上がった。

青白く輝く霊獣《れいじゅう》のどこにも、阿高の面影などない。その目は、よく見直してもやはりけものの目であり、むごく恐ろしげに光っている。なぜ阿高の名を呼びかけたくなるのか、藤太にはわけがわからなかった。それなのに、心の奥底の声は、捜しに来た阿高に出会っていることを告げているのだ。

(このオオカミはおれを見分けている。おれを知っている。これは阿高……なのか)

勇気を出して手を伸ばせば、その硬い銀色の毛並にふれられそうだった。誘われるように手を出しかけて、藤太はためらった。ふれてみれば何かがわかるような気がする。だが、それもまたひどく恐ろしいことだった。

(ふれることができたら、どうだというんだ。阿高だと認めるというのか。阿高がこのけものだなどと、おれは信じることにするのか……)

藤太がまだ心を決められないうちだった。一本の矢が空《くう》を切り、藤太たちをかすめて土手に突き立った。藤太がはっとしたとき、輝くオオカミはひらりと飛びすさり、もう手にはとどかなくなった。矢の放たれた方角を急いでふり返ると、いつのまに飛び道具を手に入れたものやら、田村麻呂が弓と新たな矢をつがえて進み出てきた。

「少将《しょうしょう》殿」

「その場を動くなよ。勝手に動くと巻き添えをくうぞ」

田村麻呂はいいおき、再び弓を引きしぼった。思わず藤太は叫んでいた。

「待ってください。このけものをよく見てください。おれのことを襲いません。討つことはない」

「甘いな」

ためらわず田村麻呂は矢を放った。オオカミは身をかわし、矢はけものをそれて後方へ飛んだ。

「だまっていろよ。わたしの気を散らすのではない」

田村麻呂はさらに二度矢を射かけ、そのいずれもけものをそれて飛んだ。だが彼は動じず、最後に頭上高く射上げて満足気に弓を置いた。そのとき藤太は気づいた。田村麻呂はオオカミを的に射たのではなく、その周囲をねらったのだ。ついで足を踏みしめて立った田村麻呂は、両手を結び合わせ、腹の底からしぼり出す声で唱えた。

「オン・サンマヤ・サトバン。四方を結界し、不動明王の三昧《さんまい》に住《じゅう》し、毒龍悪鬼《どくりゅうあっき》を退治す」

（呪《じゅ》だ。この都人《みやこびと》が呪を使うなんて……）

藤太は息をのんだ。田村麻呂は、霊獣を相手どることに明らかに心得があるのだ。オオカミが青白いたてがみを逆立たせてうなりはじめる。そのけものに目をすえ、田村麻呂はさらに指を組み替えた。

「ナウマク・サンマンダ・バザラダン・センダマカロシャダ・ソハタヤ・ウン・タラタ・カンマン……」

唱えごとを続ける彼は、藤太とリサトの目には透明なかげろうに覆われたように見えた。空気に何かが含まれ、重くのしかかり、ほとんど呼吸ができないまでになる。

「オン・キリキリ」

気合いをこめて田村麻呂は腕をふり下ろした。それと、輝くオオカミが歯をむいて躍り上がったのとはほぼ同時だった。瞬間、空中で金物《かなもの》を激しくたたき合わせたような衝撃が走り、藤太たちは、たまらずに頭をかかえてうずくまった。

だが、気がつくとなんの音も耳にしてはいなかった。驚いて顔を上げると、田村麻呂だけが静かに立っていた。青白い炎を放つけものはどこにも見えない。蝦夷たちもとっくに消え失せており、石柱の広場は、取り残された数人の死者をのぞいてがらんとしていた。

「今の技は、いったいなんだったのです」

胸にたまった息を吐き出しながら、藤太はたずねた。

「なんの変哲もない、悪鬼《あっき》退散の法だ。たいして修行を積んだわけではない。だが、こうしたものは気合いが勝負だからな」

弓を拾い上げながら、田村麻呂はしかつめらしく答えた。

「あなたは近衛少将《このえのしょうしょう》なのだと思っていましたよ」

「昨今の宮の警護は、呪《じゅ》のひとつも扱えなくてはつとまらんのだ。都に住む者なら、このくらいは常識のうちだ」

そういってから、田村麻呂はまだ座りこんでいる藤太を見やった。

「何にまどわされていた、藤太。こんな呪で逃げ出すものが、どう考えてもろくでもないものであることくらい、わかるだろう」

「おれは……」

藤太は体の中に空洞ができたような気分を味わった。

「おれは、あれが阿高ではないかと思えたんです」

田村麻呂は驚きはしなかった。ただ表情を厳しくした。しばらく口をつぐんでから、彼はいった。

「おぬしたちは知らぬだろうが、あれに似たものが、今、都にひんぱんに出没する。生き物ではなく超常のものであり、見境なく出会った人々を殺すのだ。われわれはそれを『怨霊《おんりょう》』と呼んでいる。今回わたしに下された主上《しゅじょう》の密命もまた、怨霊を封じる方策を求めてのものだった。伝説にある明玉《あかるたま》の持ち主が、これを封じる力を持つと占《うら》に告げられたため、あてにはならない希望を托しての探索だったのだ」

藤太は彼を見つめた。

「それがあなたの、阿高を捜す目的だったのですか」

「阿高にまちがいない。そのことが、こんな形でわかるとはな」

苦笑するように田村麻呂はくちびるをゆがめた。

「怨霊を封じる力を持つものとは、すなわち怨霊に匹敵するもののことだ。どうやら、われわれは阿高を手に入れられなかったらしい。もうひと息のところだったのだが」

藤太ははじかれたように身を起こした。

「阿高が怨霊になったというのですか」

「わたしがいったのではない。おぬしがそういったのだ」

藤太を見て、田村麻呂は冷静に告げた。

「違う。おれはあいつが化けものになったなどといったんじゃない」

思わずつめよろうとする藤太の後ろで、細い声がした。衝撃からさめずにだまりこんでいたリサトが、そのとき口を開いたのだった。

「あれは、阿高よ……藤太」

ほとんど泣くようにリサトはうめいた。

「あなたを見分けたわ。あれは阿高よ。なんてひどいことに……」

「いわないでくれ、リサト」

藤太はたまらない気持ちでさえぎっていた。かすかに哀れんだ口調で、田村麻呂がいった。

「蝦夷たちは阿高を、自分たちの手にも負えないものに変えてしまったのだ。遅すぎたのだ。なんにせよ、今のわれわれには打つ手がない。ここから逃れて身の確保をするのが先決だな」

3

「おおい、藤太《とうた》。大丈夫か」

広梨《ひろなし》と茂里《しげさと》が駆けつけてきた。彼らだけでなく、武装した味方の兵士がいっしょだった。広梨たちも手かせをはずし、今はその手に弓矢を持って、すっかり意気をとりもどした様子でいる。援軍がふってわいたことに目を見はった藤太は、その中にニイモレの顔を見つけた。ニイモレは田村麻呂《たむらまろ》に走り寄り、きびきびと告げた。

「騒ぎでとりでの門はすっかり手薄でした。今なら、表の道を通って楽に山を下れるでしょう。人数分の馬を用意しましたので、アテルイたちの態勢が整わない先に、ここをお離れください」

田村麻呂は満足気な笑みを浮かべた。

「ぬかりがないな。長居は無用といっていたところだ」

(裏切り者に救われるのか……)

そう考えると少しくやしい気がした。ニイモレは、自分の安全を図ったのではなく、脱出してふもとの兵士に連絡を取り、救援を呼んできたのだ。それを田村麻呂が見越していたということも、いくらかくやしいものだった。

「追ってこないのでひやっとしたぞ。けがはないのか」

広梨にたずねられ、藤太はだまって首をふった。負傷と呼ぶほどのけがはない。だが、大きな傷にあえいでいるような気分だった。

広梨は藤太をやや眉をしかめてうかがったが、すぐに気ぜわしげにせきたてた。

「今はとにかく逃げようぜ。もう一度蝦夷《えみし》に取り巻かれるのはまっぴらだ」


一行はニイモレが確保した馬にまたがり、蝦夷の村を後にした。追手は現れず、待ち伏せの気配もなく、当面の戦闘は必要なさそうだった。そうとわかった彼らは警戒するのをやめ、少しでも早くふもとへ下ることに専念した。

月はさやかに行く手を照らし出し、馬を駆けさせても、心得のある者にはそれほど危険ではない。その容易なことといったら、裏手の険しい崖をよじ登った行きの遠さとくらべると、夢のようだった。あっというまに彼らはふもとを見、川筋に沿って南へと駆けていた。

藤太は後ろにリサトを乗せ、遅れずに馬を駆っていたが、心中は上の空だった。リサトがいることでかろうじて注意を保っているのであり、一人だったら落馬していたかもしれない。目の前から青白いけものの姿を消すことができず、前方もほとんど見えていなかった。

（どうすればいいんだ、親父さま。あれが阿高《あたか》だというなら、おれを見たあのけものの目が阿高の目だというなら、おれに何ができるというんだ……）

藤太の心は途方に暮れたままだった。ただ、もうとりもどせないのだと思うと、体中が悲鳴を上げてきしんだ。藤太のかたわらにいた、明るい瞳としなやかな体をした少年は、もうどこにもいないのだ。これからは、藤太も一人に慣れなくてはいけないのだ。

（本当にそうなのか、阿高……）

もの心ついて以来、阿高はいつもそばにいた。二人は、なんでも分かち合わなければ気がすまなかった。けんかも数かぞえきれずしたが、意地のはり方も似ていたというだけのことだ。もしも阿高に負い目があるのなら、藤太もそれを負いたかった。一人で行ってしまってほしくはなかった。

明るい月は、川の流れに銀の破片をちりばめていた。暗い木立を抜けるたび、川面《かわも》に映る月光のきらめきが藤太の目を射る。夜の闇に輝くそのほの白さは、何かをしきりに訴えているようだった……輝くけものの銀の尾のように何かを。ひときわ輝く月の色を目にしたとき、藤太はとうとうたまらなくなって馬のたづなを引いた。

（違う。あいつはおれを見分けたんだ……）

藤太が急に馬を止めてしまったので、ほかの者は行きすぎてからしぶしぶひき返してきた。田村麻呂は、はやる馬をあやしながら機嫌の悪い声を出した。

「どうしたというのだ。伊治《いじ》に着くまでは馬を止めるな。アテルイが統制を取り直すのに、そう時間をかけるとは思えんぞ。じきに追手がつくと思え」

「……おれにできることがあるはずだ」

藤太は小声でつぶやいてから顔を上げ、人々に向かって宣言した。

「おれは残ります。阿高をおいてはもどれない。みんなは先に行ってください」

「死にたいのか」

冷ややかに田村麻呂はいった。

「今さら、どうにもならないことがわからないのか。あのけものをどうこうすることは、今のわれわれには無理だ。もちろんわたしも残念ではある。主命《しゅめい》をはたせなかったのだから。だが、あれほど手ごわい物の怪《もののけ》に、たづなをつけることができるとは思えないのだ」

「たづなをつけようなんて思わない。ただ会いたいんです。阿高に」

「阿高という者はもういないのだ。いるのは蝦夷の育てた怨霊《おんりょう》だ」

「そんなはずはない」

どなるように藤太は否定したが、すぐに肩を落としてうつむいた。

「たとえそうであっても、おれの気持ちがすまないんです。だから、おれにかまわず行ってください」

「藤太、どういうことなんだ」

おびえたような声で広梨がたずねた。藤太は彼の顔を見ずに首をふった。

「たのむから、おまえたちも先に行ってくれ。おれがばかなだけなんだ。これ以上つきあおうなどと思うなよ。おまえたちの気持ちは充分受け取ったよ」

広梨と茂里はどういっていいかわからない様子で口をつぐんだ。藤太はさらに、後ろのリサトに声をかけた。

「そういうわけだから、悪いけれど馬を降りてくれないか。あいつらのどちらかに乗せてもらうといい」

リサトは意外なことに、きっぱりした声で答えた。

「いいえ、降りないわ。わたしはこのまま行きます。あなたといっしょに」

「リサト、保証はないんだ」

「わかっています。死ぬことは怖くはないの。もうすでに一度、阿高のために決心しているのですもの」

田村麻呂はだまって聞いていたが、やがて肩をすくめた。

「そこまでいうなら、二人とも好きにするがいい。だが、われわれはみすみすえじきになるわけにはいかないのだ。伊治《いじ》まで全力で駆け抜けるぞ。利口なやつは続け」

馬を返す田村麻呂に続きながら、ニイモレが去りぎわにいい捨てるのが聞こえた。

「おまえもいいかげんおろかな女だ。母親そっくりだ」

「かあさんは、あなたほどおろかだったことはないわ、叔父君」

負けずにリサトはいい返し、ニイモレは、投げつけられたその言葉を背にしながら遠ざかっていった。やがて、藤太も馬の鼻先を返した。去っていく仲間たちを、長いあいだ見送りたくはなかったのだ。馬を河原に歩ませる藤太に、リサトはそっとささやいた。

「あなたには勇気があるわ。恐れに打ち勝つその心があれば、阿高はきっとまたあなたのもとに現れる。そんな気がするの」

「怖いよ、おれは。もしかするとリサトより怖がっている」

正直に藤太は答えた。

「だけど、おれは親父から阿高の勾玉《まがたま》をあずかってきているんだ。これをあいつにとどけずに、おめおめと帰るわけにはいかない」

「阿高の勾玉ですって」

リサトは急に熱心に聞き返した。

「それは色の消えた勾玉のことかしら。チキサニの持っていた勾玉？」

「よく知らないけれど、阿高が赤ん坊のときに身につけていたものだよ」

リサトはうなずき、うれしそうな声でいった。

「ああ、それがそうよ。母から何度も聞かされていたの。チキサニが亡くなったとき、勾玉は光が失せたの。でもその前にチキサニは、生まれた子どもにみずから玉を結びつけたのよ」

「これは竹芝《たけしば》の勾玉だよ。竹芝に連なる者の証だ」

藤太はつぶやいた。それから、思い直してリサトをふり返った。

「チキサニの話、もう少しいろいろ聞かせてくれないか」

「これこれ、あまり仲よくしていると、後で千種《ちぐさ》にいいつけるぞ」

後ろを向いたまま、藤太は息が止まってしまった。藤太の馬の後ろに、広梨と茂里が何くわぬ顔で馬をつけていた。

「おまえら……」

「もう少し先に、待機していた兵士たちが使った野営場所があるってさ。ねじろにしたければするんだな」

「と、少将《しょうしょう》殿がいっていたぞ」

たじろぐ藤太の両脇に来て、二人は陽気にいった。

「ばかだ。こんなことをして……」

「いいっこなしだ。お互いさまだからな」

「二人ともわかっていないんだ。阿高は……変わりはてていたんだ」

つらさをこらえて藤太は言葉をしぼり出した。

「もう、もどらないのかもしれない。少将殿のいうことのほうが正しいかもしれないんだ」

「おまえが思うことのほうがたしかだよ。少なくとも阿高に関してはね。少将殿は、あいつを知っているわけじゃないからな」

茂里がおだやかにいった。

「おれたちもあいつを知っている。だから、ほかの人間には不可能でも、藤太ならあいつをとりもどすと思うのさ。もしそうなったら、おれたちがいたほうが便利だろう」

ふいに涙ぐみそうになって、藤太は下を向いた。彼らの信頼が心に熱かった。総勢四人になった彼らはつれだって馬を進め、やがて、河原に垣と雨よけをこしらえた野営地を見つけて、そこで残り少ない夜を明かした。

空高くヒバリがさえずっていた。その軽やかで陽気な歌声を夢うつつに聞いていた藤太は、びっくりして飛び起きた。いつのまにか日が高く昇っていた。

「やっと目をさましたのね。意外とお寝坊ね」

リサトが、からかうように囲いの外からのぞきこんだ。明るい陽射しの下では、彼女の声にもはずみがある。まわりを見回すと、柴垣の中にいるのは、もう藤太一人だった。

「あとの二人は？」

「大丈夫、アテルイたちの追撃はないようよ。川辺に出て水浴びをしているわ。あなたも行ったら？」

気がつけば、藤太の体は汚れきってずいぶんみじめな様子をしていた。衣もあちこちが破れ、負ったおぼえもない傷が無数にある。目にしてはじめて、痛いかもしれないと思った。

「兵士たちの荷がここにはまだ少しあるの。替えの衣もあったわ。布も干した薬草もある。だから洗っていらっしゃい。後で手当をしてあげるわ」

リサトにすすめられ、藤太もその気になった。それから衣を脱ぐことを思って、ふところに入っている小箱を取り出した。

「これがゆうべ話した勾玉《まがたま》だよ。今だけ持っていてくれないか」

「わたし、見てもいいかしら」

藤太は箱を開いてみせた。しばらくだまって見つめてから、リサトはいった。

「きれいだけど、やはり輝かないのね。チキサニの持っていた勾玉は、朝焼けの空のように輝いたという話だったわ」

「赤い色だったって？」

藤太がたずねると、彼女は少し怒ったように首をふった。

「そんなのじゃないわ。もっと美しい色よ」

リサトのこだわりは藤太にはよくわからなかった。ただ、彼女のチキサニへの憧憬《どうけい》は感じられた。チキサニというのがあのましろのことなら、その気持ちも少しはわかると思う藤太だった。

陽射しはきらめき、川べりの土手にスギナやカラス豆が柔らかに萌えていた。暦を数えれば武蔵《むさし》では初夏といってよいころあいだが、ここでは桜草の花がまだ開いている。川の水もかなり冷たかったが、あまりに澄んだうららかな日のため、たいして気にならなかった。藤太は下帯ひとつになって水浴びの仲間入りをした。

ふざけて跳ね散らす水しぶきが、まるで水晶のようだった。お互いの体の生傷が戦禍を忘れさせはしなかったが、それでも彼らは楽しんだ。流れのゆるい澱《よど》みには魚がおり、つい見逃せなくて追ってしまう。藤太はまぶしさのなか、阿高が水を飛ばして笑っている姿をありありと見たと思った。陽光の下に、阿高がそうしていてなんの不思議もないことを、今は前にもまして切《せつ》に感じた。

（怨霊とか、女神とか、阿高はそんなおかしなものじゃない。おれたちの一人で、おれたちの中にいるんだ……）

囲いへもどると、リサトがその場のものでかいがいしく雑炊を煮ていた。藤太たちがひそかに舌を巻くほど、この蝦夷の女性は働き者で骨惜しみをしなかった。熱い雑炊をたらふく食べ、傷にきちんと布を巻いてもらうと、ここ数日の苦難は夢のようだった。

「この調子なら何日でもねばれるね。蝦夷たちも、もうおれたちを捜すのは無益だと思っているよ」

楽天的に広梨がいいだすほど、この日は久々に、だれもがくつろぐ思いをしたのだった。

日は再び暮れた。いくらか雲のかかった夜になり、月はおぼろにかすんでいた。淡くにじんだ光が枯れ葦《あし》の原をやさしく見下ろしている。藤太が月を見上げていると、リサトが近寄ってきた。

「これをあげるわ。もう一度勾玉を出してみて」

リサトが手にしているのは、赤い糸をより合わせて作った細い組みひもだった。彼女が先ほどから器用な手つきでそれを編んでいたのを、藤太も知っていたが、なんのためかは知らなかった。

「勾玉は、こうしてひもに通して持つものなの。こうしたほうがなくさないし、お守りにもなるわ」

玉の穴にひもを通すと、リサトは両端を結んで、藤太の首にかけてやった。

「チキサニもこうして胸に下げていたというわ。小箱を落としてしまったらおしまいよ」

「そうだな」

藤太は認めた。あれこれの騒動の最中に、なくさなかったほうが不思議なくらいだった。

リサトは勾玉を見つめていたが、ふいにいった。

「阿高はきっと来るわ。みんなの気持ちが強ければ、彼はきっとここに現れる。でも、阿高がもとの阿高にもどれるかどうかは、あの子次第なのよ」

「おれは信じている。阿高はもどってくる」

藤太はいった。

「もしもあのオオカミがオオカミのままだったら、それでも藤太は、阿高に思いをかけていられるかしら。つれて帰りたいと思うかしら」

「思うよ」

藤太はためらわずに答えた。

「それが阿高なら、おれはもう迷ったりはしない」

広梨がひょいと顔をのぞかせた。

「なんの話をしているんだ」

リサトはふりむき、あたたかく笑った。

「そうだわ、あなたも話してちょうだい。阿高のことを」

茂里もそこに加わった。リサトは質問が上手だった。生き生きと藤太たちから話をひきだした。しかし、彼女があまりにたずね続けるので、藤太は少々面くらってきてたずねた。

「リサト、何かあるのかい」

リサトは目を輝かせて藤太を見た。

「これは、魂寄《たまよせ》よ。心からその人を思い、思いをこめてその人のことを語れば、影は必ず現れるの」

藤太たちは顔を見合わせた。たしかに自分たちもよくいっている、『うわさをすれば影』と。それは、まじないでもなんでもないはずだった。しかし、リサトは真剣な面持ちでいった。

「語ることは、呼ぶことよ。その人の現身《うつせみ》を誘うのよ。みんなが寄せる思いは一人の思いより大きいわ。だから……ほら、現れる」

藤太たちは半信半疑でリサトがゆびさすその先を見やった。河原の暗がりには、事実青白い炎の色があった。みんなは息をのんだ。

輝くけものが、その軽やかな足どりで歩いていた。炎を上げる銀の毛並、流れる体のオオカミだ。夜の中に青白く点《とも》ったその姿は、前に変わらず見る者を戦慄させた。だが、今夜のけものには荒れ狂う様子がなかった。むしろ人の気配をうとんじるように遠くをめぐり、なかなか藤太たちの野営地に近寄ろうとしなかった。

「行っちまうぜ」

「いや、立ち止まっているようだ……」

若者たちは身を固くしてけものの様子を見つめていた。だが、ついに業《ごう》を煮やした藤太が囲いを出た。

「来ないなら、こちらから出向くまでだ。みんなは待っていてくれ」

「おい、無茶じゃないのか」

何も手にしていない藤太を、あとの者はおぼつかない目で見た。だが、藤太は決意の色を顔に浮かべていた。

「おれでだめなら、だれが行ってもだめなんだ」

　確信があるわけではない。だが、もう逃げないと誓ったのだ。藤太はけものを見つめ、まっすぐに歩き出した。けものは河原に立ち止まり、近づく藤太に見入っていた。だが、あと十歩ほどに迫ったとき、さっと耳を伏せうなりだした。声にならない低いそのふるえが、宙を伝って藤太の体にも感じられた。立ち止まらないわけにはいかなかった。

（おちつけ……）

　つばを飲み、藤太は念じた。これはただのけものだ、阿高ではないという気持ちが、恐怖とともにわきあがってきそうだったのだ。金の斑点のようなオオカミの瞳が藤太を刺し貫く。阿高とは似ても似つかない、憐憫《れんびん》のかけらもないまなざしだった。だが、藤太はしいて思い直した。自分はまだ噛み殺されていない。けものの跳躍ならば、一瞬でことたりるはずなのに。

　口を開こうとして、必死に歯を食いしばっていることに気づいた。声を出すには努力が必要だった。藤太は目をつぶり、なんとか息を吐き出した。

「捜しに来たんだ……いっしょに帰ろう」

ささやいたそのひとことで、体がふっと楽になるのがわかった。阿高が去った夜から、つのらせてきた思いにまかせ、藤太は語った。

「阿高。それがおまえのためになのかどうか、正直にいえばわからないよ。だけどおれは、追ってこないではいられなかった。おまえにいてほしいんだ。おれたち武蔵《むさし》の仲間の中に、竹芝《たけしば》のおれたちの家にいてほしい。たとえおまえがおれのことを見限っても、ほかのどんなものになっても、おれは願うのをやめないだろう。今までおれが気づかなかったのは、おれたちはけっして双子じゃないということだ。生まれついてひとつのように、当然の顔をしてそばにいてはならなかったんだ。だから、今からたのむよ。おまえの思いをおれに分けてくれ」

いいながら藤太は首にかけた勾玉をはずし、手に握った。

「これは親父さまからあずかってきた、おまえの勾玉だ。親父さまは今もおまえを待っている。親父だけでなく、家の全員が待ちわびている。おまえを思うたくさんの人々を、どうか忘れてしまわないでくれ」

月のような勾玉を、藤太は輝くけものの面前にさしだした。

「いっしょに武蔵へ帰ろう。阿高、おまえなんだろう?」

勾玉はけものの青白い炎を受けて、さらしたように白く見えた。けものがじっとそれを見つめるのが、藤太にもわかった。ふいにたまらなくなり、藤太は何もかも忘れて歩み寄った。そして、銀色に輝くオオカミの頭に手をかけた。

ふれたと思ったとたん、白い強烈な光が目を焼いた。あまりの鋭さに痛みさえ感じ、藤太は腕で顔を覆った。それでも視野に斑紋がちらつき、すぐには何も見ることができない。藤太の目がようやく回復したとき、輝くけものは音もなく消え去っていた。伸ばした藤太の手の先には、暗がりしかなかった。深い喪失感にうめきそうになったとき、藤太は数歩先にひっそり立つ影に気づいた。藤太と同じ背丈の黒い影……阿高だった。

4

光り輝くけものを見つめていた藤太《とうた》の目には、人影は暗く沈んで映った。だがその輪郭は見まちがえようもなかった。おぼろげな月明かりに見る阿高《あたか》は、何ひとつ身にまとっていない。髪を結んでさえいない。ずいぶん痩せてしまっており、肩やあごが尖って見える。だが、それは阿高だった。ほかの何者でもなかった。

「藤太……」

阿高はかすれたのどで、口にのぼらせる自信がないかのようにそっと呼んだ。

「藤太」

そして二度目の呼びかけは、安堵してのものだった。ふいに気のゆるんだ阿高は激しくすすり泣き、藤太は両手を伸ばして相棒を抱きしめた。体熱を持つ阿高の体が腕の中にあり、もうふれても消えはしない。夢でなくとりもどしたのだということを、藤太は驚嘆とともにたしかめた。

願いのすべてが実現するものでないことくらい、藤太も承知していた。身を焦がすほどに望んでも、失ってしまったものもあった。死んでしまった子馬……現れなかった人……はずれた矢。それなのに阿高は帰ってきた。計り知れない遠くの場所から、藤太の願いに応えて帰ってきたのだ。

「泣くなよ。泣かなくていいんだ」

藤太はささやいた。

「自分だって、泣いているくせに」

阿高はくぐもった声でいい返した。藤太は、あわてて顔をぬぐった。そんなとき、足首に生あたたかい何かの感触があり、藤太はぎょっとして飛びのいた。それから足もとをよく見直すと、草のあいだに、乳《ち》ばなれまもないような子犬がいた。しきりに藤太の足を嗅いでいる。

「こいつ、どこからわいて出たんだ」

「おれがつれてきた」

阿高は思いつめたような顔でいった。

「ひとつになって、分けられなくなっていたんだ」

藤太は阿高をまじまじと見た。

「まさかとは思うが、あの光るけもの、あの大きなオオカミが、このちび犬だったとおまえはいっているのか」

「ちびクロだよ」

阿高はうなずいた。

「こいつの中に、おれがいた。チキサニから逃げて飛びこんだのがこいつの中だった。ちびクロといっしょに自分を見失って……もどれなくて、けものでいるしかなかった。もどる方法もわからなかった。けものと同じにしか見聞きすることができなかったんだ」

彼はふるえはじめていた。小刻みなふるえが、ふれている藤太にも伝わってきた。これ以上たずねるのはやめにして、藤太は阿高の首に勾玉《まがたま》をかけてやった。

「寒いだろう、くわしい話は後だ。急いでみんなのところへもどろう。火もあるし、着るものもある」

阿高は勾玉に指でふれ、つぶやくようにいった。

「この勾玉を知っているよ。藤太、これは輝くんだ……」

「ああ。リサトが同じことをいっていたよ。親父さまも、ご先祖のころには輝いていたといっていた」

うながして歩き出しながら藤太が答えると、阿高は勾玉を持ち上げ、藤太にかかげて見せた。

「こんなふうに……」

そして藤太も見たのだった。薄赤い花びらのような勾玉の色。みるみるそれは内側から光を放ちはじめた。

並んでもどってきた二連《にれん》を、あとの者はほっとして囲いへ招き入れた。青白いオオカミが消え去るところを彼らも目にしていたが、藤太のかたわらにいる阿高が、あまりに阿高でしかないので、疑いなどは抱きようがなかった。広梨《ひろなし》などは思わず阿高にたずねていた。

「おまえ、裸なんぞで外へ出て、どこに行っていたんだ?」

リサトだけは光を宿した勾玉に気づき、畏怖の表情を浮かべた。だが、それも阿高がふるえていることに気づくまでの話だった。世話好きのリサトはたちまちほかのことを忘れ、あるだけの衣類を阿高に着せかけると、湯をわかして煎じ薬の準備をはじめた。

「こいつに何かやってくれないか」

広梨に子犬をさしだして、阿高は少し恥ずかしそうにたのんだ。再会してまっ先にいうのがそれというのも、また阿高らしいと若者たちは考えた。仲間に知られた阿高の悪い癖といえば、動物の子をむやみに拾ってくることだったのだ。

「犬だけじゃなく、おまえも腹がへっているだろう」

茂里《しげさと》は阿高を見てたずねた。阿高は衣《ころも》を着こむとうずくまったきりで、自分の食べ物はたのまなかったのだ。首を横にふり、阿高は小声でいった。

「今はいい。まだ……今までの感じが抜けないんだ」

座りこんだ彼の様子は、遭難から救助された人に似て見えた。阿高はたしかに、一種の遭難をしていたといえるのかもしれなかった。火明《ほあ》かりに照らされたその顔は、心にも体にも負担の大きかったことを示して、疲労の影が濃く刻まれている。

口をきくのもつらそうな様子に、みんなは阿高をうるさく質問ぜめにしないように気をつけた。リサトが熱い薬湯《やくとう》を飲ませると、阿高の表情はかなり和らいだのだが、少し話し出したかと思うと藤太に寄りかかり、そのまま寝入ってしまった。

「どうする。阿高はすぐに動ける状態じゃないぞ」

藤太が阿高を横にならせるのを見ながら、茂里がいった。阿高のやつれた寝顔を見ると、今すぐとやかくいうのがためらわれた。

「追手が来ないことに賭けて、もうひと晩ここですごすか」

藤太は爪を嚙んで思案していたが、やがてきっぱり首をふった。

「いや、だめだ。阿高がもどった以上、今は一刻も早く安全な場所へ行かなくては」

リサトがうなずいた。

「本当にそうだわ。でも、せめて阿高をもう少しのあいだ寝かせてあげて。ほんのいっときでも、体のためにはいいはずよ」

阿高を起こさないよう、彼らは静かにすばやく出発の準備を整えた。馬に鞍《くら》を置き、荷をまとめ、弓に弦《つる》を張る。だが、その時は、彼らが阿高を揺り起こすよりも早くやってきた。

夜空に弧を描き、何か明るいものが囲いに飛来した。はっとして藤太たちが顔を向けると、火矢が柴垣に突き立っていた。くすぶりだした小柴にあわて、消し止めに行った藤太は、河原に集結する騎馬の群れを見た。抑揚のない声で藤太は仲間に告げた。

「少々遅かった。見つけられたらしい。アテルイたちだ」

月光のもと、蝦夷《えみし》の数はざっと四十はいた。彼らは新たな火矢を次々と放ってきた。藤太たちも垣根を隔てて応戦したが、飛んでくる火矢のすべては防げない。葦《あし》で覆った片屋根や、柴垣のあちこちが赤い火を吹きはじめ、いがらっぽい煙がもうもうと立ちこめた。

「いぶし出されて出てこい。倭《やまと》のネズミども」

蝦夷たちは口々に叫んだ。いわれなくとも、長くは保《も》たないのはたしかだった。火の粉が降りそそぎ、もろい片屋根が今にも崩れ落ちそうなのがわかる。ここにいて火あぶりになるか、飛び出して蝦夷に射殺《いころ》されるか、二つにひとつだった。だったら、的にされるよりは焼け死ぬまで中にいて、一矢でも多くむくいたほうがましだと藤太は思った。

煙に激しく咳きこみながら、それでも藤太が次の矢をつがえたときだった。後ろから肩を押さえる者がいた。ふり返ると、目をさました阿高が立っていた。体に大きすぎる衣を着こみ、たのもしげとはいいがたかったが、さっきとはうってかわり、声も目も鋭くなっていた。

「おれが出るから、藤太たちはその隙に逃げてくれ」

「ばかいうな。強がりはいえる状態になってからいえよ」

「そのひまがどこにある」

「おまえが出ていって、なんになるわけでもないだろう」

いい返してから、藤太ははっと気がついた。

「まさか、おまえ……もう一度あのけものになる気じゃないだろうな」

阿高は答えずに藤太を見た。藤太は声を荒《あら》らげた。

「だめだ、もう絶対にならせない。何があってもだ」

阿高は抑えつけた声音《こわね》でいった。

「このままでは皆殺しにされるよ。たとえ会えなくなっても、死に別れるよりはずっとましだ。藤太たちがここで死ぬくらいなら、おれは武蔵《むさし》に帰れなくてもいい」

「何をいっている。おまえは武蔵へ帰るんだ。もう決めたはずだ」

藤太の剣幕に、阿高のまなざしがかすかに揺らいだ。だが、彼は静かに続けた。

「みんなで迎えに来てくれたことが、どれほどありがたかったか、とても口ではいいきれないよ。今は、そのことにむくいさせてくれ。たのむから、おれにできることをさせてくれ」

藤太は阿高を見つめた。阿高の下げた勾玉は今も輝いており、うずまく濃い煙の中でそこだけぼんやり光っている。阿高のどこかはいまだに藤太から隔てられているようで、藤太は切なかった。

「蝦夷のもとにもどるつもりか」

「もどらないよ。今もこれからも、おれは竹芝《たけしば》の者だ。藤太がそれをわからせてくれた。けれども、この決着はおれが自分でつけなくちゃならない。藤太や広《ひろ》や茂《しげ》が命を落とすことなどないんだ」

「わかったよ。みんなを逃がそう」

藤太はついにいった。

「ただし、おれはおまえについていくぞ。おまえがもどったら、これからは離れないと誓ったんだからな。おまえにできることをしろよ。おれは二度とおまえをひとりぼっちにしない。それが、おれにできることだ」

阿高はだまって藤太の肩に身を寄せた。しばらくそうしてからつぶやいた。

「ものを考えることができないけものになっても、藤太の匂いは覚えていた。すまない、藤太……そばにいてくれ」


燃える囲いのうちから人影が二つ走り出るのを見て、アテルイは口の端を曲げた。

「出てきたか。小物だな」

哀れみをこめてせせら笑おうとした彼だったが、その笑みは次の瞬間に凍りついた。相手が大声で告げたのだ。蝦夷の言葉だった。

「手を引け、アテルイ。さもないともう一度けものが蝦夷を襲うぞ」

炎の前に立ちふさがり、ひるむ様子もなくいった若者は阿高に違いなかった。もう一人、体つきのよく似た若者がそばにおり、アテルイは目を細めて二人の姿を見極めようとした。

「これは驚いた。おぬし、どうやって人にもどることができた。アベウチフチでさえ手に負えなかったものを」

「あんたたちにも、おれにも、もどすことはできなかったさ。だけど、ここにいる藤太がとりもどしてくれた。もう一度いう、手を引け。仲間のためなら、おれはまたけものになってやるぞ」

馬上のアテルイは、部下にかまえた弓矢を下ろさせた。それから、腕組みをして二人の若者を交互に見た。

「似ているな。そういうことか。チキサニ女神の力は、その倭《やまと》の血のせいで薄まったのだ」

「そうだ。おれはチキサニじゃない」

阿高はいい返した。

「はじめからそういっている。おれにチキサニを見るのはこれ限りにしてくれ。蝦夷の力にはなれない。たとえ、チキサニが倭を滅ぼすことを願っていたとしてもだ」

アテルイはすでにたじろいではいなかった。力のある声で蝦夷の将はいった。

「おまえはまだ多くのことを知らないのだ。けものになりかわり、心を喪失したのは、おまえが逃げ、少しも力の使い道を知らなかったせいだ。われわれが呼び出そうとしたものは、敵味方の見境もつかないけものではない。チキサニが蝦夷のために、蝦夷の守りのために呼んだものだ。もう一度けものになるとおまえはいうが、いったいおまえはその力を理解しているのか」

阿高は思わずだまった。アテルイは続けた。

「今こそわがもとへ来るのだ。力の制御を教えてやれる。おまえは、そのままではいられないはずだ。けものの自分をひきだしたおまえに、もとのままでなどいられるはずがない。おまえは不安なはずだ。自分が何をしでかすか確信を持てないはずだ。その力は、要請された真の形に、真の悪路王《あくろおう》に育てるしかないのだ。倭の帝《みかど》と戦うためにこそ、その霊妙な力は存在する。それをなくせば、血だらけのけものにおのれを見失って、それきりだと思え」

藤太は思わず阿高を見やった。蝦夷語は聞き取れないものの、アテルイの言葉に阿高が動揺したのがわかった。さっきふれた阿高の体が熱っぽかったことにも気づいている。本来なら、蝦夷の長《おさ》に立ち向かえるような体調ではないのだ。

アテルイはさらに居丈高《いたけだか》にいった。

「おまえがおとなしくもどるなら、そこにいる若者は見逃してやってもよいぞ。その者は禁じられた場所に立ち入り、けっして生きては帰せないところだが、おまえの血縁に免じて許してやる。あくまでおまえ次第だ」

阿高は苦しげな様子でちらと藤太を見た。藤太はささやいた。

「弱気になるな。何をいわれようと、おれから離れようなどと思うんじゃない。約束だろう」

阿高は口の中でつぶやいた。

「藤太。いくらなんでも、いっしょに死んでくれとはいえないよ」

「試しにいってみろよ」

「ばかいえ。藤太には待っている人がいる」

泣き出しそうな声で阿高がいった、そのときだった。彼方から川風とともに、たくさんの馬のひづめがとどろいてきた。川下から岸の土手伝いに、馬を駆ったかなりの集団が近づいてくるのだ。

阿高も藤太も、そして蝦夷たちも話をやめてふり返った。新たな展開に、アテルイたちが緊張してたづなを引きしめたとき、現れた騎馬隊の先頭を走り、まだ遠くのほうから大声で呼ばわる者があった。

「そこまでだ、アテルイ。正義にかけて成敗してくれる」

それは、自信満々な坂上田村麻呂《さかのうえのたむらまろ》の声だった。

お互いの姿が認められるくらい接近すると、アテルイも先頭の馬の主《ぬし》に気がついた。

「おまえは。尻尾を巻いて、倭の柵《さく》へ逃げ帰ったはずではなかったのか」

「一昼夜あれば、とって返すこともできる」

鎧《よろい》かぶとの武装をこらした田村麻呂は、自慢そうにいった。

「伊治城《いじじょう》には早くから兵を待たせていたのだ。これっぽっちの数ではまだ不本意だが、約束どおり、今度は将としてお相手いたす」

太い声で笑うと、アテルイは愉快なことのようにいった。

「いいだろう。その腕、どれほどのものか見せてみろ」

田村麻呂が率いる兵士は六、七十騎いると見え、戦力的には蝦夷に分《ぶ》が悪い。だが、アテルイも簡単に引き下がるつもりはないようだった。月光の河原に、敵味方入り乱れての戦いがはじまった。

藤太はなりゆきに、少しばかりぼうぜんとした。田村麻呂は彼らを見捨てたとばかり思っていたのだ。わざわざ救いに来ることがあるとは、予想もしていなかった。しかし、軍を率いる彼のうれしそうな様子からすると、ただ単に、アテルイに対して見栄を切りに来ただけかもしれない。

われに返ると、藤太は阿高の腕を取った。このあいだに逃げなくてはならない。

「阿高、こっちだ」

阿高はよろめきながら藤太に従った。藤太は馬を見つけ、燃えさかる炎に怯《おび》えて狂ったようになっているそれを、けんめいになだめすかした。阿高を乗せて、自分もその後ろに飛び乗る。そして、たづなを繰《く》ってなんとか危地を脱したのだった。

5

馬を川岸に沿って飛ばし、少し行ったところで、藤太《とうた》たちは先に避難した茂里《しげさと》、広《ひろ》梨《なし》、リサトを無事に見つけることができた。煤《すす》けた顔をしているものの、だれもが元気で、ちびクロでさえ意気ようようと荷袋から頭を出していた。彼らは後を追ってきた藤太たちにほっと安心し、喜びを分かち合うと、相伴《あいとも》なってさらに南をめざした。伊治城《いじじょう》の領域まであと少しというとき、ようやく夜は白々《しらじら》と明けてきた。

「ここまで来れば、蝦夷《えみし》に捕まる心配もないだろう。このへんで休みをとりながら、少将《しょうしょう》殿の部隊の様子を見よう」

藤太が提案し、みんなは馬を止めた。田村麻呂《たむらまろ》たちがやられることはないと考えていたが、戦いには思わぬこともある。従者である手前、先に安全地帯に逃げこんでぬくぬくとしてはいけないように思えた。ただひとつ、気がかりなのは阿高《あたか》の具合だった。

「大丈夫か。いっしょに待てるか？」

藤太は後ろの阿高にたずねた。阿高はアテルイとの対決からこちら、ほとんど口をきいていなかった。発熱しているのはたしかであり、目がうるんでぼんやりした顔をしている。藤太が心配気に見ているのに気づき、阿高はわれに返って口を開いた。

「平気だよ。でも、できるなら横になりたい」

「寝ていていいよ。腰を下ろせる場所を捜そう」

霞《かすみ》が明るくなるにつれ、いかめしい樹影がはっきりしてきた。そのあたりは広くアカマツ林となっていた。落ちた松葉の厚く積もった地面は赤く柔らかい。藤太たちは馬をつなぐと、松林の様子を見回った。明け方はまだかなり冷え、阿高のためには火を焚いたほうがよさそうだった。

馬の見張りに残され、林に分け入る藤太たちを見送った阿高は、彼らが行ったとたん、力なく木の根もとにうずくまっていた。体が泥のように重い。消耗しきっているのがわかった。一度極限を見てきたからには、いきなり倒れることは今度こそ避けたい。

それでも今は、藤太たちがそばにいるということが大きく違っていた。阿高の気力を支えているのは、仲間がそこにいることをもっと実感し、声を聞いていたいという切実な思いだった。彼らの活気にあふれる声だけが、黒い悪夢のような体験を吹きはらい、すがりつけるもののような気がした。

ようやく顔を上げた阿高が、さだまらない視線で林の向こうを見つめていたときだった。晴れきらぬ霞《かすみ》のたなびく中に、一人の男が音もなく立つのを見た。阿高はさして驚かず、近づく人影に見入った。男が倭《やまと》の兵士の服装をしていたためだ。だが、ふいに息をのんだ。男の顔を見知っていた。忘れることなどできない顔。近づいてくるのはニイモレだった。跳ねのきかけて、阿高はすばやく動けないことを思い知った。ニイモレの手には蝦夷の短弓が握られている。二十歩ほど離れた木立まで来ると、ニイモレは弓をかまえた。

　矢のねらいはほとんどたがわず、阿高の頭をかすめて松の木に突き立った。阿高は再び地面に腰を落としていた。短弓は威力に劣るが、恐ろしくねらいのよいものなのだ。二度とは立ち上がれず、阿高は息を殺して相手を見つめた。

「おまえはこの手で殺す」

　ニイモレは低い声でささやいた。二本目の矢はすでにつがえてあった。

「なぜ、そこまでおれを憎むんだ……」

　つぶやくように阿高はたずねた。

　ニイモレは食いしばった歯のあいだから、意外な答えを返した。

「教えてやろうか。それはわたしにとって、チキサニほど愛しいものはなかったせいだ。昔も、そして、今も」

　話しながらもニイモレの腕は弓をしぼっていた。

「わたしは倭に寝返った。わたしなりに一族の将来を考えた結果であって、後悔はしていない。だが、倭に身を売った女神を見るのは、なんとしてももしのびがたい。おまえを殺せば訣別できる。古き蝦夷のよきものすべてから。失った思い出のすべてから。チキサニだけは、この手で葬らなければならないのだ」

（こいつにとって、おれは最後までチキサニなのか……）

チキサニとして死にたくはなかった。自分が自分で負ったことにおいて死にたかった。だが、ニイモレの矢から逃れるすべはほとんどなかった。ねらいすます矢を凍りついて見つめる阿高の前で、無情に弓弦《ゆづる》が鳴った。

体を突き刺す矢の音を聞いた。だが、それは自分の体ではなかった。お下げ髪が空《くう》を舞うのを見た阿高は、声も出せなかった。阿高をかばったリサトは背中に矢を受け、きりきり舞いをしてから、阿高にかぶさって倒れた。

（ニイモレ？）

ふり返った藤太は、遅すぎたことに気づいた。阿高に倒れかかるリサトを見たとき、藤太は一瞬われを忘れた。何を考えるより速く、自分の弓に矢をつがえていた。距離はあったが、引きしぼればとどく。怒りが藤太に渾身《こんしん》の力をふりしぼらせた。藤太の弓は強かった。ニイモレは、その目測を誤ったのだ。それをさとったときには、彼は深々と胸板を射抜かれていた。ニイモレは信じられぬ表情で自分の胸に突き立った矢羽を見下ろし、わずかにその姿勢を保っていたが、おもむろにかしいで倒れた。散り敷いた赤い松葉が舞った。

「リサト、しっかりするんだ。傷は深くない。大丈夫だ」

阿高はけんめいにリサトの耳もとでいった。彼女を抱きかかえたまま、血の吹き出す傷口を押さえていた。

「なんて無茶なことをするんだ。おれなんかのために」

「あなたは、大事な人よ。明るい火のチキサニ……」

リサトは絶えだえにいい、力なくもたれたまま阿高に願った。

「わたしを、あおむかせて。輝くあなたの勾玉《まがたま》を、もう一度見せて」

阿高は彼女の体を膝もとに横たえた。かがみこむ阿高の胸に下がる光を見て、リサトはほほえんだ。

「ああチキサニ。わたしはあなたに本当に出会えたのね。もう思い残すことはない」

「おれは阿高だよ、リサト。それにきみは、おれたちといっしょに武蔵《むさし》へ行くんだろう」

大きく息をして、リサトは告げた。

「蝦夷の矢には矢毒《やどく》があるの。助からないの……」

「まさか」

阿高は思わず青ざめた。

「どうかニイモレを許してやってね。わたしに免じて。わたしとあの人はよく似ていた。わたしたち、表し方は異なっていたけれど、どちらもチキサニに恋していたのよ……」

みるみる細くなるリサトの声に、阿高は動揺して彼女を揺さぶった。

「だめだ、なんできみが死ぬんだ。死なないでくれ」

リサトの目から涙がこぼれた。

「里に残した……あの子だけが気がかり。戦《いくさ》は里まで及ぶのかしら。無事に大きくなれるかしら……」

彼女は、勾玉に手を伸ばそうとする様子だったが、その手はもう動かなかった。あきらめてリサトはささやいた。

「その力をよきことに使ってね。戦を……なくして……」

まだ何かいいたげだったが、あとは、リサトのくちびるがふるえただけだった。ほんのわずかな間《ま》をおいただけで、彼女はこときれた。

二度とは目を開けないリサトをよそに、梢をついてざわめきが聞こえてきた。ひづめの音と金物《かなもの》のふれあう音。田村麻呂《たむらまろ》の率いる一行がもどってきたのだ。

広梨《ひろなし》はこぶしでぐいと顔をぬぐい、つぶやくようにいった。

「ひと走り行って、様子を見てくるよ」

「おれが行こうか？」

茂里《しげさと》が心配そうにいうと、彼は首をふった。

「おれのほうが足が早い。茂《しげ》はここにいてやってくれ。あとの二人、今はだめだよ。阿高だけでなく、今は、藤太も相当まいっている……」

リサトのかたわらで、阿高はまだ彼女の顔に見入っていた。藤太は阿高を支えるように抱きかかえていたが、藤太の顔色も恐ろしく青ざめている。子犬だけが松のあいだを走り回っているが、ちびクロでさえ、ときどき不安そうに彼らの様子をうかがいに来た。

広梨はささやいた。

「はじめて本当に人を殺したんだ。おれたち陸奥《むつ》へ来たときから、覚悟してはいたけれど、藤太が最初だったね」

「おれが殺《や》っていればよかった。藤太はああいうやつなのに」

口もとに手をやって茂里はつぶやいた。広梨はその肩をひとつたたき、立ち上がって駆け去った。

茂里が聞き耳を立てていると、やがて、広梨は行軍する兵士たちを止めたらしく、馬と人の響きが静かになった。そしてしばらくたってから、もどってくる広梨と、鎧《よろい》をつけた田村麻呂の背の高い姿が見えた。

「首尾よくいったようですね」

茂里は田村麻呂にいった。田村麻呂は高揚した様子で、猛々しく愉快そうに見えた。

「なに、してやられたよ。アテルイの引きぎわの見事さといったらなかった。しかし、これはまだほんの手はじめだ。次には必ず……」

そこで彼はリサトに気づき、さすがに声を落とした。

「死んだのか。運がなかったな」

「阿高をかばって、かわりに矢を受けたのです。ニイモレはおれたちを追ってきて、阿高を殺そうとしました。藤太がすぐに射とめたので、あとの者は無事だったけれど、リサトはすでに……」

松林のそう遠くない場所に、倒れて動かない男がいた。その姿を見やり、田村麻呂は考えこむようにいった。

「予想外の行動だったな。怜悧《れいり》な男と見たのは、見たて違いだったのか。二重の寝返りを犯したやつだが、一時とはいえ部下であり、役にも立ってくれた。埋葬くらいはしてやろう」

田村麻呂は歩み寄り、阿高と藤太が並ぶそばに立った。藤太はちらりと見上げただけで、何もいわず、阿高は目を上げることさえしなかった。田村麻呂のほうは、遠慮のないまなざしで興味深そうに二人をながめた。

「苦労のはてに出会えたわけだ。この少年が阿高か。こうして見ると、思ったほど藤太と似ていないな。だが、対《つい》だというのはよくわかる。よくとりもどしたものだ。わたしなどは、青白いけものを見たときからあきらめていた。もちろん、最終的にはわたしも少しは貢献したと思うのだが……おや、それはなんだ」

ふいに彼は声音を変えた。田村麻呂のまなざしは、阿高が胸に下げた薄赤い輝きにそそがれていた。

「これは、竹芝《たけしば》に伝わる勾玉《まがたま》です。親父から阿高にわたすようにいわれたんです」

田村麻呂は手甲《てっこう》をはめた手を伸ばして、勾玉にふれようとした。

「明玉《あかるたま》だ……話に聞いたとおりだ。本当にこうして輝くものだったとはな。いい伝えの中にしかなかったものを、わたしはとうとう手に入れたのか」

阿高はそのときまで周囲に無関心に見えたが、突然のすばやさで田村麻呂の手をはらった。

「さわるな」

目を上げ、にらみすえた阿高の瞳は日の射しこむ色をしており、オオカミを思わせた。さすがの田村麻呂も少し息をのんだ。だが、藤太が小声で相棒をなだめた。

「それほど悪い人じゃない。都《みやこ》の近衛少将《このえのしょうしょう》、坂上田村麻呂《さかのうえのたむらまろ》殿だ。おれたちがここへ来られたのは、この人がいたからだよ。ゆうべ土壇場で助かったのも、この人のおかげだ」

田村麻呂は藤太にいった。

「よく紹介してくれ。阿高にとっては初対面なのだからな。嫌われたくはないぞ」

阿高は力を抜き、まつ毛を伏せた。そのまま目を閉じてしまいそうだった。

「なぜ、都の人がおれのこと……」

つぶやいたものの、ほとんどひとりごとだ。田村麻呂は首をふり、広梨と茂里のほうを向いた。

「話はあるが、後にしよう。おまえたちは、あと四、五人呼んできてくれ。阿高は担架で運んだほうがよさそうだ。死んだ者もつれていこう」

彼らが駆け出していくと、田村麻呂はふと藤太を見て、からかい気味にいった。

「どうした。元気者のおまえが、ずいぶんおとなしいじゃないか。阿高につきあっているのか」

藤太はむっつり答えた。

「具合が悪いのは阿高だけです」

倒れているニイモレを、藤太は見やった。動かなくなった蝦夷の男を。

（悔いるもんか。こいつは阿高を殺しに来た。リサトがいなかったら、おれたちの前に横たわって冷たくなっているのは阿高だった……）

くちびるを噛みしめて藤太は考えた。虫の好かない男だと前々から思っていた。ニイモレが見せた阿高へのこだわりを、藤太たちはもっと警戒してしかるべきだったのだ。死んで当然のむくいだと思った。それなのに、矢を受けたニイモレの驚きの表情が、目に焼きついて離れなかった。

ひとたび人を殺したからには、もとの藤太ではなかった。ニイモレを、一生胸に刻む人物に変えてしまった。武蔵を出る前とは変わってしまった。しかたのなかったこととはいえ、故郷《こきょう》で何も知らずに機《はた》を織り、待ちわびている千種《ちぐさ》のことを思うと、痛みは増すばかりだった。

陸奥《むつ》へ来たことで、阿高は大きく変わらざるをえなかった。とり返しがつかなくなるような、苛酷な方法で阿高は試されたのだ。もどってくることができたものの、阿高はもとの阿高ではない。そして、追ってきた藤太もまた、無傷ではいられなかったのだ。今後も阿高のそばにいると決意したからには、今もこれからも、自分たちはさらに変わらざるをえないのだと、暗雲に似た予感を感じとる藤太だった。

6

鎮守府将軍《ちんじゅふしょうぐん》は、田村麻呂《たむらまろ》がアテルイにひと泡吹かせたことを知ると、しばらくのあいだ上機嫌だった。多賀城《たがじょう》に歓待し、賓客の扱いで労をねぎらった。従者の藤太《とうた》たちもおこぼれにあずかり、今まで味わったことがないような厚遇を受けた。

城内の宿舎は唐様《からよう》の造りで、石床が敷きつめられ、武蔵《むさし》の若者たちにはあまりなじみのない、寝台や卓《たく》や椅子がすえられていた。色鮮やかに塗られてはいるものの、使い心地は今ひとつのものだ。もっとも野宿にくらべれば、上等の衾《ふすま》にくるまれて眠ることのできる、たいへんけっこうな寝床だった。

食事は、足のある卓の上ににぎにぎしく並べられた。多賀城からはほどなく海岸に出られ、海の幸なども豊富だった。若者たちは、そのたっぷりした量に喜んだ。阿高《あたか》はいうまでもなく寝ついていたが、あとの三人も、多かれ少なかれ休養を必要としていたのである。田村麻呂は城付きの従者を得て、彼らを放っておいてくれたので、遠慮せずに疲れを癒すことができた。

城に着いた当初、阿高は熱が高く、リサトの死にうなされてみんなを心配させたが、藤太が片ときも離れずにいると、意外と早くおちつきをとりもどした。一連の異常な体験を、彼らの柔軟な若さが吸収し、克服しつつあった。

おりしも外は、目に染みるような青葉の季節だった。空は澄み、海はどこまでも青かった。元気をとりもどした広梨《ひろなし》と茂里《しげさと》は、ちょくちょく釣竿を持って出かけるようになった。城下の釣り名人に穴場を教えてもらったのである。小舟を出し、潮風を嗅ぎながら釣糸をたれることは、とてもよい気晴らしになった。いずれ、藤太と阿高もここに加わるだろう。阿高は起き出すようになっており、再び四人で楽しめる日が近いことはわかっていた。

「阿高のことだけどさ……」

それまでだまって釣具をいじっていた広梨は、竿をふりながらおもむろに切り出した。

「旅ができるようになったら、いっしょに武蔵《むさし》へ帰れると思うかい」

「どうしてそんなことを聞くんだ」

茂里は糸の先をにらんだまままたずね返した。

「だってさ、おれたちはいいけれども、少将《しょうしょう》殿はよくないんだ。考えてみれば」

考えこみながら広梨はいった。

「あの人はあの人の用件で阿高を捜しに来たんだということを、うっかり忘れていたよ。蝦夷《えみし》から阿高をとり返したのはおれたちだけれども、あの人に借りがないとはいえないもの。少将殿が阿高を何に用立てるつもりかはよく知らないが、だまって竹芝《たけしば》に帰してはくれないだろう」

「そんなことは、故郷《くに》を出る前からわかっていたことじゃないか」

　気難しげに茂里はいった。

「阿高を捜し出して、自分の役に立てようとする点では、少将殿も蝦夷も似たようなものだ。ただ、決定的に違う点は、蝦夷は阿高を藤太からひき離したけれども、少将殿は藤太をつれていったということさ。この後、あの人が阿高をどう説得するかは見ものだけれど、少なくとも、阿高の意見を聞くだろう。阿高は藤太の意見を聞くだろうから、あの二人が離れることはまずない」

「ああ。あの二人を離しちゃいけないよ」

　いくぶんほっとしてから、広梨は急いで茂里を見やった。

「するとなにか。茂《しげ》は、二人がそろって武蔵へ帰らないと見ているのか」

「少将殿は、阿高を都《みやこ》へつれていくだろうよ。おれは藤太も行くと思う。何があるかわかりもしないのに、阿高を放って帰れるやつじゃないものな」

　茂里は淡々といったが、広梨は動じずにいられなかった。

「二連《にれん》が武蔵へ帰らないなんてことがあるかよ。そこでしれっとしていないで、二連をとり返す方法でも考えたらどうだ」

「おれにできることなら、わかっているつもりだ。二連が行くなら、おれも都へついていく。行かないなら行かない。それだけさ」

広梨はうらめしげににらんだ。

「わかったよ。おまえは最初から、あわよくば都へ行きたいやつだったものな」

面長の顔に、茂里は超然とした笑みを浮かべた。

「たしかにおれは中央に興味がある。都にどんな智恵があるか知りたいものだと思う。だけど一番の理由はね、二連がいない武蔵など、おれにとっては意味のない場所だってことだよ」

「自分の故郷《くに》のことが、そんなに嫌いだったのか、おまえは」

少々びっくりして広梨はたずねた。茂里は波を見つめていった。

「おれが結局国学《こくがく》へ行かなかったのは、武蔵あたりでいくら学問をしても、地方の小役人止まりだとわかったからだ。故郷《くに》には、知識を満足させるものが何もない。おれが考えるようなことを考えるやつは、どこにもいない。そう思って荒れていたら、あいつらがいたのさ。変だよな。二人とも、どう考えても頭の悪いやつなんだが」

「おれと同じくらい勉強しなかったことはたしかだよ。あいつら、いつだってお師匠から逃げ隠れして、いっしょに遊びに行ったもの」

広梨は力をこめ、自慢にならない保証をした。

「あの二人が持っているのは知識じゃない。なんというか、知識がそこをめざすもの、知識の大もとにあるものだよ。いってみれば力だ。この世を動かす目に見えない力なんだ。あいつらには力がある。今度のことでおれにはやっと合点がいったよ。どうしておれが二連にひかれ続けるのか。どうしてかなわないのか」

広梨は小声でいった。

「阿高が途方もない力の持ち主だってことは、いやでもわかったよ」

「いや、力は藤太にもあるさ。あいつらが二連と呼ばれるわけがそこにある。おれはね、藤太がこの先阿高をどうするか知りたいんだ。力の源にいる阿高を。その力の使いようによっては、どんな悪にも脅威にもなることのできるあいつを」

「冷たいいい方だな」

「そんなことあるもんか。あいつらのためには、命を危険にさらしても惜しくないと思っているんだ。証明しただろう」

まじめな顔で茂里はいった。

「広梨は武蔵へもどるといい。おまえにまで強制しているわけじゃないよ。ただおれとしては、あいつらを見とどけずにはいられないのさ」

「そんなことをいわれて、さっさと一人で故郷《くに》に帰るやつがどこにいるよ」

嚙みつくように広梨はいい返した。

「おれだってついていってやらあ。だけど、おまえみたいな理由と違うぞ。おれは阿高に力があろうとなかろうと、どうだっていいんだ。ただ、放っておけないだろう。こんな変てこなことになっちまって。あいつらは、おれたちの同い年なんだぞ」

茂里は口の中でそうかといった。それから彼らは再びだまりこみ、釣糸を見つめた。

「どこへ行くって？」

「海辺。広《ひろ》と茂《しげ》が釣っている小舟を見る」

「だめだ、海は風が強すぎる。最初はもっと近場にしろよ」

阿高が馬に乗りたいといいだしたので、藤太はついてきたが、まだいくらか危ぶんでいた。寝てばかりいたのだから、阿高はもう少し体を慣らすべきなのだ。しかし調子をとりもどしたとたん、いっときも屋内にいたくないという阿高の気持ちは、藤太にもわからなくはなかった。ここ数日、うっとりするような上天気なのだ。

「もう大丈夫だといっているのに。それとも藤太には行きたいところがあるのか」

阿高は早くも引き出した馬にまたがっており、じれたようにたずねた。藤太は答えずに馬に飛び乗ったが、少したためらったあげくにいった。

「リサトの墓へ行こう。広梨と茂里は花をあげてきたといっていたが、おれはまだ行っていないんだ」

顔を暗くするかと思った阿高だが、素直にうなずいた。

「ああ、それがいい。おれたちもリサトに花をあげよう」

途中の野原に咲いていた白や黄色の花を摘み、藤太と阿高は墓地へと向かった。新しい土を盛り上げたリサトの墓は簡単に見つけられた。木切れを立てただけの粗末な墓標だったが、それなりにきちんと供養をした跡がうかがえる。広梨たちが供えた花も目に入った。かたわらにはもうひとつ新しい墓があるが、花は飾られていない。ニイモレの墓であることは、たしかめなくても察せられた。

「ここに埋められることが、リサトの望みにかなったかどうかわからないけれど……」

阿高はつぶやきながら花を置いた。

「少なくとも、血縁はそばにいるんだね」

「そいつのせいで死んだんだぞ。なぐさめになるもんか」

藤太はわずかに声を尖らせた。

「リサトはうらんでいなかったよ」

ため息をつくように阿高はいった。それから彼は、残りの花をニイモレの墓にも飾った。

「だから、おれも彼をうらまないことにした。死ぬことで、彼が忘れてくれればいいと思っている。だけど、おれ自身は、リサトのこともニイモレのことも一生忘れない

「と思うよ」

「おれも忘れないよ」

　二人はそれぞれの思いを胸に、しばらくだまって墓を見つめた。やがて阿高が立ち上がり、草の茂った古い墓跡を見わたした。

「このどこかに、十七年前、おれの父が埋められたかもしれないね。藤太は考えてみたかい」

少し驚いて藤太は彼を見た。

「ここで死んだかどうか、だれにもわからないよ」

「でも、城下で死んだんだよ。処刑されたんだ。蝦夷に内通したというかどで」

静かに阿高はいった。

「今のおれには、チキサニの記憶があるんだ。アベウチフチに強制的にひき出された記憶だけれど、自分のことのように鮮やかだった。チキサニはとりでの柵《さく》の前まで、見送ってきたんだ。門に消えるその姿が、チキサニの見た最後の勝総《かつふさ》だった。チキサニは、約束どおり武蔵へ行きたかった。けれども、それからまもなく、勝総が倭《やまと》の人間たちに殺されたことを知らされたんだ」

「兄貴が刑を受けて死んだっていうのか。戦死でなく?」

藤太は驚きを隠せなかった。

「そんなはずはない。おまえにも教えただろう、親父さまは、勝兄《かつにい》のことを立派な坂東武者《ばんどうむしゃ》だったといっていた。誇りにしていたんだ」

「二十歳になったら話してやるといって、親父さまが語らずにいたのはそういうことだよ。親父さまは後から陸奥《むつ》へ来て、事情のほとんどを知ったんだと思う。もちろん、勝総は何もしていなかった。蝦夷に負けたのはだれのせいでもないよ。勝総は、最後まで故郷《くに》の仲間を大事にしていた」

「それなら、ぬれぎぬじゃないか。兄貴が死んだのは」

憤然と藤太はいったが、ふと思い当たって声を落とした。

「そうか。だからなのか。親父さまはだから、二度と竹芝から兵士を出さないんだな」

「不当だと思わないか」

「うん。不当だ」

藤太が認めると、阿高はふりむかずにたずねた。

「倭《やまと》の帝《みかど》が悪いと、そう思うかい」

「倭の帝って……都《みやこ》におられる帝のことか？」

少々たじろいで藤太はたずね返した。自分たちの家に、皇《すめらぎ》の血をひくといういい伝えがありはするものの、武蔵で育った藤太にとって、帝とは、よい悪いを考えたことすらないはるかな支配者だったのだ。

阿高は藤太をちらと見て、ため息をついた。

「やっぱりな。この感情はチキサニのものなんだ。おれの中には、チキサニの感じたうらみがうずまいている。チキサニは、もっとはっきり帝と自分のかかわりを知っていたんだ。チキサニの力に関係しているらしい……帝が彼女を蝦夷から奪おうとして、彼女が拒んだことで、事のすべてが持ち上がったんだ。知らないほうがよかったのかもしれない。けれど、今さらもとにはもどせない。藤太、おれは怖いんだ。チキサニの怒りに流されるのが」

ぽつりといった阿高を、藤太は見つめた。

「チキサニは、帝に対して怒っているのか」

「そうだよ。でも、蝦夷の戦いに彼女の怒りを利用してはいけないんだ。チキサニは絶望して、もっと多くを破壊してしまう。アテルイたちがしむけたのはそういうことだった。おれは逃げ出したけれど、逃げてさらに事が悪くなっただけだった。けものになったのは最低だった。アテルイたちのいいなりになるより始末が悪い。逃げちゃいけなかったんだ」

阿高はくちびるを噛んでだまってから、かすかに身をふるわせた。

「それだけは肝に銘じたから、二度と起こさないよ。藤太が来てくれなかったらどうなっていたか、思っただけでも寒くなる」

「もう考えるなよ。なかったことだ」

急いで藤太はいった。阿高の負担がどれほどのものだったか、よくわかっていた。

「それより、助かったことを考えようぜ。おまえはもどってきたし、広《ひろ》や茂《しげ》も無事だったし、いくつもいいことがある」

リサトの墓標を見つめ、阿高はいくらかぼんやりつぶやいた。

「リサトが生きていたら、たずねることができたのに。アベウチフチの見せた記憶は、勝総《かつふさ》が死んだときでとぎれてしまっている。けれども、彼女はその後おれを産んで、倭の陣営にとどけさせたんだ。うらみに思っていたなら、そんなことはできなかったはずだ。どうしてなんだろう……」

「武蔵へ来たかったからだろう」

藤太があっさり答えたので、阿高は驚いたようにふり返った。

「おまえがいったんだぞ。チキサニは兄貴と約束したって。彼女はきっと約束を守って、自分のかわりにおまえが武蔵へ行くことを望んだんだよ。チキサニは心のやさしい人だったという気がする。でなければ、勾玉《まがたま》を返したりできない。彼女、最後にはうらんだりしていなかったんじゃないかな」

「リサトのように？」

「うん。リサトのように」

ましろと名のった巫女姫《みこひめ》の顔を思い浮かべながら、藤太はいった。怨念からのものであれば、もっと現れようがあったはずだ。ましろはいつも藤太を助けた。ときどき困らせることがあっても、邪気を持ったことは一度もなかった。

「おれにはわかる。チキサニの本性はうらむ人ではないよ。リサトが慕っていたのは、チキサニが強力な女神だからではなかった。彼女には、人に愛されるものがあったからだよ」

阿高はしばらくだまっていたが、小声でたずねた。

「それならおれは武蔵で暮らしていいんだろうか」

「当然だ。おまえは帰るべきなんだ。武蔵へもどらなくてはならないんだ。チキサニがそう望んだように」

藤太は声に力をこめた。

「彼女の望みをかなえるために、おまえが生まれたんじゃないか。おまえが女神でなく阿高だということは、そういうことだろう」

そのとき彼らの後ろから、思わぬ声が藤太に応じた。

「ほかの解釈もできる。彼女は、生前にやり残したことを阿高に終わらせてもらうために、阿高を送り出したのだ」

二人がぎょっとしてふり返ると、田村麻呂が立っていた。だれかに聞かれているとは思ってもみず、藤太は思わず顔を赤らめた。二人の沈黙に非難の色合いを感じたのか、田村麻呂はいいわけするように手を上げた。

「立ち聞きをしたわけではない。声をかけるころあいを測っていただけだ」

「どうしてこんなところにいるんです」

藤太は仏頂面《ぶっちょうづら》でたずねた。鎮守府へ来てからというもの、田村麻呂は都の官僚の顔にもどって、何やら接待の席を飛び歩いていた。藤太たちとは顔を合わせるのも久しぶりだったのだ。不精ひげの彼を見慣れてしまった後では、冠《かんむり》をつけて目の前に立つ男は別人のように映った。

笑みを浮かべて田村麻呂はいった。

「なに、阿高とは話の続きがあったからな。墓参りに来るほど元気になるのを待っていたというわけだ」

阿高は田村麻呂を見つめた。藤太より人見知りの激しい彼は、気心の知れない相手に対しては無表情になるのが常だった。

「今いった、チキサニがやり残したことってどういうことです」

「本来、その力はなんのためにあったと思う。おぬしの持つ勾玉《まがたま》が輝いて示す力は」

ゆびさして田村麻呂はたずねた。

「わかりません」

「いや、おぬしはとうに知っているはずだ。だから、わたしはそのことでなく、チキサニがするべきことをしなかった結果、何が起きたかを話そう。今、都では何が起きているかということをだ」

前置きしてから、田村麻呂は話し出した。

「藤太には前に少し教えたことがある。都は今、怨霊《おんりょう》に悩まされているのだ。宮城《きゅうぎ》の四辻で、庭園の木陰で、人々はこごった闇と青白い炎を見る。そして見た者が次々死んでいく。ほとんどは夜半に現れ、その正体も弱点もだれにもわからぬのだ。腕におぼえのある者から祈禱師《きとうし》、呪師《じゅし》まで、さまざまな人間が怨霊退治に乗り出したが、結局は死者を増やしただけだった。しかも、この怨霊のもっともたちの悪いところは、宮中《きゅうちゅう》にひんぱんに現れることだ。衛士《えじ》や女官があまりに多く倒れたので、補充がきかないほどだ。さらには皇《すめらぎ》のお身内にも害が生じている。妃《きさき》や皇太子《ひつぎのみこ》の妃がまず犠《ぎ》牲《せい》になり、一昨年は皇太后《こうたいごう》、昨年は皇后《こうごう》が相次いで亡くなられた。今年はじめには、ついに皇太子《ひつぎのみこ》が倒れられ、いまだに予断を許さないご病状にある。ここまできては、一刻の猶予もならない。怨霊退治には、都の存亡さえかかっているのだ」

7

藤太《とうた》は、明るい陽射しの下で田村麻呂《たむらまろ》と会ってよかったとひそかに考えた。ぞっとする話だった。阿高《あたか》は顔色を変えないように見えたが、その手は固く握りしめられていた。

「都《みやこ》の怨霊《おんりょう》とチキサニにかかわりがあるというんですか」

冷ややかに阿高はたずねた。

「それはだれにもいえないことだ」

「いつごろから、都にはそんなものが出ていたんです」

田村麻呂はあごをなで、いくらか慎重な口ぶりになった。

「もともと、都という場所には、多少の怪異はつきものだ。多くの人間が野望を育て、争い、無念をのんで死んでいく場所だからな。怨念もそれだけ巣くう機会があろうというものだ。今上《きんじょう》の帝《みかど》は、平城《なら》の地に長くよどんだものをふり捨てるために新都に移られたはずだった。だが、長岡《ながおか》の新都には、ほとんど最初からこの怨霊が出没している。建設の時点ですでに災いが起きたのだ。そのために、こうしてわたしなどが因果をさぐることになったのだが、ある程度はっきりしていることといえば、十八年前に蝦夷《えみし》が北で反乱を起こし、その対策に追われるようになったころから、平行して都で災厄が増えているという一点だけだ」

思わせぶりな答えに、阿高はついに声を尖らせた。

「チキサニが何かをしたと、そう考えているのでしょう」

「いっただろう、彼女は何かをしたのではない。何かをしなかったのだ。明玉《あかるたま》の力が早くに皇《すめらぎ》のもとにもたらされていれば、この災いはなかったとされている。それが陰陽寮《おんみょうりょう》の占盤《せんばん》によってはじき出された、やくたいもない結論だ。だが、帝《みかど》のもとへ来ることを拒み、蝦夷の反乱をひき起こした明玉の巫女《みこ》は、死んで生まれ変わっていることが同時にわかった。そこでわたしは、次に明玉を手にする者を捜し出すために、はるばると東へ出向いてきたというわけだ」

藤太は思わず口を出した。

「阿高の持っている玉は、昔から竹芝《たけしば》のものです。その話には合いませんよ。きっと、明玉なんかじゃないんだ」

「まあ、伝説にはつじつまの合わないこともあるだろう。わたしはあくまで、主命《しゅめい》のとおりに光を放つ玉とその持ち主を見つけた。それで充分だ」

田村麻呂はあらためて阿高を見つめた。

「おぬしが捜す相手だったことは直感できる。埋《う》もれ隠されていたものが、わたしの目の前であらわになり、今はこの手にあるということがな。だが、乙女の伝説がどんなものであれ、われわれが見せられたものが、乙女から連想するやさしげなものでは少しもないことも、よくわかった」

その言葉に阿高が軽く眉をひそめたとき、田村麻呂はずばりといった。

「おぬしがなった青白い火のけものは、怨霊と呼ばれるものに似すぎている。おぬしの力は同種のものだ。もしかするとおぬしは、怨霊を作り出すことさえできるのではないか」

藤太は思わず息をのんだが、阿高はつとめて抑えた声で答えた。

「都に起きていることで、おれを責めてもむだです。怨霊とはどういうものか、おれにはさっぱりわからない。今日耳にするまで、聞いたことも考えたこともなかったのだから」

「だったら、おぬしはその目でしかと見るべきだ。おぬしが知らなくても、チキサニにはできたかもしれない。たしかめてみないことには否定すらできないだろう」

阿高はだまりこんだ。かわりに藤太がいった。

「あなたの魂胆《こんたん》は、阿高を都へつれていくことなんだ。阿高にいわれのない罪をきせて、自分から行くといわせようと仕向けるのは卑怯です」

「わたしはわたしの思うところをいったまでだ」

田村麻呂はどこ吹く風といった様子だった。

「最初はわたしも、なんの思惑もなく伝説の玉の主を捜しに来ていた。いい伝えにある玉の効能はともかく、主上《しゅじょう》をおなぐさめできればよいと思う程度だったのだ。だが、阿高の力を見て気が変わった。これは真に強大な力だ。そしてそれだけに、へたをすると危険極まりない力だ。帝にすら危険となりかねない恐ろしさを秘めたしろものだ」

そういいながらも、彼はひどくおもしろがる表情をしていた。

「逆に考えれば、怨霊の力を持つ者ほど怨霊にたちうちできるものはないのだ。今までに設けたどんな対抗手段よりも、阿高の力は都の災厄と拮抗する。今、都を救うために必要なのは思いきった試みだ。おぬし、わたしとともに都へ行って怨霊退治に名のりでないか」

阿高は、測りかねるような顔で田村麻呂を見上げた。

「怨霊退治、ですか」

「わたしももちろん参加する」

隣で藤太が阿高にささやいた。

「この人は呪《じゅ》を使えるんだよ。だからだ」

田村麻呂は口の端でほほえんだ。

「わたしの姉は妃《きさき》として後宮《こうきゅう》に入っていたが、皇后に続いて怨霊のせいで他界した。もしもわたしの動機が知りたければ、それだけで充分ではないかな。さらには近衛《このえ》の立場上、宮中《きゅうちゅう》に迫る災厄をとりのぞくことはわたしの急務だ。そして同じことならば、わたしはこの件において、ぜひ功を上げて名を得たい。今、都でもっとも名声を高めることができる者は、怨霊をとりのぞくことのできる者だ。そうした野心家はひしめいているが、わたしほど望みある手立てを得た者はまずいないだろう」

「ずいぶん正直ですね」

阿高はややあきれていった。

「つまりは、あなた自身の出世のためにおれを使いたいということですか」

「当然だ。私欲もなく動く人間はいない。ましてや危険な賭けなどするものか」

田村麻呂は藤太に笑いかけた。

「藤太には将軍と呼ばれたからな。わたしも考えた。今は単なる使節でも、ここで名をあげて認められれば、征東大将軍《せいとうだいしょうぐん》となってこの地へ自分の部下を率いてくるのも、夢ではないかもしれん」

その自分の姿を夢想するように、田村麻呂は晴れやかな空の下、青い影をなす北国の山々を見回した。阿高はリサトの墓標にまなざしを投げた。

「リサトは戦《いくさ》をなくしてといい遺しました……」

彼はつぶやいてから、少し声を大きくして田村麻呂に向かった。

「おれが都へ行くとしたら、チキサニがはじめた無益な戦いをやめさせるためです。あなたの出世のためではありません。もしも帝の前に出ることができたら、征夷軍を中止するように、おれは願い出ます」

「かまわんぞ。やってみるといい」

田村麻呂はいった。自分のもくろみに自信のある顔だった。阿高は彼を見つめながら、挑むようにいっていた。

「それなら、都へつれていってください」

にやりとして田村麻呂は阿高を見た。

「二言《にごん》はないな。では、都に親書を書き送ろう」

満足そうに背を向け、城へもどる田村麻呂を見送ってから、藤太は相棒のわき腹をつついた。

「あんな話に乗らなくてもよかったんじゃないか。本気で怨霊退治などするつもりなのか」

阿高は少し肩をすくめた。

「買い言葉だったことは認めるよ。でもどのみち、このまま放っておいてもらえそうにないことはわかっていた」

「おれだってわかっていたさ。それでも、すり抜ける方法もあるかと思ったんだ」

阿高は首をふった。

「それは無理だよ。なんとなくわかった。チキサニがやり残したことというのは、たぶん都へ行って帝に会うことだ。だからおれは、かわりに行って帝に会うまでは、このさだめを押しつけられ続ける。逃れられないんだ」

「そんなふうに考えていたら、怨霊が出たことまでおまえのせいにされちまうぞ」

「都の怨霊が、チキサニに少しもかかわりないといえたらいいけどね……」

阿高が煮えきらないいい方をしたので、藤太は顔をしかめた。

「心当たりがあるというんじゃないだろうな」

「おぼえがあるわけじゃない。さっぱりわからないのは本当だよ。ただ、気になるのは……おれがひっかかるのは、アテルイたちがいっていた悪路王《あくろおう》とは何か、おれにもわからないことなんだ」

ささやくほど低い声になって阿高はいった。

「チキサニは倭《やまと》に向かって、悪路王を放ったという。それはどういうものだったんだろう。ずっと考えているけれども、思い出すことができない。力の使い方を教えてやるとアテルイはいっていた。拒んで帰ってきたけれど、それは、まさか……」

阿高は平静でいようと努力していたが、大きく見開いた瞳に内心の恐怖が映っていた。藤太はたまらなくなって彼の肩をつかんだ。

「どうしておまえがそこまで負わなければならないんだ。おまえが責められることじゃない。負わなくていいんだ」

「そういうわけにもいかないよ。こんな力、受け継がなければそれでもよかったけれど」

「都へ行けばはっきりするんだな。怨霊ってやつが向こうの勝手なしろものかどうか、行ってみればわかるんだな」

藤太はまるで腹を立てているようにつめよった。

「たぶん……」

「それなら行くぞ」

藤太がいきなりいったので、阿高は面くらってたずねた。

「どこへ」

「ばかだな、都に決まっているだろう。行ってけりをつけちまおう」

いくらかおずおずと阿高は聞き返した。

「いっしょに行くつもりなのか?」

「この期《ご》に及んでおまえは一人で行くつもりだったのか。病み上がりでなければ、ぎゅうの目にあわせているところだぞ。もちろん行くさ。もう何度もいっただろう。おまえは、一人にしておくとろくなことがないんだ」

「だけど、藤太……」

しばらく口ごもってから阿高は小声でいった。

「いいのか？　千種《ちぐさ》が待っているのに。都がどれほど遠いか、いつ帰ることができるのか、見当もつかないというのに」

「さっさとすまして帰るのさ。千種は阿高をつれて帰ってきてといったんだ。その約束を破っても、本当に帰ったことにはならないさ。おれに会ってもたぶん、千種も納得しないだろう」

もっと強くなろうと藤太は決心したのだった。千種に顔をあわせられないような男ではなく、身に負ったものを強さに変えて、堂々と彼女の前に立てるだけの揺るぎない男に。そのためには、阿高を最後まで守り通したといえなくてはならなかった。初志を貫いて、阿高を武蔵《むさし》へつれて帰れなくてはならなかった。

「今はおまえと都へ行くよ。そうすることが早道に思えるからだ。おまえは、そのチキサニとの決着をつけるといい。おれはどんなところでもついていってやる。だけど、事のすべてが終わったら、おれといっしょに武蔵へ帰るんだ。そのためにも、おれはおまえのそばを離れないからな」

阿高はうなずき、少しゆがんだ顔でほほえんだ。

「ああ。いつかは……つれて帰ってほしい。ごめん」

「何がごめんなんだ」

「おれがこんなに変なやつで。どうしてこんなことになったんだろうな。今でもなんだかわからなくなるよ。チキサニのいったこと、チキサニのしたこと……そういうものを思い出せるおれは、いったいだれなんだろう」

「それならおれがいってやる。おまえは阿高だ」

阿高の髪をひっぱって藤太は告げた。

「教えてやろうか。おまえが寝こんでいるあいだ、夜も昼も、おれはずっとついていてやったんだ。正直いって、ましろが出てくるものとばかり思っていたよ。おまえはすっかりまいっていたし。けれども、彼女は現れなかった。おれが思うに、ましろはもう二度と現れないんじゃないかな。今までおまえは彼女を知らずにいたが、今はもう思い出すことができる。だから勝手な一人歩きはしなくなったんだ」

「本当かな」

まばたきして阿高はつぶやいた。

「その記憶を大事にしろよ。おまえが阿高という器《うつわ》に彼女を受け入れたんだ。たぶん、それではじめておまえは実の阿高になったんだ。おれはけっこうましろが好きだったけれど、今のおまえでもいっこうにかまわない。わかるか？」

「わかるけど、変ないい方だな」

「それは、おまえが変なやつだからだ」

二人は体の内にあたたかさを感じながら帰路についた。今は大丈夫だという気がした。なんにでも向かっていけるだろう。漫然と二連《にれん》でいたときよりも、今はお互いをつなぐものがたくさんある。自分たちのたしかな意志をもって、彼らはそれを結んだのだ。だからもう、以前のようにたやすくこわされるものではなかった。


宿舎にもどったとたん、藤太と阿高は先に帰っていた田村麻呂に呼び出された。書面を手にした田村麻呂は、妙な顔で二人にたずねた。

「おぬしたち、いつのまに手回しよく武蔵に手紙を書いたのだ」

「書いていませんよ」

「総武《ふさたけ》殿から書状が届いているぞ。先の便りをたしかに受け取ったとある」

彼らは顔を見合わせた。そういわれても、二人とも率先して筆を握ったためしのない人間だ。いやおうなしに文章を書くはめにおちいれば、争って相手にゆずりあうに決まっている。

「おぼえがないんですが……」

「藤太と茂里《しげさと》と広梨《ひろなし》の三人を、竹芝として阿高とともに都へさしむけるから、今までどおり従者の身分で同行させてほしい。行き帰りの面倒をわたしにたのむ。と、書いてあるぞ。都のわたしの屋敷に向けて、さしあたりの費用や荷を発送したとまである。これから事情を書き送るつもりだったのに、いったいこれはどういうことだ」

「親父のやつ、キツネに化かされたとしか考えられません。だいたい、どうして茂里や広梨まで都へ行くことになるんです」

驚いていいはじめた藤太だったが、彼らの後ろに、いつのまにかその二人が立っていることに気づいた。

「さて、そういうことで、都へ向けて荷造りだ」

ほがらかに茂里がいった。あきれて彼を見やった藤太は、真相に気づいた。

「おまえら……さては茂里だな、手紙を書いたやつは」

「長殿《おさ》がそうしろというんだ。だれが都へ行っても文句はいえないだろう」

「いったいどんな手紙をでっちあげたんだ」

「さてね」

阿高は最初ぽかんとしていたが、ためらいがちに広梨にいった。

「わかってるだろう。おれといっしょに都へ行っても、ほとんどいい目は見られないぞ。最悪の場合は、後悔してもしたりなくなるかもしれないんだ」

「どうしてさ。おれたち、今までだってたいして後悔しないでやってきただろう」

広梨はいって阿高の目をのぞきこんだ。阿高は目を伏せた。

「おれのことが怖くないか。おれは……怖いよ」

「おまえは前から少々危ないやつだったよ。だけど、おれは大丈夫だと思っている。だって、藤太もいっしょだろう」

人のよい笑顔を浮かべて広梨はいった。

「何かが起きたら、それは起きたときさ。いっしょにどうしたらいいか考えようぜ。おれたちにとって、都へ行く機会など、こんなことでもなければ一生回ってこなかったかもしれないんだぜ」

四人の様子をながめていた田村麻呂は、やがて肩をすくめていった。

「わたしには、なんということもできないな。任務として必要としているのは阿高一人だ。これは阿高の一存だな。阿高がともにつれていくというならいくし、いらないというなら帰ってもらう」

阿高は決めかねるようにうつむいたが、少しして顔を上げた。

「仲間といっしょに行きます。おれに自分をとりもどさせてくれたのは、ここにいるみんなです。それを二度と忘れないためにも、みんなにいっしょに来てほしい。もしも危険が迫ったら、おれは自分の力を、仲間を守るために使ってみせます」

満足そうに田村麻呂はうなずいた。

「おぬしがそういうのならいい。たしかにここにいる三人は、阿高をつなぎとめる役に立つ。雷神《らいじん》の首根っこを押さえてつれていくような、危ない橋を渡るわたしとしては、願ったりの道づれだ」

しばらくして、再び田村麻呂の前に立った阿高が、きまり悪そうにいった。

「もう一匹、都へつれていってもいいですか」

足もとでちびクロが尻尾をふっていた。城でいいものを食べているせいか、毛並もつややかで、このひと月で倍近く大きくなっている。脚もしっかりしてきており、走ったりじゃれたりに忙しかった。

田村麻呂は、卓《たく》の向こうからいった。

「この城にいくらでももらい手がいるだろう。わざわざ生まれた土地からひき離し、遠くへつれていくことはない。オオカミの血をひく犬だ、どう見ても都向きではあるまい。騒動の種はおぬし一人でたくさんだとは思わんか」

「でも、こいつはおれを主人に選んだんです」

阿高はすまなそうにいった。

「選んだからには二度と変えない犬です。ここへおいていくことは簡単だし、そのほうがいい暮らしかと思いもしますが、ちびクロはおれを忘れずに、いつまでも待ち続けるでしょう。それがわかっていながら見捨てていくことは、おれにはできません」

ちらりと阿高を見て、田村麻呂は指摘した。

「その犬がいたから、おぬしはけものになったのではなかったかな」

阿高は正面から彼の目を受けとめた。

「自分をなくしたのはあれが最後です。ちびクロがあんな形でおれにかかわることは二度とありません」

ちびクロははしゃぐのをやめ、もの問いたげな黒い目で阿高を見上げた。子犬が何かを察したのを感じ、阿高は続けた。

「それでも、以前にひとつになったせいか、おれの感じることの一部は、今でもちびクロに伝わるみたいです。まるで言葉がわかるのかと思うときもあります。たぶんこいつは、おれたちの役に立ってくれると思うんです」

田村麻呂は少し考える様子だったが、結局は許した。

「この際、少しのことをいってもはじまらんからな。一連隊をつれていくわけでなし、たかだか犬の一匹だ」

田村麻呂の部屋を出た阿高は、うれしさに思わず子犬を抱き上げた。久しぶりにかかえてみると、ちびクロはずいぶん持ち重りがした。

「やったな、おまえも来るんだ。いっしょにアベウチフチに会いに行ったように、今度はおれと都へ行くんだ。おまえも帝の顔をおがめるぞ」

ちびクロは阿高の顔をぺろぺろなめて応えた。藤太と同じで、最初からついていくことになんの疑いも持っていないのだった。阿高は、自分が口にした言葉にふと考えこんだ。

(帝がどういう顔をしているかなどと、今まで想像したこともなかった。都に着いてその顔を見たとき、いったいおれは何を感じるのだろう。チキサニが憎んだ相手を、チキサニを欲した相手を目の前にして……)

今ではすでになじみとなった、ひやりとした恐怖が首筋にふれた。チキサニの感情にひきずられずにすめばよいが、必ずそうできるという自信もない。都へ行ってみなければわからないのだ。何ごともたしかではなかった。

「こんなところにぼんやり立って。何をやっているんだ」

ふいに阿高に声をかけたのは広梨だった。彼は気ぜわしげにいった。

「もうのん気にかまえてはいられないんだぜ。荷造りだ荷造り」

「ああ、そうか」

阿高はあわてて子犬を下ろし、広梨に従った。

「今回おまえは、一人だけ従者として新米なんだからな。先輩にいわれたことはきりきりやれよ」

いばる広梨に、阿高は苦笑した。どうやら、一人でくよくよしているひまはなさそうだった。藤太がいる。広梨も茂里もいてくれる。彼らがにぎやかに阿高を支えてくれる。

（大丈夫だ……）

ひと呼吸して空を仰ぎ、阿高は思った。何が起ころうと、きっと切り抜けることができるだろう。仲間たちの信用に応えているかぎり、見失うものはないはずだった。

（下巻に続く）

本書は2010年8月に刊行された徳間文庫の新装版です。

徳間文庫

薄《うす》紅《べに》天《てん》女《にょ》［上］

〈新装版〉

2025年1月15日　初刷

著者　荻《おぎ》原《わら》規《のり》子《こ》

発行者　小宮英行

発行所　株式会社徳間書店

東京都品川区上大崎三－一－一
目黒セントラルスクエア　〒141－8202

電話　編集〇三（五四〇三）四三四九
　　　販売〇四九（二九三）五五二一

振替　〇〇一四〇－〇－四四三九二

印刷
製本　株式会社広済堂ネクスト

ISBN978-4-19-894986-0　（乱丁、落丁本はお取りかえいたします）